아 이 노 쿠 사 비

2

글 요시하라 리에코
그림 나가토 사이치

MM NOVEL

번역 김진영 **표지** 조은아 **편집** 김경선 **교정** 정다움 **마케팅** 김정훈 **주간** 김선림

목 차

1장

총 9개의 조항으로 이루어진 '펫 법'은 중앙도시 '타나그라'의 펫
에 관련된 처우에 대해 명기되어 있다.

1. 자격 조건
2. 등록 방법
3. 사육 환경
4. 질병 관련
5. 교배 조건
6. 문제성 유무
7. 금지 사항
8. 징벌 적용
9. 폐기 방법

이는 펫의 사육이 일종의 신분적 상징인 엘리트들을 위한 기본
룰이라기보다는 오히려 그들이 거대 컴퓨터 시스템 '유피테르'에
선택된 고귀한 종이라는 사실을 과시하기 위한, 이른바 대외적인
프로파간다였다.

여기서 말하는 '펫'이란 교배 시설에서 만들어냈으며 애완 목적

으로 인가받은 '인형'을 말한다.

인형은 DNA 상으로는 '인간'과 아무 차이가 없지만 어디까지나 인간의 형태를 지닌 '펫'에 불과하다.

왜냐하면 인형은 생식 본능과는 관계없이 교배에 의해 만들어진 '물건'이기 때문이다. 그 증거로 그들의 발바닥에는 특수 가공된 일련번호가 각인되어 있으며 기록은 모두 교배 시설을 통해 관리된다.

인형은 '물건'일 뿐, '인간'이 아니다.

따라서 펫으로서 최소한의 '조교'는 필요하지만 그 외의 의무는 없다.

당연하지만 주인이 정해질 때까지는 상품으로서 일련번호로만 불리는 그들에게는 인간의 '존엄'도 없거니와 자유의지를 지닐 '권리'도 없다.

유일하게 가질 수 있는 것을 꼽자면 '혈통서'라는 직함과 엘리트의 '소유물'에게 주어지는 특권이라는 이름의 부가가치뿐이다.

그래도 '제인'이라고 불리는 절대 신분제도에 얽매인 미다스 시민에게 '엘리트'의 펫이라는 신분은 지극히 매력적인 액세서리이자 손이 닿을 듯 닿지 않는 꿈의 상징이었다.

누구나 엘리트의 펫이 될 수 있는 게 아니다.

수많은 '종(種)'의 선별을 거쳐 진정으로 선택받은 자만이 엘리트의 펫이라는 티켓을 손에 쥘 수 있다. 그 좁은 문이라는 차별화가 '선민' 의식을 낳는다.

타나그라를 지배하는 특권계급의 상징이기도 한 팰리스 타워

'에오스'에서 펫으로 지내며 사치스러운 생활을 즐긴다.

달콤한 꿈 이야기는 그들을 한없이 매료시켰다.

물론 꿈의 말로가 대체 어떤 것인지… 거기까지 생각이 미치는 자는 아무도 없다.

타나그라에서 펫의 가치관은 실로 단순하다. 소유자의 지위가 높으면 그만큼 펫의 부가가치도 높아진다. 즉 어느 센터에서 태어났는지는 둘째 문제다.

얼마나 고위 엘리트를 사로잡았는가, 얼마나 오랫동안 그 발밑에 웅크려 있을 수 있는가 등의 눈에 보이는 성패가 그들에게는 전부인 셈이다.

– '혈통'이 좋을 것.
– '아름다울' 것.
– '순결'할 것.

이상이 펫에게 요구되는 필수 조건이다.

그렇다고 해서 그저 아름답고 예쁘기만 한 인형은 살아남을 수 없다. 명확한 개성이 필요하다.

주인에게 '순종'하는 것이 펫의 기본 원칙이지만 존재 가치의 과시는 생존경쟁에서 승리를 거머쥐기 위한 상투적인 수단이기도 하다.

누가 가르쳐주지 않아도 그들은 그 사실을 자각하며, 그리고 학습한다. 자신 이외의 '것'들이 전부 라이벌이라는 사실을.

표면적으로 에오스에서 펫들은 평화와 조화를 유지하고 있다. 고위 엘리트는 나름대로 지위에 걸맞은 펫을 원하기 때문이다.

아니, 펫 랭크가 계급장 대신이라고 일컬어지는 에오스의 현재 상태에서 지위에 걸맞은 펫을 키운다는 건 엘리트에게 주어진 당연한 의무이기도 했다.

그런 의미에서는 교배 시설 랭크도 매우 명확하다.

펫 중에서 최고급이라고 불리는 아카데미산 '순혈종'은 블론디 전용 러브 돌이며 지위가 내려가면 펫 생산자의 랭크도 그만큼 떨어진다. 그것이 암묵적인 룰이었다.

그러나 이아손은 케레스의 잡종인 리키를 펫으로 삼음으로써 암묵적인 관례를 아무렇지도 않게 무시해 버렸다.

에오스 탄생 이래 최대의 스캔들이었다.

당연히 거센 폭풍이 몰아쳤다.

뜻밖의 사태에 엘리트들은 경악하고, 초조해하고, 당혹감과 혐오감을 드러냈다. 동시에 호기심 어린 시선을 감추지 못했다.

완벽한 계급 사회인 에오스에서는 블론디의 위광이 구석구석까지 드리워져 있었기에 대놓고 비판하는 자는 없었지만.

'슬럼의 잡종을 펫으로 키운다'.

만용이라고밖에 할 수 없는 무모한 도전에 대해 막대한 관심이 끊이지 않았다. 물론 은밀한 비웃음과 빈정서림도 곳곳에서 들려왔다.

펫들 사이에서는 더욱 과격하고 음습했다. 원색적인 질투와 경멸을 담고 뱉어내는 언어는 신랄했으며 노골적인 태도는 나날이 수위가 높아졌다.

그것도 모두 리키에게는 새삼스러운 일에 불과했지만….

리키의 입장에서 에오스라는 무균 상태의 밀폐된 세계밖에 모르는 펫들 따윈 히스테리를 일으켜서 꺄악꺄악 아우성치는 시끄러운 어린아이 집단에 불과했다.

알맹이 없는 자존심만은 하늘을 찌를 듯이 높은데 정작 하는 짓이 유치하다.

혼자서는 아무것도 할 수 없는 주제에 툭하면 무리를 지어 몰려다닌다.

독설과 욕설의 어휘력은 빈곤하기 짝이 없으며 근성 없이 노려보는 눈빛은 아무리 봐도 엉거주춤 불안할 뿐이다.

멍청하고 약하고 미적지근하고 쓸모없는 것들.

그런 녀석들을 말없이 위협하며 시야 밖으로 쫓아내기란 간단한 일이었지만 때때로 리키는 참을 수 없이 짜증이 났다.

에오스에는 썩어 넘칠 만큼 많은 펫들이 있건만 그중 머리와 몸을 풀기 위한 연습 상대가 될 사람조차 없다.

그런 녀석들을 위해 쓸데없이 에너지를 낭비할 생각은 들지 않았고 일일이 상대하기도 귀찮았다.

바보 같은 놈들을 조롱하며 놀 바에는 시큐리티 가드에게 시비를 걸어서 주먹다짐을 벌이는 게 훨씬 나았다.

전에 한번 정말 그렇게 했다가 리키는 지독한 벌을 받았다. 그러니 리키로서는 다시 같은 짓을 벌일 생각이 없었지만 그런 리키의 태도가 다른 펫들의 심기를 거스른 것은 명백한 사실이었으며,

악순환은 더욱 가속화되었다.

아무 할 일 없이 온종일 방 안에만 틀어박혀 있는 건 리키의 성격에 맞지 않았다. 적어도 에오스 안에 있는 별관―펫을 위한 레저 센터에 가면 다양한 오락거리가 있어서 따분하지는 않았다.

그 결과 리키가 돌아다닐 때마다 크고 작은 소동이 일어나는 게 이제는 일상다반사가 되었다.

하지만 리키는 단 한 번도 자신이 흉악한 트러블메이커라고 생각한 적이 없다.

끈질기게 시비를 걸어오는 건 언제나 상대 쪽이다. 그게 확실한 이상 아무 망설임도 없었다. 그렇다고 그런 상황을 피하고자 한걸음 물러서서 몸을 사릴 마음도 전혀 없었지만.

다가오지 마. 건드리지 마. 다치고 싶지 않으면 얌전히 시야 밖으로 사라져.

펫들의 노골적인 언동이 눈꼴사나운 만큼 리키의 오만하고 무례한 태도도 충분히 노골적이었다.

그 대립에는 손톱만큼도 양보가 없었다.

미다스 시민들이 벌레처럼 혐오하며, 존재 자체가 쓰레기나 다름없는 슬럼의 잡종이 블론디의 펫이다. 이 사실이 가져다주는 생리적인 반감은 그만큼 심각했다.

억압당한 새끼 양 떼이 서식처에 느닷없이 나타난 육식 동물 같은 이방인에 대한 본능적인 두려움도 느꼈을 터였다.

거칠고 강하며 또한 만만치 않고, 어디에 있어도 한눈에 알아볼 수 있다.

압도적인 존재감을 뿌리는 리키에게 필연적으로 따라붙는 맹목적인 질투도 있으리라.

어쩌면 글을 모르는 것이 미덕으로 여겨지는 펫과는 전혀 다른 가치관을 보여주는 리키에게 지금까지 경험한 적 없는 전율을 느꼈는지도 모른다.

하지만 무엇보다도 참을 수 없을 정도로 그들의 신경을 거스르는 점은 리키의 몸에서 뭔지 알 수 있는 작은 멍이 사라지지 않는다는 사실이었다.

사람들이 지켜보는 가운데 섹스를 하는 것이 상식인 '파티'에서도, 그 이외의 은밀한 스릴을 공유하는 '프라이빗 모임'에서도 리키는 성교를 하지 않았다.

그들은 당초에 데뷔 파티가 끝난 후에도 좀처럼 '파티'에 나타나지 않는 리키를 보란 듯이 크게 비웃었다.

펫으로서의 상식도, 예의도, 품격도 없는, 한심한 야생 원숭이에게 '교미'를 제안하는 주인은 아무도 없을 게 분명하다고.

파트너가 정해지지 않으면 교미 파티에는 참석할 수 없다. 교미할 수 없는 펫에게는 아무 가치도 없다.

그것이 그들의 '상식'이었다.

"꼴좋다."

"고소해라."

"하긴 슬럼의 잡종이니까."

그러니까 분명 머지않아 폐기될 것이다. 모두가 그렇게 믿어 의심치 않았다.

그러나 그렇지 않았다.

리키가 교미 파티에 나타나지 않는 이유는 파트너 신청이 없었기 때문이 아니었다. 그뿐인가, 주인인 이아손이 그런 종류의 신청을 모두 거절했다는 사실이 판명되었을 때 그들은 경악했다.

게다가 '파티'에도 '프라이빗'에도 나오지 않는 리키의 몸에는 분명 성교의 흔적이 새겨져 있었다.

『이아손 님이 직접 리키를 안는 것 같다.』

처음에 누가 그 말을 입에 담았는지는 모른다. 하지만 그 소문은 충격적인 놀라움과 함께 펫들을 전율시켰다.

소유권을 주장하듯 피부에 새겨진 키스 마크.

펫이 그 흔적을 피부에 남기는 건 파트너의 자격을 얻어 교미 파티에 참석했을 때뿐이라는 규정이 있다.

그렇기 때문에 파트너로 지명을 받지 못해 성욕을 주체하지 못하는 자가 '프라이빗'에서 성욕을 발산할 때에는 피부에 흔적이 남지 않도록 신경질적일 정도로 세심한 주의를 기울인다.

음탕하다는 것은 펫의 '본성'이기도 하지만 아무나 닥치는 대로 난행을 일삼는 자는 남들에게 경멸당한다는 것도 분명한 사실이다.

물론 그러다 들키면 그에 걸맞은 징벌이 기다리고 있으며 그로 인해 주인의 총애까지 잃고 최악의 경우에는 폐기 처분될 수도 있다.

펫은 자신이 소모품이라는 사실을 인정하고 싶지 않아 하지만 주인인 엘리트에게 있어 펫은 얼마든지 대신할 물건이 있는 소모품에 지나지 않았다.

키스 마크가 끊이지 않는다는 것은 파트너 지명이 빈번하다는 증거. 말하자면 펫들에게 키스 마크라는 각인은 능력의 상징 그 자체라고 할 수 있다.

그런데 교미 파티에 한 번도 나타나지 않은 리키의 몸에서 그 각인이 사라지지 않는다.

'주인이 펫을 안는다'.

오랫동안 이어져 내려온 에오스의 상식으로는 있을 수 없는 사실이었으나 틀림없는 현실이었다. 바로 그 점이 그들의 분노를 자극했다.

이아손에게 안겨 미친 듯이 몸부림치고 교성을 지르는 리키의 모습을 떠올리며 그들은 괴로움과 혐오감에 떨었다.

허리를 들썩이고, 엉덩이를 뒤틀고, 꼿꼿하게 일어선 성기를 쥐어 짜여 사정하는 모습을 상상하며… 이를 악물었다.

질투했다.

단순한 상상도 착각도 아닌, 주인인 이아손의 '물건'에 마음껏 박히고 있다고 생각하면 몸속이 타들어 가는 듯한 증오심마저 느꼈다.

『왜?』

『어째서?』

『왜 리키만?』

그렇게 생각하면 리키를 향한 거센 분노가 더욱더 커졌다.

그들의 주인은 발밑에 자신들을 두긴 해도 펫인 그들에게 손가락 하나 대지 않는다.

펫은 '감상'하는 것이지, 직접 '만지고' '사랑하는' 것이 아니다.
그것이 엘리트의 상식이기 때문이다.

일상생활에서 그들의 시중을 드는 역할은 펫보다 훨씬 하등한
존재, '퍼니처'라고 불리는 인간이 맡는다.

퍼니처는 방에 구비되어 있는 소모품이다. 소모품이기 때문에
인간 취급 따위 할 필요가 없다.

그런데도 모든 것이 최첨단 전자기기로 자동화된 에오스에서는
방에 딸려있는 퍼니처의 손을 거치지 않으면 그들은 혼자 식사조
차 할 수 없으며, 몸을 깨끗이 씻고 기분 좋게 편안한 잠을 잘 수
도 없다.

지금까지는 당연한 일이었고 그들은 그런 생활에 아무 의문도
느끼지 않았다.

하지만 리키가 에오스에 온 후부터 달라졌다.

그들의 '상식'을 비웃었고, 정해진 '룰'을 파괴했으며, 암묵적인
'관례'마저… 모든 것을 태연한 얼굴로 짓밟았다.

싫었다.

…분하고… 불안했다.

지금까지 불변이라고 믿었던 것들이 흔들흔들 흔들리다 이윽고
자신들의 존재 가치마저 무너져버릴 듯한 공포로 바뀌었다.

누군가가 어떻게든 해주기를 바랐다.

그러나 횡포가 눈에 거슬리는데도 주인들은 '정당성'이니 'IQ의
차이'니 하면서 그들에게는 이해할 수 없는 말만 늘어놓을 뿐 아

무도 진심으로 그 행위를 나무라지 않았다.

즉, '블론디의 펫이니까'.

그 한마디 때문이라고 그들은 생각했다.

하지만 이아손의 펫이라고 해서 지금까지 모두 그러진 않았다.

그뿐인가, 리키를 키우기 전에 이아손은 반년, 길어야 1년 단위로 빈번하게 펫을 갈아치웠다. 그것도 아카데미산 최고급품인 '순혈종'을 아낌없이.

아카데미산 순혈종이라는 '혈통'에 블론디의 펫이었다는 '이력'이 추가되면 부가가치는 단숨에 뛰어오른다. 그런 쪽의 뒷사정은 일절 공표되지 않지만 이아손이 빈번하게 펫을 갈아치우는 데에는 나름대로 필연성이 있었다.

이아손이 펫의 교미권을 행사하는 일 따위 좀처럼 없었으며 이아손의 펫은 신청을 받으면 매일 파트너를 바꾸어 가며 파티에 나가야 하는 경우도 흔했다. 게다가 페어링에도 그다지 신경을 쓰지 않았다.

그런데 어째서? 최악의 쓰레기라고 경멸받는 슬럼의 잡종에게 도대체 왜? 자신들이 얻을 수 없는 '특권'이 무조건적으로 주어지는 걸까!

그렇게 생각하면 암컷도 수컷도 추악하리만치 질투를 드러내지 않을 수 없었다.

그 밖의 많은 사람 속에 유일하게 특별한 존재.

배제되어야 마땅할 이단이 '특별'한 대접을 받는다는 사실을 용서할 수 없었다.

그러나 리키는 그들의 공격이 혹독하면 혹독할수록 더욱 방약무인하게 굴었다.

자신에게 쏟아지는 적의에는 태연하게 침을 뱉었다.

굳어질 대로 굳어진 편견에는 보란듯이 무시하는 태도를 보였다.

그리고 실질적으로 해를 입히는 노골적인 괴롭힘에는 보복이라도 하듯 가차 없이 따귀를 날렸다.

리키는 누구에게도 아양을 떨지 않았다. 주인인 이아손에게조차도….

한걸음 물러서서 순응하면 편해지리라는 걸 알면서도, 한번 우습게 보이면 그 후로는 계속 그들의 발을 핥으며 지낼 수밖에 없다고 생각했다.

미다스 출신이라는 자부심과 슬럼 출신의 의지는 서로 양립할 수 없다.

그런데 그것을 훨씬 웃도는 펫들의 강렬한 선민의식을 앞에 두고 리키의 자존심은 더욱 단단해질 뿐, 결코 무너지지 않았다.

펫들이 온종일 주인의 발치에 엎드려 있는 것은 아니다.

스릴과 심심풀이를 겸해서 개인적인 시간에 주인의 눈을 속이고 몰래 섹스를 하는 자도 있으며 추종자들을 거느리고 기뻐하는 자도 있다.

펫들 사이의 파벌 다툼은 치열하기 그지없어서 누구 한 사람 방관자로 머물 수 없다.

그로 인해 일어나는 린치는 일상다반사. 주인도 눈치채지 못할 만큼 교묘하고 뿌리 깊다.

아니…, 그들의 주인은 자신의 계급장을 대신하는 액세서리인 펫에게는 관심이 있어도 그들 자신에게는 집착이 없다.

화려하고 사치스러운 생활.

그 뒤에 숨겨진 초조함과 두려움.

자신의 성(性)을 파는 펫의 황금기는 짧다.

'동정 상실', '처녀 상실', '페어링' 등은 3대 이벤트 쇼이며 그 시기가 지나면 펫으로서의 가치는 확실하게 추락한다고까지 일컬어지고 있다.

그것은 에오스에서 사육당하며 처음으로 알게 되는 현실이다.

고위 엘리트의 펫이라고 해서 언제나 '내일'이 약속되지는 않는다. 아무리 아름다워도, 완벽한 몸매를 자랑해도, 시간은 무정하게 흘러간다.

에오스에서 펫의 면면은 매일매일 변동한다.

주인이 질리면 그걸로 끝이다.

하물며 '수컷'이라면 더욱 그렇다. 첫 경험을 치르고 무사히 페어링을 마쳐도 에오스에서 소년기를 모두 보낼 수 있는 자는 지극히 드물다.

이미 변성기를 마치고 음모가 자라기 시작한 펫은 별개로 쳐도 타나그라에서는 그에 직면하여 스스로 호르몬 억제를 신청하는 자도 드물지 않다.

소년에서 '수컷'으로 변모하는 것에 대한 불안과 혐오는 주인의 총애마저 잃어버리지는 않을까 하는 의심마저 한없이 품게 만든다. 그 외에는 살아갈 방법을 모르는 펫의 가련함이기도 했다.

그 때문에 펫에게는 수치심이라는 감각이 결여되어 있다.

명령을 받으면 그 어떠한 수치스러운 행위에도 응하는 것이 습성이다.

그만큼 미다스에서 성을 파는 할렘보다 음탕하고 놀라운 '성의 향연'이 이곳에는 존재했다.

본래 이아손은 어느 정도 리키를 조교하고 나면 관례에 따라 신입 펫의 '데뷔' 파티에 내보내고 그 후 적당한 '암컷'을 골라서 교미를 시킬 작정이었다.

그때 슬럼의 잡종이라는 이례적인 출신에 상대가 난색을 표할지도 모른다는 점은 얼마간 예상했지만 크게 신경 쓰지 않았다. 펫 사이의 교미 지명권은 언제나 주인의 재량이기 때문이다.

계급이란 넘을 수 없는 벽이다. 하극상 따윈 영원히 일어날 수 없다.

하물며 단순한 소모품에 불과한 펫에게 자유의지 따윈 없다. 지명을 받은 주인이 승낙하면 교미가 결정된다.

지금까지 이아손이 '지명권'을 행사한 적은 없었지만 앞으로는 적극적으로 사용할 생각이었다.

동성 간의 섹스가 상식인 슬럼의 잡종이 어떤 식으로 암컷을 안을 것인가. 이아손은 순수하게 흥미가 있었다.

슬럼에서 리키가 남자를 안았는지 혹은 안겼는지, 딱히 아무래도 상관없었다.

슬럼의 잡종이라는 출신이 알려진 이상 슬럼과 마찬가지로 동성과 교미를 시키는 것은 아무 의미도 없고 재미도 없다. 타성에 빠진 유희만큼 따분한 것은 없기 때문이다. 그래서야 굳이 슬럼의 잡종을 에오스로 데려온 의미가 없다.

아무리 맑은 물이라 한들 고이면 썩는다.

그렇다면 가끔은 바람구멍을 뚫어도 좋지 않을까.

그러고 나서 어떤 바람이 불어올지는… 아직 모르지만 적어도 따분하지는 않으리라.

그래서 리키의 첫 교미 상대는 '암컷'으로 정했다.

그러나 이아손은 사흘도 지나지 않아 쓴웃음을 지으며 계획을 수정할 수밖에 없었다.

펫 '데뷔'의 문제가 아니었다. 예상하고는 있었지만 리키의 머릿속에는 반항과 거절밖에 들어있지 않았다.

입만 열면 슬럼의 억양이 잔뜩 묻어나는 비속어와 독설, 욕설의 폭풍.

조금만 방심하면 곧 주먹과 발차기가 날아왔다.

하지만 이아손은 여유만만했다.

'흠… 슬럼의 잡종은 기운이 넘치는군. 이 정도면 당분간 따분하지는 않겠어.'

마음속으로 그렇게 중얼거리고도 남을 정도였다.

마구 날뛰는 리키를 수월하게 바닥에 찍어 누르고 그 팔을 구속했다.

"이런 꼴로는 펫의 데뷔 파티 따위, 도저히 못 내보내겠군."

보란 듯이 한숨을 쉬며 이아손이 그렇게 말하자 리키는 물어뜯을 듯한 얼굴로 내뱉었다.

"그럼 그런 녀석을 키워. 타나그라의 블론디 님은 뭐든 마음대로 골라잡을 수 있는 대단한 신분이잖아?"

"이제 와서 그럴 수는 없지. 아무래도 에오스 전체에 소문이 나서 표적… 이 된 모양이니까 말이야. 블론디의 펫답게 제대로 교육을 시킨 후 파티에 내보내겠다."

그 '교육'이라는 게 어떤 것인지 확실하게 이해시키기 위해 처음 한 달 동안 이아손은 리키에게 속옷조차 주지 않았다.

전라인 상태로 방에서 키움으로써 펫이 자유의지 따위는 없는 '물건'이라는 사실을 자각시키고, 동시에 타인의 시선에 노출되는 수치심을 뿌리째 뽑아버릴 생각이었다.

원칙적으로 펫의 교미는 사람들이 지켜보는 가운데 이루어지게끔 되어 있다.

섹스에는 익숙해도 사람들 앞에서 하는 교미는 처음일 터. 그 성격이라면 긴장은 해도 성기가 수그러들지는 않으리라 생각했지만, 막상 교미를 할 때 발기하지 않으면 아무런 의미가 없다.

무엇보다도 자신의 체면이 땅에 떨어지고 만다.

아무래도 그건 곤란하다….

그렇다면 처음부터 신중에 또 신중을 기해 확실한 '조교'가 필요하다고 생각했다. 새삼 슬럼의 잡종이 순종을 하리라고 기대하지는 않지만 때와 장소를 가리지 않고 이를 드러내는 어리석은 펫은 곤란하다. 주인에게 창피를 입히지 않도록 기본만큼은 잘 가르쳐야 한다.

펫의 교미를 감상하는 것은 엘리트의 취미였다.

자신의 펫이 교미 파트너에게 지명받아 많은 경험을 쌓도록 하는 것이 올바른 주인의 사육법이자 그로 인한 펫의 성숙도를 즐기는 것이 미덕이었다.

결과적으로 그것은 펫 자신의 가치를 높이는 평가로도 이어진다. 이른바 펫으로서 '관록'을 쌓게 된다.

침대 위에서의 기술에 뛰어난 미다스 할렘 출신의 수컷 펫은 그 점을 충분히 인지하고 있으며, 교미 상대로서 자신을 얼마나 비싸게 팔 수 있을까 하는 야심과 테크닉이 있고, 어떤 경우에도 먼저 주눅이 들지 않는다.

그 때문에 첫 발정기를 맞이한 수컷의 '길들이기'와 처녀의 '첫 경험'에는 반드시 할렘 출신의 펫을 파트너로 선택하는 것이 에오스의 상식으로 여겨질 정도다.

순수하게 펫으로 사육된 자들에게는 수치심이 없다.

목욕부터 배변 뒤처리까지 모든 것을 퍼니처의 손에 맡기는 것에 아무 의문도 품지 않을 만큼 부끄러움을 모른다.

교미 전에 몸을 풀어주기 위한 자위를 익히는 데 조금의 부끄러움이나 망설임이 없으며 퍼니처에게 뒤처리를 맡기는 일도 지극히 당연하다 여긴다.

사람들이 지켜보는 가운데 교미하는 것이 원칙인 이상 펫에게 최고의 미덕은 수치심을 갖지 않는 점임에 틀림없었다.

그러나 펫의 발정 주기에는 뚜렷한 개인차가 있다.

교미 파트너가 정해지지 않아서 성욕을 주체하지 못하는 자는 프라이빗에서 몰래 발산하는 것이 암묵적인 관례였다. 피부에 뚜렷한 흔적만 남기지 않으면 주인도 묵인하곤 했다.

그마저도 할 수 없는 자는 퍼니처에게 구음을 시켜서 성욕을 처리하는 경우도 있다….

펫의 생각 이상으로 주인들은 자신의 펫을 잘 파악하고 있다. 왜냐하면 펫의 잘못은 주인의 수치이기 때문이다.

그 때문에 방마다 퍼니처가 존재한다.

펫은 주인에게 순종적이어야 한다고 교육받지만 퍼니처는 주인에게 충실해야 한다. 그것이 철칙이다.

원칙적으로 펫과 퍼니처의 성적인 접촉은 금지되어 있지만―주인이 허가한 경우는 예외다―펫의 대다수는 주인과 다른 펫에게 들키지 않으면 그래도 상관없다고 생각하고 있음에 틀림없다.

만에 하나 주인에게 발각되더라도 질책당하고 벌을 받는 것은 소모품인 퍼니처 쪽이리라고 그들은 믿어 의심치 않았다.

그러나 리키는 펫의 세계에 대해 전혀 알지 못했다.

퍼니처 앞에서 나체를 드러내는 것에도, 이아손의 시선에도, 리키는 뚜렷하게 혐오를 드러냈다. 그때 스스로 다리를 벌리며 이아손 자신을 도발했던 악동이 맞는가… 하는 생각이 들 정도였다.

의외였다. 슬럼의 잡종에게는 아무 금기도 없고, 상대를 고르지 않고 닥치는 대로 교접하는 절조 없는 것들뿐이라고 생각했기 때문이다.

실제로 리키는 거리에서 우연히 얽히게 된 이아손을 창관으로 데려가 변덕의 대가와 입막음 값을 자신의 몸으로 지불하려고 했다.

그래서 이아손은 '슬럼의 잡종은 사냥에 실패하면 남자를 낚아서 푼돈을 버는 한심한 종자들'이라고 생각했었다.

그러나 그런 일에 익숙하겠거니 생각했던 리키의 정조관념은 의외로 확고했다. 그뿐인가, 과격한 성격과 달리 그 방면으로는 예상외로 닳지 않았던 것이다.

'이건 어쩌면 생각도 못 한 수확일지도 모르겠군.'

이아손은 내심 회심의 미소를 지었다.

'그렇다면 시간을 들여 정성껏 길들여 주지.'

그럴듯한 먹이를 던져주면 들고양이도 나름대로 크게 변신한다는 것은 이미 증명된 사실이다.

그렇게 생각한 이아손은 리키라는 원석에 지금까지 이상으로 흥미를 느꼈다.

다음으로 이아손은 자신의 눈앞에서 자위를 하라고 리키에게 강요했다.

일상생활 속에서 전라가 되어도 자존심을 버리지 않는 리키의 고집을 이 기회에 철저하게 짓밟아줄 생각이었다.

그에 대한 리키의 반응은….

지금까지보다 더한 독설과 훨씬 더 과격한 폭언.

그리고 완고한 거절이었다.

안색을 바꾸며 반항하는 리키를 찍어 누르고 치부를 드러나게
한 후 퍼니처에게 명령을 내렸다. 단단하게 발기할 때까지 정성껏
자극하고 마지막에는 반드시 자신의 손으로 처리하게 했다.

이아손이 직접 하는 것보다 퍼니처에게 맡기는 편이 효과가 있
다는 사실을 알고 있었기 때문이다.

그중에서도 리키가 가장 싫어하는 것은 퍼니처에게 자신의 성기
를 구음시키는 행위였다.

귀두를 핥을 때마다 엉덩이가 뒤틀렸고, 음경을 빨 때마다 허벅
지가 경련했다. 혀끝으로 요도를 희롱할 때마다 교성이 흘러나왔
으며 고환을 가볍게 깨물 때마다 허리가 튀어 올랐다.

이아손뿐만 아니라 퍼니처 앞에서도 자신의 추태를 드러내는
것이 리키에게는 참기 어려울 정도의 굴욕이었던 모양이다. 사정
할 것 같으면서도 사정하지 못하는 답답함 끝에 자위를 강요당했
으니 아마도 최악이었으리라.

이아손은 자신의 무릎 위에서 다리를 벌리고 퍼니처에게 구음
을 받는 치욕에 몸을 떨며 신음하는 리키의 귓가에서 독을 듬뿍
담아 조롱했다.

"슬럼의 잡종은 모럴 따위 털끝만큼도 없는 쓰레기라고 들었다
만, 아닌가? 그때 변두리 창관으로 나를 끌고 가던 기세는 어디
갔지?"

"나… 는 노출광도… 섹스 중독자도 아니, 야."

"펫의 교미는 사람들이 지켜보는 가운데 이루어지는 게 상식
이다."

"…홍. 엘리트 님들은 모조리… 변태인가 보군."

"파티는 두 달 후다. 그때까지 어떻게든 그럴듯하게 보이도록 교육시켜 주마."

"웃음거리만 될걸. 슬럼의 잡종은 천박하고 지저분한 원숭이…니까."

"무지하고 교활하고 성질 나쁜 원숭이에게도 하나쯤은 장점이 있는 법이다. 그걸 잘 개발해 주마."

그렇게 말하며 등 뒤에서 손을 뻗어 고환을 움켜쥐자 리키는 갈라진 목소리로 비명을 질렀다.

"…흐읏, 아아아…."

"파티에 내보내는 이상 나도 창피를 당하고 싶진 않다. 너는 나의… 이아손 밍크의 펫이다, 리키. 그걸 몸에 똑똑히 새기도록 해라."

이아손은 리키가 순순히 다리를 벌리고 자신의 손으로 성기를 애무하여 정액을 토해낼 때까지 반드시 퍼니처에게 구음을 시켰다.

발목을 움켜잡힌 채 다리를 벌리는 굴욕은 퍼니처가 늘어진 성기를 핥음으로써 배가된다. 그대로 입안에 머금어 강제적으로 발기를 시키면 더더욱 치욕이 가속된다.

퍼니처의 구음은 쓸데없는 자존심을 버리지 못하는 벌이라고 리키에게 자각시켜야만 했다.

부풀어 오른 귀두를 입술로 애무하는 것도, 고환이 경련을 일으킬 정도로 음경을 핥는 것도, 요도가 얼얼할 만큼 빠는 것도 전부 완고한 고집의 대가라고 말이다.

그리고 몸속 가장 깊은 곳에 가차 없이 새겨 넣는다. 구음을 당해 교성을 지르며 몸부림치는 것은 굴욕이 아니라 펫으로서 당연한 모습이라고.

그리하여 명령을 내리면 입술을 깨물면서도 다리를 벌리고 미간을 일그러뜨리며 사정하게 될 때까지 2개월이 필요했다.

에오스로 데려온 지 3개월. 그만큼 수고를 들여 리키가 배운 것은 자위뿐.

그것을 생각하면 이아손은 쓴웃음을 금치 못했다.

'역시 슬럼의 잡종인가…. 나를 제법 즐겁게 해 주는군.'

그동안 얼굴을 마주칠 때마다 라울은 온갖 빈정거림을 퍼부었다.

"어떤가, 그 더러운 원숭이는. 재주 하나라도 익혔나."

"자네답지 않게 애를 먹고 있나 보군."

"어차피 돈도 들이지 않고 데려온 녀석인데 빨리 버리지그래?"

동시에 다른 블론디들의 실소도 샀지만 이아손은 딱히 신경도 쓰지 않았거니와 초조해하지도 않았다.

예전에는 펫 따윈 감상용 장난감은커녕 눈에 거슬리지 않는 장식물이면 그만이다—정도의 생각밖에 없었던 이아손으로서는 크나큰 변화였다.

또다시 3개월을 들여 이아손은 느긋하게 리키를 길들였다. 감도가 매우 좋고, 몸 자체는 애무에 순종적인데도 리키의 고집은 확고했다.

결코 언성을 높이지 않고, 때리지도 않고, 아무런 폭력도 휘두르지 않았다.

그 대신 퍼니처에게 계속 구음을 시켰다.

그렇게 '치욕'과 '쾌락'이라는 독으로 옭아매서 리키의 반항을 봉쇄했다.

반년 후.

이아손은 처음으로 리키를 안았다.

그때까지 항상 리키 앞에서는 냉정한 태도를 무너뜨리지 않고 옷자락 하나 흐트러뜨린 적이 없건만—왜?

어째서 직접 슬럼의 잡종을 안을 마음이 생긴 것일까.

굳이 말하자면 단순한 변덕이라기보다는 끝없는 흥미 때문이었을지도 모른다.

'거칠고 지저분한 원숭이'며 '학습 능력이 없는 쓰레기'라고 이아손은 실컷 모멸의 발언을 되풀이했다.

"지금까지의 성과를 보여 봐라."

그러던 그가 갑자기 그렇게 말하며 균형미의 극치라고 할 수 있는 나신을 드러냈을 때 리키는 어이가 없어졌다.

'왜 당신이…'

그렇게 말하고 싶었지만, 할 말을 잃어버린 상태였다.

밀착한 피부의 감촉이 인공체라는 사실을 인식할 수 없을 만큼 탄력과 온기로 가득 차 있기 때문일까, 리키는 차츰 몸의 긴장을 풀었다.

아니.

아무리 작은 반항을 해도 몇 배나 되는 징벌을 내렸다. 결국 순종적으로 쾌락을 받아들이는 것이 펫의 의무라는 사실을 몸 구석구석까지 새긴 끝에 얻은, 일종의 '성과'일지도 모른다.

이아손의 애무는 농밀하고 군더더기가 없으며 또한 정교했다. 어디를 어떻게 애무하면 리키가 몸을 떨고, 신음하고, 고개를 젖히는지… 훤히 알고 있기에 이아손에게는 여유가 있었다.

젖꼭지를 애무한 순간 리키의 고동이 빨라졌다.

손가락으로 희롱하자 젖꼭지가 뾰족하게 일어섰다.

단단하게 뾰족해진 젖꼭지를 손가락 끝으로 집자 건방진 검은 눈동자가 음란하게 젖어들었다.

그대로 비비듯이 문지르기만 해도 입술을 떨며 순순히 성기가 고개를 치켜들었다.

이아손은 목 안으로 나지막하게 웃었다.

'그래도… 아직 부족해.'

젖꼭지를 입에 머금고 희롱하자 이아손의 손 안에서 리키의 성기가 단단해지더니 끄트머리가 축축하게 젖기 시작했다.

손안의 성기를 움켜쥐고 부드럽게 주무르며 젖꼭지를 깨물 듯이 힘껏 빨았다.

그것만으로도 참을 수 없는 자극이 된 걸까, 쿠퍼액이 주르륵 배어 나왔다.

젊고 건강한 몸은 쾌락에 약했다.

쾌감에 길들여진 몸은 더더욱 탐욕스러웠다.

설령 리키 본인이 그 사실을 죽을 만큼 혐오한다 해도 일단 불이 붙은 충동은 멈추지 않는다.

가슴을 헐떡이고, 미간을 일그러뜨리고, 달콤한 교성을 삼키고, 몸을 활처럼 휘며 리키가 사정한다.

주르르르륵…, 뜨거운 열기를 토해내듯 정액이 흘러나온다. 살아 있는 '수컷'의 특권을 과시하듯이.

그것은 요 몇 달 동안 이미 지겨우리만치 익숙해진 광경이었다.

그런데 어째서일까.

이아손은 문득 씁쓸한 무언가가 치밀어 오르는 감각을 의식했다. 말로 표현하기조차 망설여졌다. 이유를 알 수 없는 불쾌한 감각이었다.

그러나 그것은 곧 냉소로 변해 입술 끝에 걸렸다.

리키는 거친 숨을 몰아쉬며 몇 번이나 입술을 핥았다.

그 모습을 흘낏 바라보며 이아손은 침대 옆의 테이블로 손을 뻗었다.

그곳에는 작은 벨벳 상자가 있었다.

상자를 열자 안에는 둔탁한 광택이 흐르는 링이 담겨 있었다. 반지보다 크지만 팔찌만큼 크지는 않았다. 얼핏 보기에는 아무런 특징이 없는 백금의 링이었다.

그러나 자세히 살펴보면 표면에 작은 문자가 새겨져 있음을 알 수 있었다.

'Z-107M'.

그것은 리키의 등록 펫 넘버였다.

이아손은 시들어버린 리키의 분신에 링을 끼웠다.

순간 리키가 튕기듯 몸을 일으켰다.

그리고 창백한 얼굴로 자신의 성기에 끼워진 링을 응시했다.

"뭐… 야, 이건."

"너의 펫 링이다."

"펫… 링?"

"그래. 오늘부터는 그게 너의 ID 대신이다."

"하지만 펫 링은 목걸이나 귀걸이나… 그런 거라고 다릴이…."

"그런 액세서리 같은 링은 지극히 평범하게 주인의 말에 얌전히 복종하는 펫에게 주어진다. 말을 안 듣는 슬럼의 잡종에게는 D타입 특별주문품이 가장 잘 어울리지."

"웃… 기지 마, 빼!"

"주인에게 아무렇지도 않게 그런 폭언을 내뱉는 너에게는 그걸로 충분하다는 뜻이다."

리키를 위해 특별히 주문한 D타입의 펫 링.

A타입은 지극히 평범한 반지.

B타입은 목걸이.

C타입은 귀걸이.

반짝거리는 보석이 박힌 액세서리 타입의 펫 링은 펫들의 허영심을 채워주기에 충분할 만큼 반짝거리며 그들의 외모를 돋보이게 해 주었다.

그러나 D타입은 다르다.

에오스가 아무리 넓다 해도 특별주문품 D타입 링을 낀 펫은 분명 리키 한 사람뿐일 것이다.

나노 테크놀로지를 도입한 최신형 형상 기억 합금으로 만들어진 링은 지나치게 **빡빡**하지도, 느슨하지도 않게 리키의 성기 밑부분을 부드럽게 조였다.

"제…, 젠장… 날 뭐로 보고…, 풀어줘어어!"

아우성치는 리키의 입을 다물게 하는 것은 간단했다.

이아손은 자신의 왼쪽 손가락에 끼워져 있는 심플한 반지를 천천히 어루만졌다.

그 순간이었다.

길길이 날뛰던 리키의 목소리가 부자연스럽게 끊기고 별안간 그 몸이 움찔 휘었다.

"…크윽…, 아… 아아."

다리 사이를 양손으로 움켜쥐고 몸을 웅크리며 리키는 일그러진 얼굴로 신음했다.

리키는 자신의 몸에 무슨 일이 일어났는지조차 몰랐으리라.

일련의 과정을 자각시키기 위해 이아손은 다시 한 번 반지를 어루만졌다.

"흐윽… 아아아아!"

리키가 입가를 떨며 울었다.

"…크윽… 그… 만…, …아… 파… 아… 파…, 크윽…, 우욱."

이아손은 신음하는 리키의 머리카락을 움켜잡고 귓가에 냉랭하게 속삭였다.

"D타입 링은 이런 벌을 줄 수도 있지."

꿀꺽, 리키가 마른침을 삼켰다.

"잊지 마라, 리키. 펫 링이 너의 몸에 채워져 있는 한 너는 어디에 있어도 내 손안에 있는 거나 마찬가지다. 이 링은 위치 추적기도 겸하고 있지. 잡종은 잡종답게 행동하면 된다. 다만… 건방진 지껄임이 도를 넘으면 언제든지 이렇게 조여 주마. 알겠나?"

리키는 하반신을 부들부들 떨며 뻣뻣하게 고개를 끄덕였다.

"손을 떼고 그대로 천천히… 다리를 뻗어라."

그러나 굳어버린 다리는 좀처럼 움직이지 않았다.

"같은 말을 두 번씩 하게 만들지 마라."

리키의 귓가에서 살짝 톤을 낮춘 목소리로 말하자 리키의 몸이 눈에 띄게 굳었다.

"다리를 벌려라."

욱신거리는 아픔에 익숙하지 않아서인지 리키의 몸은 딱딱했다.

그래도 리키는 이아손의 명령대로 머뭇머뭇 다리를 벌렸다.

"아직이다. …좀 더. 너의 링을 내게 보여라."

다리 사이의 중심은 그리 짙지 않은 수풀에 가려져 시들어 있었다. 두 개의 구슬도 완전히 위축되어서 조금 전 주어진 자극이 얼마나 극적이었는지 잘 알 수 있었다.

이아손은 천천히 손을 뻗어 손가락 끝으로 몇 번이나 리키의 링을 어루만졌다. 그리고 만족스러운 미소를 지었다.

몇 분 후.

리키는 시트에 뒤통수를 비비듯 몸을 젖히며 끝없이 신음하고 있었다.

애널에는 이미 두 개의 손가락이 꽂혀 있었다. 좁은 입구를 벌리듯 손가락을 움직일 때마다 리키는 숨을 삼키며 하반신을 움찔거렸다.

꼿꼿하게 일어선 성기는 핏줄이 불거진 채 배에 닿을 듯이 휘어져 있었다.

그 성기를 움켜쥐고 남자의 쾌감이 집약된 부분을 가볍게 자극한 순간 리키의 몸은 흥미로울 정도로 움찔거리며 튀어 올랐다.

"…으윽… 앗… 앗…, 으응… 앗… 아아앗…, 으응…."

손안의 성기는 단단하게 두근두근 박동하며 더욱 꼿꼿하게 휘었다.

농밀하고 끈적거리는 듯한 야릇한 감각이 허리 언저리를 기어다니는 쾌감에는 저항할 방법이 없는지, 리키의 떨리는 입술에서는 허스키한 교성이 끊임없이 흘러나왔다.

고환은 조금도 늘어지지 않고 링으로 탄탄하게 조여 있었다.

움찔움찔 경련하는 허벅지 안쪽 근육이 쾌감의 깊이를 말해준다.

강약을 줘서 리드미컬하게 애널을 범하며 고환을 희롱하자 리키는 목을 떨며 울었다.

"흐윽…, 아아아… 앗…, 응… 응…."

지금까지 들어본 적 없는 음란한 목소리였다.

높게, …낮게.

허스키한 교성을 지르며 리키는 울었다.

그리고 양손으로 자신의 성기를 격렬하게 흔들기 시작했다.

그러나 단단하게 일어선 성기는 허무하게 천장을 노려볼 뿐 사정할 기색을 보이지 않았다.

쾌감으로 인해 또렷하게 핏줄이 불거질 만큼 발기되어 있으면서도, 뿌리의 링이 성기를 조여서 리키의 사정을 막고 있었다.

"이제… 그만… 링… 을… 빼… 줘…, 그만… 사정하게… 해… 줘. …사정하게… 해… 줘…."

어깨를, 가슴을 거칠게 들썩이며 뜨거운 숨을 몰아쉬는 모습이 지독하게 음란했다.

이를 악물고, …소리를 죽여도 난잡하고 축축한 교성은 멈추지 않았다.

사정할 수 없는 쾌감에 몸을 태우고, 팔다리가 경련하고, 허리를 격렬하게 흔들며 리키는 신음했다. 쿠퍼액으로 축축하게 젖은 선단조차 붉게 부어올라 움찔거렸다. 그 모습이 생생해서 더욱 음란하게 느껴졌다.

펫들의 교미는 지금까지 수없이, 그야말로 질리도록 지켜봤다. 섹스라는 이름 아래 수컷의 본능도, 암컷의 광란도 지겹도록 지켜보았다.

그러나 품 안에서 울며 몸부림치는 육체의 음란한 열기를 이토록 생생하게 느껴본 적은 단 한 번도 없었다.

리키가 등을 휘며 신음할 때마다 항문이 움찔거리며 몸 안에 머금은 이아손의 손가락을 세차게 조였다.

뜨겁게 달아오른 성기 끝에서 끈적끈적하게 흘러내린 액체는 리키의 음모를 흠뻑 적시며 시트에 짙은 얼룩을 만들었다.

이아손은 그 생생한 추태를 물끄러미 응시했다. 입가에 맺혀있던 냉소는 어느샌가 사라진 지 오래였으며 두 눈은 뜨겁게 달아올라 있었다.

아직 맛본 적 없는, 머릿속까지 저릿저릿한 그 충동이 무엇인지 이아손은… 알지 못했다.

평소에 귀여운 구석이라고는 털끝만큼도 없는 슬럼의 잡종이 온몸을 떨고 있었다.

"사정하게 해 줘."

리키가 울며 애원하는 모습에 무언가가 머릿속에서 뜨겁게 욱신거렸다.

이아손은 천천히 몸을 움직여 리키의 발목을 움켜잡고 허리를 안아 들었다.

반쯤 몽롱한 의식으로 교태를 부리던 리키가 만약 이아손의 중심에 우뚝 선 흉기를 봤더라면. 분명 얼굴을 일그러뜨리며 주춤주춤 도망쳤을 것이다.

창조주 '유피테르'가 그렇게 생리적이고 세세한 부분의 메커니즘까지 신경을 썼다는 증거가 그곳에 있었다.

타나그라의 블론디는 최고급 섹서로이드이기도 했던 것이다.

리키의 그곳은 이미 충분하고도 넘칠 만큼 풀려 있었다. 그러나 암컷의 생식기처럼 유연하게 이아손의 성기를 삼킬 만한 여유는 없었다. 그 사실을 알면서도 이아손은 리키의 링을 느슨하게 풀며 가차 없이 꿰뚫었다.

그 순간.

"흐읏… 아아아아악!"

교성을 뛰어넘어 비명이 리키의 입에서 터져 나왔다.

얼굴을, 팔다리를, 목소리를 일그러뜨리며, 목을 뒤로 젖히고 경련하면서 리키는 울부짖었다.

그러나 이아손은 아랑곳하지 않고 단숨에 가장 깊은 곳까지 파고들었다.

깊이 하나로 결합한 상태에서 이아손은 거칠게 허리를 움직이기 시작했다.

파르르 떨리는 리키의 입술에서는 더 이상 비명조차 흘러나오지 않았다.

이아손이 허리를 흔들 때마다 리키의 몸은 가늘게 경련했다. 엄청난 정액을 흩뿌리며.

그로부터 만 3일 동안 리키는 혼자서 제대로 화장실조차 갈 수 없을 정도로 지독한 상태였다.

좀처럼 감정을 드러내지 않는 퍼니처 다릴의 얼굴이 움찔움찔 경련할 정도였다.

평소의 이아손이라면 결코 저지르지 않았을 실수였다.

생각 이상으로 음란한 리키의 모습에 자극을 받아서 자제할 수가 없었다. 그 사실을 인정하고 싶지 않았지만, 자각은 있었다.

'너무 지나쳤나.'

씁쓸한 뒷맛에 눈썹을 찡그렸지만 냉정하게 그 감정을 처리할 수 있을 정도로는 이아손도 일상을 되찾았다.

'왜?'

'어째서?'

떠오른 의문에 파고들며 자기 분석을 하기에는 결정적으로 정보가 부족했다.

그러나 그 후로 이아손은 리키와 교미할 상대를 정하려고 하지 않았다.

별다른 이유는 없었다. 아니, 없다고 생각했다.

블론디의 펫다운 품격도 순종도 전혀 없는 리키를 '프리 파티'에 내보내서 암컷과 교미를 시켜봤자 그야말로 자신의 체면만 깎아먹는 짓일 뿐이다.

좀 더 완벽하게 '길들이고' 나서도 늦지 않는다.

그러나 언제부터인가 그 생각은 수컷, 암컷과 무관하게 리키를 누구와도 교미시키고 싶지 않다는 마음으로 바뀌었다.

그것이 에오스에서 얼마나 이단적인 생각인지는 충분히 알고 있었다.

아니, 알고 있다고 생각했다.

신입 펫으로서 첫선을 보이는 파티, 이른바 '데뷔 파티'에 리키를 데려간 후로 평범한 교미 파티에는 한 번도 내보내지 않았다.

그것이 온갖 억측을 낳고 추문에 가까운 소문이 되어 퍼져도 이아손은 안색 하나 변하지 않았다.

하지만 주위의 상황이 그런 행동을 허락하지 않았다.

당연히 라울은 가차 없이 충고를 던졌다.

"이아손. 녀석을 프리 파티에 내보내. 데뷔한 지 1년이나 지났는데 단 한 번도 파티에 내보내지 않으니까 쓸데없는 소문이 퍼지는 거야."

"쓸데없는 소문이라면 별다른 피해도 없지 않나?"

"자네는 괜찮을지 몰라도 에오스의 풍기가 흐트러진다. 블론디라는 자가 관례를 깨면 어떻게 하나?"

"펫의 교미는 주인의 재량에 달려있다. 무슨 일이 있어도 반드시 교미를 시켜야 한다는 명확한 규칙은 없을 텐데?"

"그러니까 관례라고 하지 않았나."

"그렇다면 불만을 품을 것도 없지 않나."

"자네가 멍청한 섹스광 펫에게 싫증이 났다… 면 억지로 페어링을 시키라고 말할 생각은 없어. 그래도 프리 파티에는 내보내게. 내보내서 암컷을 안으라고 해. 암컷이 안 되면 수컷이라도 상관없어. 어쨌든 그 녀석을 다른 펫과 교미시키도록 해. 그러면 소문도 가라앉을 테니까."

추문을 재미있어 하는 것은 엘리트인 주인들이다.

그러나 그들의 펫들은 그 이상으로… 좀 더, 한층 절실하게 격분하고 있었다. 블론디 이아손이 슬럼의 잡종을 특별 취급하며 다른 누구와도 교미시키지 않은 채 품에 끌어안고 놓지 않기 때문이었다.

그 모습을 현실로 목도하는 충격.

지저분한 슬럼의 잡종과 교미하는 일은 지독한 굴욕이지만 그렇다고 해서 안 그래도 오만불손한 최저 랭크의 펫이 자신들을 내려다보면 더욱 화가 난다.

아니….

그런 분노보다는 불변이라고 믿었던 그들의 '세계'가 얼마나 불안하고 허무한지, 변하지 않을 거라는 생각이 그저 착각에 불과하다는 진실을 깨닫고 그들은 공포를 느꼈다.

그 공포가, 지나치게 이질적이라 존재 자체를 받아들이기 힘든 리키를 향한 증오로 바뀌기까지 그리 긴 시간은 필요하지 않았다.

뼛속까지 엘리트인 아이손으로서는 그런 펫들의 내면의 격정까지 정확하게 파악하고 이해할 수가 없었다.

펫의 분노와 두려움과 갈등을 가장 생생하게 실감하고 있었던 건 틀림없이 남자도 여자도 되지 못하고 거세당한 채 에오스에 머물고 있는 퍼니처들뿐일 것이다.

타나그라의 블론디에게는 있을 수 없는 이질적인 집착.

이단적인 격정.

이아손이 리키에 대한 집착을 명확하게 자각한 것은 우연히 리키가 자위하는 모습을 목격했을 때였다.

다른 누구와도 섹스를 시키지 않는 대신 자위는 인정한다. 그리고 이전처럼 퍼니처에게 구음을 시키지도 않았을 뿐더러, 절대 허락하지 않았다.

리키는 하반신을 드러낸 채 방 중앙에 누워 있었다.

홀로그램으로 생생하게 떠올라있는 암컷의 누드를 바라보며 끈적끈적하게 젖은 눈동자, 움찔거리는 코⋯. 이아손이 돌아온 것도 눈치채지 못할 만큼 리키는 행위에 몰두해 있었다.

그런 리키의 모습을 바라보며 이아손은 노골적으로 눈살을 찌푸렸다. 정체를 알 수 없는 불쾌함이 치밀어 올라서 도저히 참을 수 없었다.

이아손은 성큼성큼 리키에게 다가갔다.

그런 사실조차 눈치채지 못하고 리키는 낮게 신음하며 사정했다. 살며시 벌어진 입술 끝에는 만족스러운 미소마저 감돌고 있었다.

그것을 본 순간, 이아손은 머릿속에서 무언가가 폭발하는 소리를 들었다.

힘없이 늘어진 리키의 멱살을 움켜잡고 막무가내로 일으켜 세워서 갑작스러운 상황에 영문을 몰라 두 눈을 크게 뜬 리키의 뺨을 잇달아 후려쳤다. 리키의 머리가 흔들릴 만큼 가차 없는 따귀였다.

언제나 여유만만하게 말로 희롱할 뿐 지금까지 이아손은 언성을 높인 적조차 없었다. 하물며 리키를 때린 적은 한 번도 없었다. 그런데도 쳤다.

타나그라의 엘리트에게 필요한 것은 풍부한 지식과 냉정한 판단력이다. 그것이 흔들림 없는 자신감과 긍지의 원천이다.

그 정점에 선 이아손이 슬럼의 잡종을 상대로 저도 모르게 이성을 잃어버렸다. 날것의 분노에 사로잡혀 거의 발작적으로 리키를 때린 것이다.

리키가 암컷의 누드를 보며 자위에 몰두했다는 이유만으로.

그것은 블론디의 긍지에 쐐기가 박힌 것이나 다름없었다. 뜨겁고 격렬한 정욕의 쐐기가.

결정적으로 쐐기를 굳힌 사건이 바로 리키와 미메아의 소문이었다.

슬럼의 잡종과 아카데미산 버진.

생각지도 못할 조합에 처음에는 모두가 웃어넘겼다. 신빙성도 없거니와 악질적인 루머라고….

그러나 라울에게 추궁당한 미메아가 의외로 순순히 사실을 인정하자 에오스의 주민들은 경악하며 흥미진진하게 수군거렸다. 이아손과 라울 사이에 과연 불화가 일어날 것인지, 리키와 미메아는 어떻게 처리할 것인지를 흥미진진하게.

이아손이 리키를 평범한 펫보다 특별하게 다루고 있다는 사실은 이미 스캔들조차 되지 않을 만큼 공공연한 비밀이었다.

무엇보다도 리키의 몸에는 한눈에 뭔지 알아볼 수 있는 멍이 끊이지 않았다. 누가 봐도 일목요연했다.

인공체 엘리트가 슬럼의 잡종에게 욕정을 느낀다.

당연하지만 있을 수 없는, 아니, 상식적으로 있어서는 안 되는 비정상적인 감정을 이해할 수 있는 엘리트는 단 한 사람도 없었다. 라울조차….

그렇기 때문에 기르는 개에게 손을 물린 것이나 마찬가지…, 어찌 보면 블론디의 자긍심에 침을 뱉은 것이나 마찬가지인 이 사건이 어떻게 전개될지 많은 이들이 흥미진진하게 지켜보았다.

그러나 여러 사람들의 예상과는 달리 이아손은 지극히 냉정했다.

리키의 잘못을 인정하고 라울에게 사과함으로써 사건을 마무리지었다. 나름대로 처벌하겠다는 말과 함께.

라울의 입장에서도 이아손이 순순히 머리를 숙인 이상 입을 다물 수밖에 없었다.

대다수의 인간들이 기대했던 진흙탕 싸움은 벌어지지 않았고 표면적으로는 작은 풍파조차 일지 않았다.

물론 그렇지 않다는 사실을 알고 있는 이는 당사자인 리키와 리키가 지르는 비명을 듬뿍 들어야 했던 퍼니처 다릴, 둘뿐이었다.

리키는 미메아에게 '비겁자'라고 불리면서도 아무런 변명조차 할 수 없었다.

결국 아련한 연정… 이라고 불리기에는 떳떳하지 못한 감정이 파국을 맞이할 때도 리키에게는 아무 방법이 없었다. 그뿐인가, 이 아손이 내린 처벌에 진심으로 두려움을 느꼈다.

그리고 다릴의 일상은 리키와 이아손의 복잡하게 얽힌 격정으로 인해 조금씩 어긋나기 시작했다.

이아손은 미메아에 대한 감정이 시커먼 질투임을 솔직하게 인정했다. 아니, 스스로도 주체할 수 없는 불쾌함 탓에 뚜렷이 자각할 수밖에 없었다. 리키가 자신에게 특별한 존재라는 사실을.

독점욕이라는 격정에, 리키를 향한 이해할 수 없을 만큼 강렬한 정욕이 달라붙어 있다는 것을.

그러나 이아손은 블론디의 아이덴티티마저 던져버릴 수는 없었다. 그것이 자신에게 남겨진 유일한 제어장치인 양.

그렇다고 엘리트의 체면을 지키기 위해 리키를 놓아줄 생각은 조금도 없었다.

그저 특별한 '펫'으로 리키를 기르고 자신의 발치에 묶어둔다. 이아손이 내린 결론은 그러했다.

살아 있는 인간과 인공체.

펫과 주인.

누가 봐도 부자연스럽고 파멸적인 관계.

영원하지 않은 시한부의 관계.

그렇게 일그러진 인연으로밖에는 이어질 수 없는 두 사람이었다.

그러나 일그러진 인연은 폭주하기 마련이다.

다릴마저 휘말린 채… 아무도 예상하지 못한 형태로 말이다.

이아손이 그 사실을 알게 된 것은 그로부터 약간의 시일이 지난 뒤였다.

2장

중앙도시 타나그라.

어둠이 모든 것을 뒤덮어도 잠들지 않는 이형의 도시.

과거 가난한 행성이었던 '아모이'를 성간(星間) 연방정부를 위협하는 존재로 만들어낸, 괴물과도 같은 도시는 밤낮 구별이 없으며 도시 자체가 초 단위로 정연하게 호흡하고 있다. 미세한 어긋남도 흐트러짐도 없이 시간을 능욕하는 것이야말로 최상의 기쁨이라는 듯이….

타나그라는 아름답다.

거대하면서도 군더더기 없는 기능미를 지닌 동시에 합리적으로 통제되는 모습은 압도적인 존재감을 자아낸다.

마찬가지로 불야성으로서 밤에 군림하는 '미다스'와 극과 극의 아름다움을 다툰다. 그러나 그곳에는 결코 서로 양립할 수 없는 심연이 존재한다.

미다스 에어리어—3 'MISTRAL PARK(미스트랄 파크)'는 바로 그 타나그라와의 경계선에 위치하고 있다.

미다스 표준시 21:30….

울창한 빌딩 숲 가운데 최고층 빌딩의 접견실에서 키리에는 사람을 기다리고 있었다.

창밖에는 어둠을 채색하는 에어카의 전조등과 미등의 불빛.

"여기가… 타나그라…. 진짜 크다."

발밑으로 끝없이 펼쳐진 야경에 키리에는 눈을 크게 뜨고 감개무량하게 중얼거렸다.

"미다스의 네온이 꼭 조그만 장난감처럼 보이네. 위에는 위가 있다 이건가?"

서 있는 곳은 다르지만 과거 지금과 똑같은 말을 했던 슬럼의 잡종이 있다는 사실을, 다행인지 불행인지 키리에는 알지 못했다.

아이보리색 벽에 둘러싸인 공간은 몹시 넓었고, 구석구석 청결했으며 고급스러운 분위기가 흘러넘쳤다.

발밑에는 두터운 융단.

호화로운 가구와 장식품은 깊이 있는 진청색 계통으로 통일되어 있었으며 실내에는 기분 좋은 정적이 가득 차 있었다.

약속 시각까지는 아직 많은 시간이 남았다. 그런데 키리에가 일찍 도착한 건 그의 연락을 애타게 기다리고 있었기 때문이다.

이쪽에서 좀 더 자주 연락하고 싶어도 할 수 없는, 일방통행의 냉랭한 호출. 가늘기 그지없으며, 언제 끊어져도 이상하지 않을 연결 고리만이 지금 키리에의 전부였다.

애타게 기다리던 그의 연락을 받고 이곳으로 올 때까지, 마치 꿈속에 있는 듯 두근두근한 고양감.

몸속 깊은 곳에서 치밀어 오르는 충실감.

애써 삼켜도, 억눌러도, 입술 끝에 번지는 미소가 멈추지 않았다.

그러나 덧없이 시간만 흘러가는 가운데 키리에는 겨우 깨달았다. 초라한 자신의 존재가 이곳과는 너무나도 어울리지 않는다는 사실을 말이다.

키리에는 문득 시선을 돌리며 작은 한숨을 쉬었다. 구질구질한 케레스의 콜로니밖에 모르는 인간에게 지금 눈에 비치는 모든 것은 달콤한 독에 지나지 않는다.

여기는 자신이 있을 곳이 아니다.

누가 말해주지 않아도 키리에는 절실하게 자각했다.

그렇다….

지금은, 아직.

마음을 다잡으며 반대편 창문으로 시선을 돌리자 그곳에는 눈에 익은 화려한 밤의 얼굴이 펼쳐져 있었다. 어둠을 채색하는 요란한 일루미네이션. 불야성은 여느 때처럼 고혹적인 자태를 아낌없이 드러내고 있었다.

'역시 이쪽이 더 마음이 편안하군.'

익숙한 미다스의 화려함도 발밑으로 내려다보니 뭔가 각별했다. 이상하게도 선명한 반짝거림만이 눈에 신선하게 남았다.

'정말이지…. 고급 더블린(환각주)이라도 마신 듯한 기분이군.'

키리에는 황홀한 표정으로 눈을 가늘게 떴다.

이로써 세 번째다. 고층 빌딩 창문으로 미다스의 일루미네이션을 내려다보는 것은.

그쪽에서 지정하는 약속 장소는 그때그때 다르지만 발밑에 펼쳐진 반짝이는 네온은 언제나 눈부시게 키리에를 매료시켰다.

케레스에서는 결코 볼 수 없는 일루미네이션의 소용돌이를 처음 본 순간, 키리에는 아무 말도 할 수 없었다. 눈앞에 펼쳐진 광경에 그저 압도당했을 뿐….

태어나서 지금까지 말문이 막힐 만큼 화려한 아름다움과는 인연이 없었기 때문이다. 하물며 세찬 고동으로 가슴이 뜨거워진 경험 따윈 단 한 번도 없었다.

키리에는 처음 겪는 문화적 충격에 넋을 잃으면서도 옆구리가 짜릿해지는 듯한 흥분을 맛보았다.

그러나 두 번째 봤을 때는 발밑에 펼쳐진 미다스의 요염한 아름다움에 그저 한없이 화가 났다.

그가 태어나고 자란 케레스와의 너무나도 크나큰 격차에 새삼 격렬한 분노만 느껴졌다.

'왜… 우리만.'

'왜?'

'어째서?'

'왜 우리만 잡종이라고 멸시받으며 살아야 하는 걸까.'

그렇게 생각하지 않을 수 없게끔 만드는 뭔가가 곳곳에서 유혹적으로 흔들리고 있었다.

그리고 지금.

키리에는 그 어느 때보다도 절실하게 슬럼에서 기어올라 가기를 소망했다.

발밑에 펼쳐진 빛의 그물에는 폐쇄감으로 가득 찬 슬럼과는 다른 별세계의 마력이 숨어 있었다.

슬럼의 잡종이라는 씻을 수 없는 콤플렉스를 밀어낼 만큼 그 소망은 강렬하게 키리에의 가슴을 태웠다.

언젠가… 가 아니라 지금 당장에라도.

'기어올라 가고 싶다!'

강렬하고 절실한 충동이 키리에를 사로잡았다.

그때였다.

"늦어서 미안하군."

갑작스럽게 들려온 목소리가 몽상에 빠져있던 키리에를 현실로 끌어냈다.

약간 낮은 쿨 보이스. 갑자기 현실로 끌려 나오긴 했지만 안심하고 기댈 수 있을 것 같은 힘 있는 목소리였다.

자꾸만 두근두근 세차게 뛰는 가슴을 억누르며 키리에는 아무말 없이 시선만을 천천히 움직였다.

그 시선이 도착한 곳에 지나치게 단정해서 가까이 다가가기 어려울 만큼 서늘한 미모가 있었다.

타나그라의 최고위 엘리트. 그의 이름은 '이아손 밍크'였다.

"…안녕하세요."

키리에는 정중하게 깊이 머리를 숙였다.

이아손에게는 누가 명령하지 않아도 자진해서 그렇게 하게 만드는 품격과 위광이 있었다.

보통은 발밑에 납작 엎드리는 것조차 불가능한 구름 위의 사람이 눈앞에 있다. 지난번 만났을 때와는 사뭇 다르게 화려한 복장에 어질어질 현기증마저 느껴졌다. 그것만으로도 키리에의 심장은 터질 듯이 두근거렸다.

"그래, 어떻게 됐나?"

우아하다고밖에 형용할 수 없는 발걸음으로 다가온 이아손은 소파에 느긋하게 앉아서 천천히 입을 열었다.

"그게…."

제일 먼저 입 밖으로 튀어나온 키리에의 목소리는 묘하게 떨리고 갈라져 있었다.

'괜히 들뜨지 마. 진정해!'

내심 혀를 차며 스스로를 질타한 후 키리에는 메마른 입술을 핥았다.

"너무… 솔깃한 얘기라 얼떨떨하고 의심스러운가 봐. 뭔가 이상한… 수상한 속셈은 없나 고민하는 모양이야."

그 순간 뜻밖에도 이아손은 웃었다. 입가만 살짝 움직여서.

그렇지 않아도 놀라운 미모가 그것만으로도 무서울 만큼 고혹적인 분위기를 풍겼다.

관능적인 매혹에 키리에는 꿀꺽 마른침을 삼켰다.

"그렇군. 솔깃한 얘기에는 독이 있다 이건가."

"물론 그런 게 아니라고… 잘 설득하긴 했어."

이아손은 무례하고 주제넘은 키리에의 반말을 결코 나무라지 않았다. 그것만으로도 키리에는 자신이 특별한 권리를 얻은 듯한 기분이 들었다.

더욱더 높이 고조되는 기대감, 부풀어 오르는 자존심.

그래도 키리에는 자제와 경계를 게을리하지 않았다. 눈앞에 내려온 기회를 절대 놓치지 않기 위해서.

"간단히 넘어오리라 생각했는데… 적어도 그 정도 신중함은 있는 모양이군."

'…그게 아니라 그냥 겁먹은 거 아냐?'

슬럼 최강의 '팀'에서 이인자이긴 했지만 그것은 어디까지나 과거 이야기다. 이렇게까지 스케일이 크면 들뜨기 전에 겁쟁이 근성이 고개를 치켜들기 마련이다.

분명히 그럴 거라고 키리에는 생각했다.

전 '바이슨'의 멤버 중에서 유일하게 자신에게 넘어오지 않은 남자. 신경 쓰지 않는 척하면서 은근히 앙심을 품고 있는 자신을 키리에는 깨닫지 못했다.

"좋아. 마음에 드는군. 그래서… 어떻게 되어가고 있지? 걸려들 기미는 있나?"

"걸려들게 하겠어. 반드시."

키리에는 목소리에 힘을 주며 말했다.

"누구나 슬럼을 벗어나고 싶게 마련이지. 결단을 내리지 못하는 것뿐이야."

그것 말고 또 무슨 이유가 있단 말인가. 이런 횡재나 다름없이 굴러들어 온 기회를 물거품으로 만들 바보는 슬럼에 존재하지 않는다.

"시간을 들여서 설득하면 넘어올 거야. 다만 문제는 그 녀석이지."

"그 녀석…?"

이아손이 흥미로운 표정으로 뒷말을 재촉하자 키리에가 짜증스럽게 혀를 찼다.

"그때 가이 옆에 있던 검은 머리 녀석 말이야. 아무래도 뒤에서 속닥속닥 훈수를 두는 것 같아. 그 녀석, 자기를 지명하지 않았다고 심사가 뒤틀린 게 분명해."

"호오… 친구라고 할 수 없는 녀석이군."

그 목소리가 소리 없는 웃음으로 흔들리고 있었다. 그 순간 서늘한 미모뿐 아니라 쿨 보이스에도 따뜻한 피가 흐르는 것처럼 느껴져서 키리에는 잠시 눈을 크게 떴다.

"웃을 일이 아니야. 당신 앞에서 이런 말 하긴 뭐하지만 그 두 사람, 옛날에 페어링 파트너였다고 하던데."

"페어링?"

순간 이아손의 목소리 톤이 미묘하게 달라졌다.

'아차… 말실수를 했군.'

"…어차피 지금은 아닌 모양이지만."

키리에는 가슴을 졸이며 허둥지둥 말했다.

"그런 상대가 있었단 말인가…."

"슬럼에선 별로 드문 일도 아니야. 아무래도 여자가 절대적으로 부족하니까."

"9대1이라고 했던가?"

"응. 여자는 아이를 낳을 수 있는 만큼 미다스의 할렘과 비슷한 대우를 받고 있지. 슬럼의 콜로니에는 젊은 나이에 종마조차 될 수 없는 남자가 썩어 넘치는데 여자는 말라비틀어진 할망구들뿐이야."

"그런 여자들에겐 아무래도 마음이 동하지 않는 모양이지?"

"아이를 몇 명이나 낳은 여자는 엄청 헐렁헐렁하다고 하던데."

"하지만 귀중한 여자라는 사실은 변함없지 않나?"

"기왕 하려면 젊고 탱탱하고 잘 조이는 쪽이 낫잖아?"

닳아빠진 어조로 뾰로통하게 대꾸했지만 사실 키리에는 말라비틀어진 할망구조차 본 적이 없었다.

슬럼에서 귀중한 '여자'와 마주칠 기회는 거의 없다. 좀 전의 말은 슬럼의 바에서 술에 취한 남자들이 하는 주정을 흉내 낸 것뿐이었다.

키리에에게도 지키고 싶은 허세 한둘쯤은 있다. 설령 아무리 하찮다 하더라도.

나는 아무것도 모르는 애송이가 아니다.

그것만은 똑똑히 이아손에게 주장해두고 싶었다.

"여자가 부족하다는 건 누구나 뻔히 아는 사실인데 인공수정이든 뭐든 해서 대량생산하면 되잖아. 미다스에서는 남자도 여자도 인공 자궁에서 태어난다며? 요즘 같은 세상에 자연출산이라니 아날로그도 유분수지."

"케레스에는 케레스만의 양보할 수 없는 신념이 있나 보지."

"쓸데없는 신념 따윈 필요 없어."

"어쨌든 오랫동안 계속되어온 일을 근본부터 바꾸려면 막대한 에너지와 큰 고통이 따르는 법이지."

"그런가? 하지만… 돈도 없고 꿈도 없고, 게다가 탱탱하고 젊은 여자와도 인연이 없으니 왜 사나 싶은 마음이 들 수밖에. 당신같이 높으신 분은 모르겠지만."

이아손은 그저 한쪽 뺨에 아름답고 엷은 미소를 새길 뿐이었다.

"그렇다고 성전환을 하면 인기가 폭발해서 먹고 사는 게 조금 더 나아지는 것도 아니고. 결국 다들 손쉬운 상대랑 붙어먹기 마련이지."

"그럼 너에게도 당연히 파트너가 있겠군."

"나는—나 자신을 싸게 팔지 않는 주의야."

그렇게 말하며 키리에는 살짝 눈을 치뜨고 이아손을 흘낏 바라보았다.

'당신이라면 날 펫으로 삼아도 좋아.'

그렇게 유혹하듯이.

그러나 이아손은 여느 때처럼 진심을 알 수 없는 눈빛으로 키리에를 바라볼 뿐이었다.

키리에는 살짝 자조 섞인 표정을 지으며 시선을 떨궜다.

이아손의 입에서 이 이야기가 나왔을 때 생각했다. 어째서 가이일까. 어째서 자신이 아닌 걸까. 그렇게 생각하면 너무나… 분했다.

외모라면 가이보다 자신이 낫다고 키리에는 자부했다. 나이도 자신이 더 젊다.

'그런데 어째서?'

그것은 지금도 사라지지 않는 응어리가 되어 키리에를 괴롭혔다.

가이에게는 있고 자신에게는 없는 것.

그것은 '바이슨'이라는 경험치이자 '리키'라는 존재였다.

그렇게 생각한 순간 키리에는 자신이 절대 손에 넣을 수 없는 것을 갖고 싶다고 조르고 있다는 사실을 깨닫고 부끄러움을 느꼈다.

"그런데 당신도 꽤나 취향이 특이하군. 내 입으로 이런 말 하긴 좀 그렇지만 슬럼의 잡종은 성질 고약하지, 비뚤어졌지…. 그나마 쓸 만한 점이라고는 글을 읽고 쓸 줄 안다는 것 정도? 당신처럼 높으신 분에게는 아카데미산 펫 정도는 되어야 어울리지 않나?"

키리에는 이아손과 이야기를 할 때면 의식적으로 슬럼의 말투를 사용했다.

이미 슬럼 출신이라는 사실을 다 알고 있는 이상 새삼 고상한 척해봤자 아무 소용없다. 괜히 체면 차리다가 창피를 당하는 것보다는 철저히 잡종답게 구는 게 낫다.

그렇게 깨끗이 단념하는 명쾌한 성격이 키리에의 장점이었다.

그러나 이아손은 키리에가 던진 의문에 신경조차 쓰지 않았다.

"취향 문제다."

가벼운 미소로 넘겨버렸다.

엘리트 중의 엘리트인 블론디가 어째서 슬럼의 잡종에게 흥미를 갖는가. 키리에의 입장에서는 의문을 품어 마땅했다.

그러나 키리에는 더 이상 캐묻지 않았다.

이아손에 대해 좀 더 깊게 알고 싶은 반면 키리에는 두려워하고 있었다. 이것저것 끈질기게 캐물었다가 이아손의 기분이 상하지 않을까 하고 말이다.

미스트랄 파크의 혼잡한 인파 속에서 이아손을 만난 것은 키리에에게 그야말로 천재일우의 기회였다.

모든 일의 시작은 계기다.

아무리 사소한 '계기'라도 상관없다. 타인과 만나서 대화를 나눔으로써 좋든 싫든 시야는 넓어진다.

이아손을 만나기 전까지는 그런 '계기'를 주울 기회조차 없었다.

그저 기다리기만 해서는 아무것도 시작되지 않는다. 그렇게 생각하면서도 뭘 어떻게 해야 좋을지 몰라서 초조함만 쌓이던 매일이었다.

하지만 지금은 다르다.

이아손을 만난 후로 '살아있다'고 확실하게 실감했다.

그래서 키리에는 이아손과 자신을 이어주는 가늘고 위태로운 끈에 집착했다….

그러기 위해서는 한 번에 많은 것을 바라지 말고 조금씩 발판을 다져나가야 한다.

'All or Nothing'.

그렇게 위험한 방식으로 접근하면 슬럼에서 기어오르기는 영영 불가능해진다.

어쨌든 슬럼의 잡종이라는 편견 없이 지금의 비즈니스에 대해 힌트를 준 사람이 바로 이아손이었다.

슬럼에서는 키리에에 대해 수군대기도 했다.

『기계 놈들에게 동료를 팔아넘기고 돈을 받는 한심한 놈.』

그렇지만 뭐라고 손가락질당하건 키리에는 아무렇지도 않았다.

뭐든 먼저 시작한 사람이 이기는 법이다.

성공을 질투해서 구질구질 험담만 늘어놓는 한심한 인간들의 헛소리는 조금도 신경 쓰이지 않는다.

『싸움은 강한 녀석이 이기는 게 아니라 이긴 녀석이 강한 거야. 싸움에 져서 술이나 퍼마시고 구질구질하게 불평이나 늘어놓는 놈은 그냥 바보일 뿐이야.』

그렇게 말한 사람은 시드였다.

키리에는 맞는 말이라고 생각했다.

'바이슨'은 최강의 자리에서 별안간 해체되어 버렸다.

하지만 지금은 그 멤버들도 건방진 '지크스'를 밟아주지도 못하는 한심한 겁쟁이들로 전락해버렸다.

그 겁쟁이들의 필두가 리키다. 그런 머저리 같은 놈을 잠시라도 동경했던 자신이 한심하고 부끄러웠다.

지금 키리에는 '바이슨'에 빌붙어있던 예전의 자신이 아니다.

격이 다르다는 게 뭔지 리키에게, 아니, 과거 '최강'이라고 불리던 녀석들에게 보여주기 위해 '지크스'의 아지트에 최루탄을 터뜨렸다.

'어때? 이게 지금 내 실력이야. 당신은 이미 한물간 쓰레기야. 이제부터는 내가 전설을 만들겠어. 당신과는 다른 방법으로.'

이로써 지크스의 시건방진 애송이들도 조금은 겁을 먹었을 것이다.

그렇게 생각하며 키리에는 후련한 기분을 느꼈다.

이제 그런 사소한 일은 아무래도 상관없지만.

키리에는 자신의 진가를 시험당하는 것은 이제부터라고 생각했다.

자신은 있다. 기회만 손에 넣으면 자신은 뭐든지 할 수 있다. 지금까지 최악의 수준으로 운이 없었던 것뿐이다. 그러니까 이제 남은 것은 앞을 바라보며 위로 올라가는 것뿐.

그 생각만으로도 힘과 의욕이 솟구쳤다.

이아손에게 신뢰받고 있다고 주제넘은 착각을 하지는 않지만 적어도 이 블론디는 자신을 싫어하지 않는다.

지금은 그걸로 만족해야 한다고 키리에는 자꾸만 조급해지는 자신을 타일렀다.

뭐든 깊이 파고들지 않는 것이 이아손과 계속 이어질 수 있는 유일한 조건이라는 사실을 키리에는 본능적으로 감지하고 있는지도 모른다.

그 뒤로 겨우 두세 마디 대화를 나눈 후 키리에는 자리에서 일어섰다. 본래 이아손이 내어주기로 했던 시간은 바쁘기 그지없는 그의 스케줄을 쪼개서 만든 불과 10분.

그것만으로도 키리에에게는 크나큰 수확이었다.

———— ✦ ————

키리에의 뒷모습이 시야에서 완전히 사라진 후, 이아손은 홀로 미소를 지었다.

'한껏 허세를 부리는 애송이… 로군. 쓸데없이 말이 많은 녀석은 대성할 수 없는 법. 같은 슬럼의 잡종이라도 '그 녀석'과는 완전히 격이 다르군. 역시 저런 녀석은 기껏해야 잔심부름꾼 정도가 고작이지.'

그것은 분명 앞으로도 키리에가 결코 볼 수 없을 잔혹하고 차가운 미소였다.

그러나 그 냉소도 곧 키리에와 엇갈려서 나타난 라울의 목소리에 의해 중단되었다.

"내가 너무 일찍 왔나?"

냉담한 목소리와는 달리 눈이 흥미진진하다는 기색을 띠고 웃고 있었다.

이아손은 쓴웃음을 지었다.

"아니, 특별히 신경 쓸 필요는 없다."

"그래? 뭔가 좋지 않은 밀담을 나누는 분위기던데?"

"기분 탓이겠지."

"자네도 이제 와서 슬럼의 잡종을 주워 먹을 만큼 한가하진 않겠지만."

빈정거림이 담긴 말투에도 이아손의 표정에는 변함이 없었다.

"시험 삼아 자네도 한번 맛을 보지그래? 라울. 의외로 마음에 들지도 모르지."

"난 자네처럼 이상한 음식을 주워 먹는 취미는 없어."

라울은 단호하게 말하며 소파에 앉았다.

"나름대로 잘 조교된 미다스의 펫이라면 몰라도 야성화 된 잡종을 길들이는 건 절대 사양하고 싶군. 차라리 골동품 전자현미경으로 바이러스나 들여다보는 게 훨씬 나아."

라울 암은 타나그라 최고의 유전자공학 스페셜리스트다.

꽉 막힌 연방의 관리들, 특히 종교가를 자칭하는 자들은 그를 가리켜 이렇게 부른다.

『신을 두려워하지 않는 매드 사이언티스트.』

라울의 말에 의하면 "생명의 신비에 이미 신의 영역 따윈 없다"고 한다. 자신이 극악무도한 미치광이 과학자라면 "확실한 과학적 근거도 없으면서 '신'이라는 이름 아래 무지한 민중들을 구원삶으려고 하는 자들만큼 질 나쁜 놈들은 없지"라고 공언할 정도다.

자신이 먼저 멍청한 싸움을 거는 취미는 없지만 누가 시비를 걸면 이자까지 쳐서 확실하게 갚아주는 것이 라울의 신조였다.

"어쨌든 내 기우에 불과하다면 정말 다행이군. 바쁜 시간을 쪼개서 잡종과 밀담을 나누다니 자네의 악취미가 또 발동된 줄 알았지 뭐야. 그 녀석, 자네 취향이지? 특히 예의도 모르고, 유난히 콧대 높고 무서운 걸 모르는 점이."

라울이 의미심장한 말투로 말했다.

"모조품은 어차피 가짜일 뿐이야."

"그건 지금도 오리지널의 맛을 잊을 수 없다는 뜻인가?"

"무슨 일이지? 이상하게 시비를 거는군."

이아손이 부드럽게 대답했다. 그러자 라울이 살짝 어깨를 으쓱했다.

"아니, 그게 좀… 이상한 소문을 들어서 말이야. 슬럼에 그 녀석과 '꼭 닮은 남자'가 있다는 소문을."

"당연하지. 본인이니까. 그건 그렇고… 의외로 정보가 늦군. 1년이 다 되어 가는데."

순간 라울의 얼굴에서 웃음기가 싹 가셨다.

"농담이 지나치군, 이아손. 폐기된 펫은 처리하거나 미다스로 팔아넘기는 게 규칙이다. 블론디인 자네가 규칙을 무시하는 건가?"

"규칙을 무시한 적은 없는데? 난 그 녀석의 링을 빼준 것뿐이야. 물론 본인은 완전히 자유의 몸이 된 줄 알고 있지만."

"링을 뺀다는 건 당연히 등록을 말소한다는 뜻이지. 예외는 없어."

"그 녀석은 치외법권인 슬럼의 잡종이다. PAM이 등록된 미다스 넘버와는 달라."

"뭐라고!"

"펫 법이 적용되는 것은 미다스산 펫에 한해서다. 그렇다면 내가 그 녀석의 링을 빼고 슬럼으로 돌려보낸다 한들 법적으로 아무 문제도 없지 않나?"

이아손이 아무렇지 않게 말했다.

말문이 막힌 라울은 침묵에 잠겼다. 어처구니가 없다기보다는 펫 법을 거꾸로 이용해서 자신의 뜻을 관철시키는 이아손의 방식에 왠지 소름이 끼쳤기 때문이었다.

"아무런 통제며 각인이 되어있지 않은 슬럼의 잡종을 길들이는

데 3년이 걸렸다. 3년이야, 라울. 이제 와서 진심으로 놓아줄 리 없잖나?"

"펫 등록도 말소하지 않았나?"

"당연하지. 펫 링을 빼준 것은 잠시 숨통을 풀어주기 위해서였다. 아무리 반발심이 왕성한 슬럼의 잡종이라도 너무 목을 조이기만 하면 질식할 수도 있으니까."

라울은 낮게 신음하며 등받이에 깊숙이 몸을 묻었다. 그러나 그 얼굴은 조금 전보다 더욱 딱딱하게 굳어 있었다.

"그 사건 뒤로 당연히 자네도 질린 줄 알았는데."

순간 이아손의 두 눈이 살짝 가늘어졌다.

1년 전의 불상사.

이아손의 방에 배치되어 있던 퍼니처 다릴이 에오스의 보안 시스템을 해킹하여 리키를 도주시킨 사건으로, 속칭 '다릴 사건'이라고 불린다.

퍼니처가 에오스의 보안 시스템을 해킹했다. 그것은 세상을 놀라게 할 정도로 충격적인 사건으로, 엘리트들을 경악시켰다.

그러나 이아손은 노골적으로 술렁이는 에오스의 상황에도 지독히 냉정했다. 당사자로서 책임을 추궁당하면서도 논리정연하게 사후처리를 했을 만큼.

라울은 그때 일을 지금도 또렷하게 기억하고 있었다.

그날.

"녀석이 또 무슨 짓을 저지른 것 같더군."

경계 체제가 작동된 에오스 시큐리티 룸. 업무를 마친 이아손을 프라이빗 라운지로 끌어낸 라울이 그렇게 말을 꺼냈다. 그러자 이아손은 한쪽 뺨에 엷은 미소를 지었다.

"정보가 빠르군, 라울. 어제까지 킬러의 연구 시설에 틀어박혀 있지 않았나?"

"돌아오자마자 에오스 전체가 시끄러운데 신경 쓰이는 게 당연한 거 아닌가. 그래서? 이번엔 또 뭐지?"

"시큐리티 가드를 뿌리치고 에오스 밖으로 나갔다."

대수롭지 않다는 듯 실로 태연한 어조였다.

"그것참 요란하게 사고를 치셨군."

이제는 라울도 리키의 행동에 어느 정도 익숙해져서 뭘 새삼스럽게… 라는 기분이 들기도 했지만, 그래도 그 트러블메이커의 악질적이기 그지없는 이번 소동에는 솔직히 놀라고 말았다.

"미메아와 사고를 친 후로 그 녀석도 어느 정도 성질이 죽은 줄 알았는데…. 여전히 끈질기군. 오랜만에 슬럼의 잡종다운 모습을 보여준 셈인가?"

온순해진 것처럼 보여도 잡종은 잡종. 지긋지긋하게도 그 근성은 도무지 변하지 않는 모양이다.

"돌아오자마자 비꼬지 말게. 자네는 리키만 관련되면 왜 이렇게 노골적으로 빈정거리는 거지?"

"그야 물론 마음에 안 들기 때문이지."

노골적으로 내뱉으며 라울은 눈썹을 찡그렸다.

"고작 슬럼의 잡종에게 휘둘리는 자네를 보면 더 화가 나지만."

결국 그 때문인가. 하지만 요 3년 동안 라울이 아무리 시끄럽게 잔소리를 해도 이아손의 태도는 조금도 변하지 않았다.

"그 말을 하러 일부러 여기까지 찾아온 건가?"

"물론 붙잡았겠지?"

"당연하지. 도망칠 수 있을 리 없지 않나. 펫 링은 위치추적기도 겸하고 있으니까."

'위치추적기를 겸한 D타입의 링을 끼고 있는 버릇없는 원숭이는 자네 펫뿐일걸.'

그렇게 말해봤자 새삼 빈정거림조차 되지 않는다는 것은 요 3년 동안의 경험을 통해 잘 알고 있었다. 그 심상치 않은 집착이 라울이 이해할 수 있는 허용치를 넘어선다는 것도.

"그래도 끈질기게 플라주까지 도망친 걸 보면 대단하다고 해야 할지, 기가 막혀서 말도 안 나온다고 해야 할지…."

그렇게 말하며 짐짓 한숨을 쉬는 이아손은 왠지 유쾌해 보였다.

라울이 보기에는 그야말로 엄청난 악취미였다.

"입가가 웃고 있군, 이아손. 자신의 펫이 에오스의 보안 시스템을 깨뜨리고 도망쳤는데 재미있어 하면 어떻게 하나. 원래는 징벌감이야."

라울이 못마땅한 듯이 그렇게 말해도 이아손은 신경조차 쓰지 않았다.

"너무 그러지 마. 덕분에 완벽을 자랑하는 에오스의 보안에도 맹점이 있다는 걸 알았으니까. 불행 중 다행이라고 생각하면 되잖나."

라울은 커다랗게 한숨을 쉬었다.

"역시 자넨 넘겨져도 그냥은 일어나지 않는군, 이아손. 이렇게 말도 안 되는 논리를 늘어놓다니 정말 굉장해."

당사자로서 책임을 져야 하는 중압감이 있을 텐데도 그런 내색은 조금도 보이지 않는다. 그뿐인가, 이럴 때조차 상황을 역이용해서 자신의 뜻을 관철시키는 이아손을 보고 라울은 새삼 어이가 없다고 생각했다.

"뭐든 임기응변이 중요한 법이지. 그 정도가 아니면 블랙마켓은 이끌 수 없어."

"마켓의 제왕이라 불리며 모든 이를 두려움에 떨게 하는 남자가 고작 펫에게, 그것도 슬럼의 쓰레기한테 휘둘리는 걸 도저히 못 참겠군."

벌써 몇 번을 되풀이했는지 모를 소리가 무겁게 흘러나왔다.

어째서인지 라울은 다른 블론디처럼 철저하게 방관만 할 수가 없었다.

"리키 때문에 새삼 자네와 말다툼을 하고 싶진 않아."

이아손이 한층 냉랭하게 말했다. 마치 그것만은 양보할 수 없다고 말하는 듯한 어조였다.

"하지만 이번만큼은 자네도 그렇게 느긋하게 굴 수 없을 텐데? 고작 펫 한 마리가 보안을 깨뜨린 것뿐이지만 시스템 해킹은 중죄야."

"고작 펫 따위가 실드형 단말기를 이용해서 해킹을 할 수 있을 리가 없지 않나. 그게 가능하다면 좀 더 용의주도하게 계획을 세워서 실행했겠지."

"나쁜 쪽으로는 얼마든지 머리가 돌아가는 게 그나마 그 녀석의 쓸 만한 점 아니었나?"

정말 깜찍하게도 리키의 IQ는 매우 높은 편이다.

이것도 모두 '가디언'에서 받은 유아 교육의 산물이다.

그러나 13세가 되면 누구나 강제적으로 슬럼이라는 열악한 환경에 던져지게 된다는 걸 생각하면 단순히 운이 좋아 슬럼의 원숭이들 사이에서 대장 노릇을 했던 건 아닐지도 모른다.

IQ가 높다는 게 머리가 좋다는 뜻은 아니다. 적어도 리키는 애송이들을 이끌고 '대장' 노릇을 할 수 있을 만큼은 우수하다는 뜻이다.

품위라고는 털끝만큼도 없는 방약무인한 성격은 여전하지만 이아손이 아낌없이 '교육'한 덕분에 명석함은 한층 두드러지게 되었다.

아무리 쓰레기라도 갈고 닦으면 나름대로 빛이 나기 마련이다. 그 지론을 증명하고 싶어서 최악의 소재를 에오스로 데려온 것 아닐까 의심하고 싶을 정도였다.

아무리 눈매가 흉악하다 해도.

패션 취향이 블론디의 펫이라고는 생각할 수 없을 만큼 고약하다 해도.

끈이 달린 개목걸이를 찬 꼴사나운 모습을 보인다 해도.

그 모든 것들이 단순한 혐오나 조소로 끝나지 않고, 묘하게 이목을 끄는 분위기야말로 그의 진짜 매력이라고 해야 할까. 누가 봐도 그는 다른 펫들과는 확연하게 다른 '특별'한 존재임을 한눈에 알 수 있었다.

　지금까지 펫들의 저능한 행태에 익숙한 엘리트의 눈에는 그것만으로도 몹시 이질적이었으며 신선한 놀라움을 주었다. 자칫하면 슬럼의 잡종이라는 출신을 잊어버릴 만큼.

　그가 이아손의 펫이라는 사실을 알고 있어도 시야에 들어오면 무심코 눈을 뗄 수 없게 된다. 자꾸만 흥미가 솟구친다. 그래서 더욱 '악질'이라고 불리는 것이다.

　"그리고 퍼니처와 공모… 하는 방법도 있지."

　"그건 지금부터 조사할 생각이다."

　"어설프게 조사하진 마."

　"누구에게 하는 말이지? 난 그렇게까지 호락호락하지는 않아."

　"미안. 실언을 했군."

　슬쩍 흘려 넘기는 라울을 상대로 이아손은 더 이상 꼬투리를 잡지 않았다.

　그러나 그의 얼굴은 싸늘했다.

— ※ —

　시스템을 해킹한 중죄를 잠자코 눈감아줄 만큼 호락호락하지는 않다.

이아손은 퍼니처 다릴을 극형으로 단죄했다.

또한 연이어 온갖 트러블을 일으킨 리키를 드디어 포기하고 폐기 처분했다.

라울은 그렇게 생각하고 있었다.

아니, 라울뿐 아니라 에오스의 주민들은 지금도 그렇게 믿고 있을 터였다. 이제야 겨우 골칫덩이가 사라져서 에오스에 평온한 나날이 돌아오겠다며 진심으로 안도한 자도 많을 것이다.

최근 이아손이 미다스의 옥션에 빈번하게 얼굴을 내밀기 시작한 것도 새로운 펫을 기르기 위해서라고 생각했다. 다음에 이아손이 어떤 펫을 키울지, 에오스 전체가 주목하고 있었기 때문이다.

그래서 이아손이 슬럼의 잡종을 이용해서 뭔가 새로운 실험을 시작한 것 같다는 소문을 들었을 때, 라울은 쓴웃음을 지으며 한숨을 쉬었을 뿐이었다.

'…질리지도 않나 보군.'

그러다 우연히 슬럼에서 리키와 꼭 닮은 남자를 목격했다는 정보를 입수했을 때, 라울은 경악한 나머지 한순간 아무 말도 할 수 없었다.

'설마…, 설마 이아손이 그럴 리가 없어.'

그렇게 생각했다.

그래도 그 의문을 완전히 떨쳐낼 수가 없어서 라울은 이아손에게 직접 진위를 물어보려고 일부러 미스트랄 파크까지 찾아온 것이다.

그런데 이아손은 실로 아무렇지 않게 사실을 인정했다.

게다가 펫 법의 허점을 이용하여 자신이 원하는 대로 밀어붙이는 대담한 편법까지 태연하게 해치웠다.

　"그래서 1년쯤 자유롭게 지내면서 숨을 돌릴 수 있게 해준 것뿐이야. 슬슬 다시 데려올 때가 된 것 같은데 녀석의 성격상 제 발로 순순히 돌아오진 않겠지. 그렇다면 돌아올 수밖에 없도록 만들어주는 것이 주인으로서의 의무 아니겠나?"

　라울은 그렇게 말하며 매혹적으로 웃는 이아손을 도저히 이해할 수 없었다.

　"그 잡종을 이용해서 무슨 짓을 할 생각이지?"

　"별거 아니야. 옛 페어링 파트너와 자존심, 둘 중 어느 쪽을 선택할지 조금 흥미가 있는 것뿐이다."

　"고작 펫에게, 그것도 슬럼의 잡종 따위에게 어째서… 그렇게 집착하는 거지? 자네답지 않아."

　"나답지 않다… 라."

　이아손을 살짝 시선을 떨구며 깊은숨을 내쉬었다.

　"고작 펫 따위… 그렇게 쉽게 말할 수 있었을 것 같으면 3년씩이나 내 옆에 두지도 않았어. 처음에는 단순한 변덕이었지만 문득 정신을 차리고 보니 나 자신조차 생각지도 못했을 정도로 깊이 빠져 버리고 말았지. 특히 미메아와 그런 일이 있은 후로 더더욱. 생체 기관은 뇌뿐인 인공체이긴 하지만 결국 나도 어쩔 수 없는 인간이었던 모양이야."

　끝까지 파고들면 우주의 진리에 신비 따윈 없다─그렇게 호언장담하던 라울이 두 눈을 커다랗게 떴다.

라울에게는 광대한 우주의 신비보다도 이아손의 뇌가 훨씬 복잡기괴하게 느껴졌다. 심지어 그뿐만이 아니었다.

"내가 리키를, 리키를 사랑하고 있다… 고 말한다면 자넨 나를 비웃을 텐가, 라울."

이아손에게서 웃어넘길 수 없는 충격적인 고백을 들었을 때 라울은 충격과 당혹감이 뒤섞여서 할 말을 잃은 채 목소리조차 낼 수 없었다.

그런 라울을 흘낏 바라보며 이아손은 한쪽 뺨에 쓴웃음을 새겼다.

블론디의 긍지와 결코 양립할 수 없는 감정의 딜레마에 뇌의 시냅스가 타버리지는 않을까 하고 갈등했던 나날들을 떠올리며 이아손은 등받이에 깊숙이 몸을 묻었다.

1년 전 그때.

리키를 플라주에서 붙잡았던 그날, 보안 센터 별실로 다릴이 연행되었다.

다릴은 처음부터 도망칠 생각도, 저항할 생각도 없었던 모양인지 의외로 차분한 표정을 짓고 있었다.

아니, 그뿐인가. 지금까지 한 번도 본 적 없는 후련함마저 엿보였다. 확신범처럼.

"왜 이곳으로 끌려왔는지 알고 있겠지, 다릴."

이아손이 그렇게 물었을 때. 다릴은 자신보다 먼저 리키의 상태를 알고 싶어 했다.

"리키 님은? 어떻게 됐습니까?"

"플라주에서 붙잡았다."

순간 다릴의 두 눈동자가 살짝 굳었다.

설마… 끝까지 도망칠 수 있으리라고 진심으로 믿었던 건 아닐 텐데도. 저 어두운 표정은 역시 자신의 어리석음을 후회하고 있는 걸까.

'이제 와서 후회해봤자 너무 늦었지만.'

그 말은 그대로 자기 자신에게도 들려줄 수 있는 비난과 비웃음이라는 사실을 이아손은 깨닫지 못했다.

"지금 구속실에 있다. 흥분해서 날뛰는 바람에 약을 먹여서 재워 두었지."

"다치신 곳은… 없습니까?"

"에오스의 시큐리티 가드는 펫에게 과도한 위해를 가할 수 없도록 제어된다."

다릴은 눈에 띄게 안심하며 한숨을 내쉬었다. 마치 그것만이 마음에 걸렸다는 듯이.

실제로는 리키의 저항이 생각보다 격렬해서 가볍게 폭행을 당하긴 했지만 다릴에게 굳이 그 사실을 말하지는 않았다.

온정 탓이 아니었다.

지금 여기서 다릴이 그걸 걱정해봤자 아무 소용없어서였을 뿐이다.

"왜 이런 바보짓을 도운 거냐?"

그러자 다릴은 떨구고 있던 시선을 들어 이아손을 똑바로 응시하며 단호하게 말했다.

"아뇨. 이번 일은 제가 독단적으로 벌인 일입니다. 리키 님은 아무것도 모릅니다."

"협박당해서 어쩔 수 없이 했다. 그렇게 말하면 죄가 조금은 가벼워질 텐데."

그렇게 변명할 길을 만들어줘도 다릴은 태도를 바꾸지 않았다.

"아닙니다. 펫과 관련된 보안 시스템을 해킹해서 조작한 것은 어디까지나 제가 독단적으로 벌인 일입니다. 명령받지도, 협박당하지도 않았습니다."

다릴의 떳떳함에 이아손은 어째서인지 만족했다.

동시에 이아손의 가슴 속 깊은 곳을 불쾌하게 긁어대기도 했다.

"어째서냐?"

이아손이 거듭 묻자 간결하고 명료한 대답이 돌아왔다.

"그 문에 계속 집착한 사람은 리키 님뿐이었으니까요."

다릴이 말하는 '문'이 에오스 현관 홀의 문이라는 사실은 바로 알 수 있었다.

에오스와 외부를 연결하는 유일한 문.

때때로 리키가 현관 홀로 훌쩍 내려와서 아무것도 하지 않고 그저 물끄러미 그 문을 응시한다는 사실은 모두가 알고 있었다.

그 문 앞에 서서 가만히 노려보며 미동조차 하지 않는 리키를 시큐리티 가드가 방으로 끌고 오는 일도 일상다반사였다.

그곳에서 무슨 생각을 하는지는 리키에게 물어보지 않아도 알 수 있었다.

'언젠가 펫 링을 빼고 이 문 밖으로 나가겠다.'

아마 리키를 제외한 펫들은 누구 한 사람 그 문을 열고 '밖으로 나가고 싶다'는 생각 따윈 하지 않을 것이다. 왜냐하면 문밖으로 나간다는 것은 펫 등록을 말소당하고 폐기 처분된다는 뜻이기 때문이다.

단 한 사람, 그 문을 열고 밖으로 나가고 싶다고 갈망하는 리키만이 이단이었다.

"피차 같은 우리에서 사육되는 처지라서 그가 불쌍하게 느껴졌다… 이 말인가?"

"아닙니다, 전 그저…."

"블론디의 퍼니처라는 지위에 특별히 불만이 있었던 건 아닐 텐데. 해킹은 엄벌에 처해진다. 모르지는 않겠지. 그런데 어째서?"

그렇다. 이아손은 알고 싶었다.

자신에게 몹시 충실했던 퍼니처가 어째서 이렇게 바보 같은 짓을 저질렀는지, 다릴이 무슨 생각을 하고 있는지, 그의 두 눈이 어디를 보고 있는지를 자신의 눈으로 확인하고 싶었다.

"주인님께서는 알고 계십니까?"

"뭘 말이냐?"

"최근 리키 님은 말수가 부쩍 줄어드셨습니다. 주인님과 정사 후에도 좀처럼 미열이 가시지 않고… 무척 괴로워 보였습니다."

알고 있다. 모르는 척하고 있을 뿐이다.

"정기검진 결과는 아무 이상 없다고 나왔다. 의사가 말하기를 요 3년 동안 그 녀석이 한 번도 검진에서 문제가 발견되지 않은 건 퍼니처인 너의 건강 관리가 훌륭하기 때문이라고 하더군."

거짓말은 아니다. 리키의 건강 관리에 관해서 다릴은 신경질적일 만큼 세심한 주의를 기울이고 있었다. 퍼니처로서의 의무감 때문만이 아니지 않을까 생각될 수준이었다.

그 때문에 리키가 아무리 짜증을 부려도 다릴은 절대 물러서지 않았다.

오기와 고집은 리키의 전매특허였지만 다릴은 인내와 끈기로 버티고 또 버텼다.

그런 다릴의 논리적인 설득에 리키는 입을 다물곤 했다. 그것이 요 2년 넘도록 매번 되풀이되던 패턴이었다.

얌전히 입을 다물었다고 하기에 리키가 다릴을 응시하는 눈빛이 지나치게 복잡해 보이기도 했지만.

리키가 다릴의 어디를, 무엇을 보고 있었는지… 그건 이아손도 알 수 없다.

특별히 가깝지도 않고, 그렇다고 삐걱거리며 서로 반목하는 것도 아닌, 두 사람 사이의 적당한 거리감은 이아손이 지금까지 보아온 그 어떤 '펫'과 '퍼니처'의 관계와도 달랐다.

"리키 님도 아무것도 아니라고 말씀하셨습니다. 하지만 저는 그렇게 생각하지 않습니다."

"너는 의사가 아니다. 일개 퍼니처다, 다릴."

주제넘은 발언은 삼가라고 자연스럽게 못을 박았다.

그러자 다릴은 한순간 시선을 떨궜다.

"저는… 슬럼이 어떤 곳인지도, 그곳에서 리키 님이 어떻게 살아왔는지도… 모릅니다. 하지만 저는 가디언 시절의 리키 님을 알고 있습니다."

갑작스러운 고백에도 이아손의 안색은 전혀 변하지 않았다.

있을 수 없는 일이 아니다.

에오스의 퍼니처는 모두 '가디언'에서 선출된다. 그것은 에오스에서도 극히 일부의 엘리트밖에 모르는 일급 기밀이었다.

그래서 다릴과 리키가 유년시절 서로 마주친 적이 있다 해도 이아손은 딱히 놀라지 않았다.

"너는 리키의 몇 기 위냐?"

"3기 위입니다. 소속 블록은 다릅니다만."

즉 세 살 차이라는 뜻이다.

'가디언'에서는 블록별로 관리와 교육이 실시되며 소속 블록이 다른 아이들끼리 교류할 기회는 거의 없다고 들었다. 게다가 나이까지 세 살이나 차이가 난다면 얼굴을 볼 기회도 없었을 것이다.

그런데 다릴은 리키를 알고 있다.

어째서?

그 의문에 다릴은 순순히 대답했다.

"블록은 달라도 이곳에 있는 퍼니처들의 절반 정도는 아마 리키 님을 기억하고 있을 겁니다."

"하지만 리키는 너희들을 전혀 모르는 눈치던데."

모르는 '척'하는 게 아니라 리키는 정말로… 전혀 모르는 눈치였다. 퍼니처들이 자신과 같은 슬럼 출신이라는 사실을.

"그건… 할 수 없죠. '검은 머리, 검은 눈동자의 리키'는 그때부터 무척 눈에 띄는 존재였으니까요. 동시에 느닷없이 가디언에 나타난 지독히 이질적인 존재이기도 했습니다."

"너희들과는 서로 공존할 수 없었단 말이냐?"

"리키 님과 저희는 뭔가… 본질적으로 다릅니다. 누구와도 가까이 지내지 않고, 어울리지 않았죠. 만약 리키 님이 같은 블록메이트의 얼굴조차 기억하지 못한다 해도 전 놀라지 않을 겁니다."

"지금처럼 말인가?"

"네. 그 누구에게도… 어떤 일에도 비굴해지지 않고 무슨 일이 있어도 결코 자신을 굽히지 않았죠…. 가디언 설립 이래 최고의 문제아라고 불렸습니다. 한 달에 한 번, 자유 시간이 되면 우리는 반드시 앞다투어 리키 님의 모습을 찾아다녔습니다. 시스터들을 애먹이는 문제아를 한번 보고 싶어서…. 그리고 한 번이라도 그 모습을 보면 결코 잊을 수 없게 되어버리죠. 그게 리키 님이었습니다."

"결국 그 녀석은 어디에 있어도 이단이란 말인가."

그 모습이 마치 눈에 보일 듯이 그려졌다.

"아무것도… 조금도 변하지 않았습니다. 그래서 저는 펫이라는 사슬에 묶여 있어도 펫으로 전락하기보다는 끝까지 슬럼의 잡종이기를 원하는 리키 님이 부럽고… 안타까웠습니다. 아무것도 못 하고 마냥 지켜볼 수밖에 없다는 것이 제게는 무엇보다도 큰 고통이었습니다."

알고 있다.

표면상으로는 어쨌든 다릴이 같은 슬럼의 잡종인 리키를 지켜보며 내심 평정을 유지할 수 없었으리라는 것은 상상하기 어렵지 않다.

알면서도 이아손은 다릴에게 구음을 명령했다.

『다릴. 슬럼의 쓰레기에게 쓸데없는 노력이란 무엇인지 네가 그 입으로 가르쳐 줘라.』

다릴은 이아손의 명령을 충실하게 따랐다.

『리키가 즐겨도 상관없다. 하지만 사정은 못 하게 해라. 마지막에는 반드시 스스로 처리하게 해라.』

주인의 명령을 충실하게 수행하는 것이 퍼니처의 의무이자 에오스에서 살아남기 위한 유일한 생명줄. 다릴은 그 사실을 누구보다도 잘 알고 있었다.

그래서 다릴은 필사적으로 저항하는 리키의 다리 사이에 망설임 없이 얼굴을 묻었다.

같은 슬럼의 잡종에게 달린, 자신이 영원히 잃어버린 것을 입에 물고 구음해야 하는 굴욕. 그것이 아무리 말할 수 없는 굴욕이라 해도 다릴은 언제나 담담하게 명령을 수행했다.

아니, 단 한 번… 다릴이 감정을 드러낸 적이 있다.

그때 리키는 여느 때처럼 다릴의 구음을 거부하고 분노하며 더러운 욕설을 퍼부었다.

그 욕설의 무언가가 다릴의 금기를 건드린 것일까. 다릴은 울컥해서 리키에게 주먹을 날릴 뻔했다.

『다릴. 너는 퍼니처다. 그걸 잊지 마라.』

이아손의 질책이 없었더라면 아마 다릴의 손은 멈추지 않았을 것이다.

어떤 의미로 그 행위를 나무랄 만큼은 퍼니처로서 다릴의 능력을 높이 사고 있었다. 이아손조차 이런 일로 처치해버리기는 아깝다고 생각할 만큼.

펫들이 멍청하고 색을 밝히는 것은 어쩔 수 없는 일이다. 그렇게 되도록 키워졌기 때문이다. 그러나 퍼니처까지 바보여서는 곤란하다.

그런 점에서 다릴은 실로 우수했다. 이런 짓을 저지르기 전까지는….

그래서 다릴로 하여금 해킹까지 하게 만든 감정에 이아손은 크나큰 관심을 품었다.

"아무것도… 변하지 않았구나. 타락해버리면 훨씬 편할 텐데 리키 님은 옛날 그대로구나, 그렇게 생각하니… 가슴이 찢어질 정도로 질투가 나서 견딜 수 없었습니다. 질투와 안타까움 그리고 선망. 퍼니처로 살아가려면 감정 따윈 버리지 않으면 안 됩니다. 그런데도…."

얼굴을 일그러뜨리고 목소리마저 떨며… 입술을 깨물면서 다릴은 말을 삼켰다.

"그렇다면 언제까지나 이대로… 그 누구에게도, 그 어느 것에도 굽히지 않고 살아가길 바랐습니다. 리키 님은 언제까지나 리키 님이길 바랐습니다. 리키 님이 변해버리는 건… 생각조차 하고 싶지 않았습니다. 그래서…."

"그래서 시험해 보고 싶었나? 아직 잡종으로서 자긍심이 남아 있는지, 아니면 몸도 마음도 평범한 펫으로 전락해버렸는지."

다릴은 이아손을 응시한 채 눈도 깜빡거리지 않았다.

아마도 그것이 다릴의 '대답'일 거라고 이아손은 생각했다.

"겨우 그것 때문에 너는 블론디의 퍼니처라는 위치를 아낌없이 던져버린 거냐?"

그야말로 바보 같은 짓이다.

하지만 바보 같은 녀석이라고 비난하기에는 어째서인지 그런 짓을 저지를 수밖에 없을 만큼 절박했던 다릴의 심정이 가엽게 느껴지기도 했다.

퍼니처를 상대로 이런 생각을 하는 자신이… 놀라웠다. 이아손은 잠시 침묵에 잠겼다.

"이곳 에오스에서 퍼니처는 단순한 소모품입니다. 인간 이하의 살아 있는 가구에 불과합니다. 펫의 변덕과 짜증, 폭력…. 퍼니처의 수명이 짧은 것은 그 때문 아닐까요?"

"하지만 너는 요 5년 동안 퍼니처로서 흠잡을 데 없이 완벽했다. 너에게 리키는 그 5년이라는 세월을 기꺼이 던져버릴 만큼 가치 있는 존재였나?"

"리키 님은 저를 소모품이 아닌 대등한 인간으로 대해주셨습니다. 상냥하게 말을 걸어주거나 어리광을 부리며 의지하거나… 그렇게 표면적인 행동을 말하는 것이 아닙니다. 리키 님은 단 한 번도 다른 펫들처럼 저를 경멸하지 않았습니다. 그래서 저도 우쭐해졌는지 모르죠. 어쩌면… 이런 나라도 리키 님을 위해 뭔가 할 수 있지 않을까 하고. 아니… 아주 잠깐이라도 좋으니 리키 님과 뭔가를 공유할 수만 있다면. 그게 제 진짜 바람이었습니다."

"결국 너도 슬럼의 잡종이었군."

이아손이 그렇게 말하자 어째서인지 다릴은 한순간… 우는지 웃는지 알 수 없는 표정을 지었다. 그리고 자세를 곧게 가다듬었다.

"이번 일은 제 이기심으로 시작한 도박입니다. 리키 님은 자신의 운명을, 주인님은 주인으로서 자긍심을 걸었습니다. 그렇다면 저도 지금 가진 전부를 걸어야 마땅하지 않겠습니까?"

"그래서 너는 만족했나?"

"네. 적어도 저는 리키 님이 변함없는 리키 님이라는 사실에 더할 나위 없이 기쁨을 느낍니다."

"하지만 그 녀석은 이 사실을 알면 슬퍼할 거다."

그렇게 말하며 문득 이아손은 입가를 살짝 일그러뜨렸다.

그래…, 그 녀석은 분명 다릴이 한 짓을 원망하지 않고 슬퍼할 것이다. 자신을 위해서는 눈물을 흘리지 않아도 다릴을 위해서는 통곡하겠지.

그리고 다릴이 죽으면 그 존재를 기억 깊은 곳에 간직하리라.

'그건—용서할 수 없지.'

아마 다릴이 아닌… 다른 누구라 해도 용서할 수 없었을 것이다. 리키가 자신 이외의 존재를 영원히 가슴속에 새겨두는 일은.

다릴은 살짝 눈을 크게 떴다.

"모든 것은 제 책임입니다. 그러니 부디 리키 님께는 관대한 처분을 부탁드립니다."

"그걸 위해서라면 너는 어떤 처분도 받을 각오가 되어있나?"

"네."

"그래? 그렇다면 너는 에오스의 퍼니처들에게 본보기가 되어줘야겠다. 해킹이라는 중대한 금기를 범한 자의 말로가 어떤지 가르쳐주기 위해서."

그 선고를 듣고도 다릴은 스스로를 가엾게 여기지 않았다. 그저 이아손을 향해 깊숙이 머리를 숙였을 뿐이다.

슬럼의 잡종이라는 생물은 때때로 어처구니없는 짓을 저지르곤 한다. 그 사실은 카체를 통해 이미 알고 있었다.

인간은 환경에 따라 변화한다.

자신의 안위를 위해 몸을 사리기도 하고, 욕망을 품기도 하고, 절망에 빠지기도 한다.

그러나 영원히 변하지 않는 것도 있다.

인간은 어느 날 갑자기 폭발하는 생물이라는 사실이다.

이아손 밍크는 타나그라의 핵심이라 할 수 있는 '유피테르'가 선택한 '우수종'이다. 아니, 그 자아가 만들어 낸 '신인류'라고 해야 할까.

오랫동안 이아손은 창조주 '유피테르'의 의지를 공유한다는 것에 긍지와 충성심을 지니고 살아왔다. 자신이 인간을 초월한 존재라는 흔들림 없는 자부심을 지니고 있었다.

적어도 리키와 만나기 전까지는 평범한 인간처럼 질척질척한 감정과 일절 인연이 없을 거라고 믿어 의심치 않았다.

'타나그라'의 번영을 과시하기 위해서는 당연히 '미다스'라는 기형아를 존속시켜야 한다고 생각했다. 인간을 '펫'으로 삼아 기르고 버리는 일 또한 엘리트의 위신을 과시하기 위한 의무라고 여겼다.

그 생각이 리키를 만나고 나서부터 흔들리기 시작했다.

슬럼의 잡종 따윈 그저 나이를 먹고 늙어갈 줄밖에 모르는 쓰레기라고 단정 지었던 이아손에게 리키는 모든 면에서 신선한 놀라움을 주었다.

기분 좋을 만큼 탄력 있는 육체의 약동감.

세상의 상식을 따르지 않는 뜨거운 긍지.

감정을 솔직하게 드러내는 새까만 눈동자는 마치 먼 이국의 보석 같았다.

쾌락에 취했을 때의 뜨거운 육체를 보고 있으면 이것이 살아 있는 인간의 특권인가 하는 생각마저 들었다.

유전자 조작을 당했거나 교육을 전혀 받지 않은 인간이 어찌 되는가 하는 진리를 정면으로 마주하게 된 기분이었다.

리키를 볼 때마다 이아손은 기묘한 초조함과 신선한 놀라움을 맛보았다. 몸속 깊은 곳에서 뭔가가 고개를 치켜들고 스멀스멀 기어 나오는 듯한 착각마저 들었다….

존재하지 않는 부위가 욱신거리고 통증을 호소하는 것.

인간들은 그것을 '환지통'이라고 부른다.

뇌를 제외한 온몸이 최첨단 바이오테크놀로지로 만들어진 인공체인 자신에게 그런 감각이 있을 리 없다는 사실을 이성적으로는 알고 있지만 감정이라는 이름의 미약한 고동은 사라지지 않았다. 마치 뇌 속 깊숙이 각인된 것처럼.

그것은 혐오감이 느껴질 만큼 생생하게, 은밀한 쾌감과도 같은 미열과 함께 이아손의 자아를 불태웠다.

타나그라의 엘리트라는 존재의 의미와 블론디라는 자긍심.

그리고 끈적끈적하게 감겨드는 짜릿한 소용돌이는 이성으로 억누를 수 없는 기갈마저 느끼게 했다.

'리키가 탐나서 견딜 수 없지?'

'누구에게도 더럽혀지지 않는 영혼의 빛에 질투가 나서 못 견디겠지?'

노성을 지르며 무턱대고 부정하기는 쉽다.

그러나 이미 열려버린 문을 억지로 닫는다고 모든 게 해결되지는 않는다.

충동은 이성을 죽인다.

이아손은 이미 자각하고 말았다. 자신의 마음속에도 지극히 희미하나마 인간의 본능이 도사리고 있음을.

3장

케레스, 16:30.

쿠스코 애비뉴에 부는 바람은 살을 엘 듯이 차가웠다.

한 남자가 담배를 물고 긴 코트의 자락을 바람에 나부끼며 천천히 걷고 있었다.

슬럼 주민 특유의 나른한 걸음걸이가 아니었다. 호리호리한 뒷모습에는 빈틈없는 긴장감과 일종의 적막함이 달라붙어 있었다.

탁하게 가라앉은 대기에 익숙해진 자들은 남자가 발산하는 이질적인 냄새를 민감하게 감지한다.

자신들과는 다른 냄새와 그가 사는 세계, 그리고 그 앞에 펼쳐진 미래를.

스쳐 지나갈 때마다 모두가 한결같이 눈을 크게 뜨거나 어색하게 시선을 피한다.

남자와 얽히기를 꺼리듯 총총걸음으로 그 자리를 떠난다.

그런 상황에 익숙한 것일까, 아니면 단순히 무관심한 것뿐일까.

남자의 발걸음은 조금도 흐트러지지 않았다.

거듭된 항쟁 끝에 폐허가 된 빌딩 숲, 철골이 고스란히 드러나 있는 그 구역은 햇빛을 차단하는 건물이 아무것도 없다는 뜻에서 장난스럽게 '블루칩(양지바른 곳)'이라고 불리고 있다.

지상의 건물은 비참하지만 지하에는 아직 나름대로 설비가 남아있다. 때문에 현재는 몇몇 그룹이 공동 아지트로 사용하는 중립 지대 역할을 하고 있다.

제일 먼저 누가 그런 말을 꺼냈는지, 이제는 아무도 모를 정도로 먼 옛날 일이지만….

『1년 내내 싸우기만 하면 지겹지 않냐. 서로 물러설 수 없는 신념을 지키기 위해서 '오아시스' 하나쯤은 있어도 괜찮지 않을까?』

누군가 그렇게 말했다.

이 안으로 한 걸음 들여놓은 순간부터 절대 말썽을 일으켜선 안 된다.

단 하나의 약속조차 지키지 못하는 속 좁은 놈은 슬럼의 수치.

허울 좋은 규칙 하나로 모든 게 잘 굴러가리라고 생각하는 사람은 아무도 없지만 그렇다고 제일 먼저 명예롭지 못한 이름을 얻고 싶지는 않아서였을까, 아슬아슬한 균형 속에서 유일하게 양식을 갖춘 '룰'은 아직 한 번도 깨진 적이 없다.

추운 하늘 아래 상의를 벗은 채 철골 구석에서 약에 취해 있는 약물 중독자가 보였다.

지하철 입구에 모여서 사람들의 시선도 아랑곳하지 않고 농밀한 페팅에 열중하는 자들도 있다.

반대로 당장에라도 주먹다짐을 벌일 듯이 서로 지저분한 욕설을 퍼붓는 자들도 있다.

중립 지대는 '무관심 존'이라는 별명으로 불리기도 한다.

다른 사람들이 뭘 하러 이곳에 왔건, 누가 무슨 짓을 하건 아무도 관심을 갖지 않는다. 누군가가 바보 같은 짓을 저지르는 바람에 누군가의 시체가 굴러다니지 않는 한.

남자는 변함없는 걸음걸이로 걸어갔다.

그를 의심의 눈길로 쳐다보는 사람은 아무도 없었다.

───※───

그날.

블루칩 지하3층에 자리 잡은 소라야 주점은 평소와는 달리 기이한 열기로 가득 차 있었다.

평소의 요란하고 저속한 웃음소리며 노골적인 은어로 오가는 시답잖은 농담의 자취도 찾아볼 수 없었다.

숨죽인 시선만이 손에 땀을 쥘 만큼 팽창되어 있었다.

몇 겹이나 되는 인파가 둘러싼 곳 한가운데에서 게임이 진행되고 있었다. 언제 어디서나, 그리고 누구나 쉽게 할 수 있는, 직감과 집중력으로 승부를 가리는 고전적인 카드 게임이었다.

단, 미다스의 카지노에서 즐기는 게임과 다른 점은 돈이나 명예가 아닌 자신의 몸을 걸고 승부를 벌인다는 점이었다.

한 번 승부를 할 때마다 자신의 몸을 거는 '러브 게임'이다.

아니, 게임이라는 이름을 빌린 허울 좋은 섹스 쇼라고나 할까.

최저 랭크는 키스로 시작하며 판돈이 올라가면 당연히 그에 상응하는 행위를 요구받는다. 진 사람은 그 자리에서 청산하는 것이

룰이다.

카드를 쥔 사람도, 관전하는 사람도, 모두 동의하에 '스릴'과 '흥분'과 '자극'을 공유하는 것이다.

지금 리키와 루크가 모든 이의 주목을 한 몸에 받으며 진행되는 게임은 '지골로'였다.

이 게임의 상대로 지목될 경우, 거절하는 사람은 아무도 없다. 설령 혐오감에 눈살을 찌푸리더라도 상대와 같은 테이블에 앉을 수밖에 없다.

단순한 러브 게임이 아니기 때문이다.

'지골로를 하자'.

이 말은 만인의 면전에서 "너를 범하고 싶다"는 선언이나 마찬가지다.

거절하면 겁쟁이라고 비웃음당하는 것만으로는 끝나지 않는다. 고자 새끼라는 달갑지 않은 낙인까지 찍히게 된다.

발기하지 않으면 '남자'가 아니다.

단순히 생리적인 의미뿐만 아니라 남자라면 의지와 근성을 보이라는 뜻을 지닌 은어이기도 하다.

일대일로 도전을 받고도 꼬리를 말고 도망치면 '남자'가 아니라 '고자 새끼'로 전락할 뿐…. 여러 의미로 슬럼에서는 '강함'이 남자의 상징이다.

동성과의 섹스가 상식인 슬럼에서 '고자 새끼'라고 불리는 것은 끔찍한 굴욕이며 한번 딱지가 붙으면 결코 떼어낼 수 없다. 실로 혹독한 현실이다.

결국 도전을 받으면 승부에 이겨서 상대를 마음껏 비웃는 방법만이 최선의 복수인 셈이다.

그날 단 한 번, 사람들이 지켜보는 가운데 이루어지는 공개 섹스 플레이. 그런 의미에서는 지극히 평범한 러브 게임과 다를 게 없다. 그러나 진지한 승부의 긴장감은 피부가 찌릿찌릿 아플 정도였고 당연히 주위의 사람들도 매우 진지했다.

게임은 게임일 뿐 뒤끝을 남기는 것은 금기다.

그러나 그건 표면적인 이야기일 뿐이다. 합의하에 맺은 관계라면 몰라도 역시 어느 정도 앙금은 남는다.

그래도 상대를 지목하여 게임을 벌이는 자는 끊이지 않는다.

이미 파트너가 있어서 손이 닿을 수 없는 사람에게 절실한 마음을 담아서, 또는 마음에 들지 않는 녀석의 콧대를 꺾어주겠노라 잔뜩 벼르면서….

사실대로 말하면 그런 짓으로 숨통이 트일 정도로 슬럼은 폐쇄감에 가득 차 있었다.

루크가 리키에게 '지골로'를 제안했을 때 동료들은 누구도 놀라지 않았다. 아마도 당사자인 리키 또한….

게다가 가이가 없을 때를 노려서 지목한 것이 너무나도 루크다웠다.

리키는 딱히 누구에게 '고자 새끼'라고 불리건 전혀 상관없었다. 하지만 어떤 형태로든 루크와 한 번은 확실하게 결판을 내지 않으면 안 되겠다고 생각했다.

모든 걸 납득하고 '바이슨'을 그만뒀던 당시와 3년간의 공백을 거쳐 고향으로 돌아온 그날, 그로부터 1년 반이 지난 현재.

시대며 상황 그리고 인간관계 등, 모든 것이 크게 변했다.

'패배자'라는 비웃음과 욕설을 각오하고 리키는 슬럼으로 돌아왔다.

하지만 리키의 생각과는 달리 격변하는 주위의 상황이 '패배자의 평온'을 허락해주지 않았다. 특히 '지크스'와 얽히게 된 후로는.

단순한 우연일까? 아니면 필연적인 운명일까.

아무것도 모르고 지크스 패거리와 싸움을 벌여서 본의 아니게 그들과의 악연을 더욱 뿌리 깊게 만든 사람은 다름 아닌 리키였다.

바이슨이 해산한 뒤에도 줄곧 멤버들이 집합 장소로 사용하던 엘마의 아지트를 잃어버린 책임의 몇 퍼센트는 리키에게 있을지도 모른다.

하지만 마치 그 보복처럼 누군가가 놈들의 아지트에 최루탄을 터뜨린 사건만큼은 리키와 전혀 관계없는 일이었다.

그런데도 질 나쁜 농담과도 같이 요란한 '소문'은 멈추지 않았다.

『주사위는 던져졌다.』

『바이슨이 부활했다.』

『리키의 보복이다.』

사람들의 입에서 입으로, 일그러진 열기를 품고 더욱더 부풀어

올랐다.

멋대로 부풀어 오르는 소문에 당사자들의 의지 따윈 조금도 반영되지 않는 것은 당연한 상식이다.

"말도 안 돼."

"너무 바보 같아서 상대하기도 싫다."

"다들 심심한가 봐."

"헛소리도 이쯤 되면 웃기지도 않는다."

그러나 리키와 동료들은 무책임하게 떠들어대는 주위의 작태에 장단을 맞춰줄 생각 따윈 조금도 없었다.

하지만 그들에게 튄 불똥은 의외로 컸다.

그 사건으로 완전히 체면을 구겼다고 생각한 애송이들은 최악으로 과격해졌다. 아지트를 잃고 흉포해진 녀석들은 밤낮을 가리지 않고 이빨을 드러냈다. 닥치는 대로 눈에 핏발을 세우고 집요하게.

이미 리키 패거리만의 문제가 아니었다. 그들은 슬럼의 일상에 지장을 초래할 만큼 흉악해졌다.

하지만 지크스와 결판을 내는 건 당연히 리키 패거리가 해야 할 일이라고 생각하는지, 모두가―머독 패거리마저 숨을 죽이고 방관할 뿐이었다. 그리고 그것이 더더욱 전 바이슨 멤버들의 존재감을 두드러지게 만드는 결과를 낳았다.

결국.

"…자식들, 진짜 짜증 나게 구네."

"차라리 결판을 낼까?"

"어떻게 할래, 리키?"

"놈들을 친다면 우리도 함께한다."

루크가 매섭게 눈을 치떴고, 가이는 보기 드물게 분노를 드러내었다. 노리스가 보란 듯이 입술을 일그러뜨렸으며 시드는 낮고 무거운 목소리로 내뱉었다.

그리고 마지막으로 리키가 무거운 입술을 열고 말했다.

"놈들을 친다. 이대로는 결판이 나지 않을 테니까."

그 말에 멤버들은 모두 한쪽 뺨을 일그러뜨리며 씨익 웃었다.

"기왕 하려면… 요란하게."

몸 안에 맺혀있던 응어리가.

"이자도 듬뿍 얹어서."

바로 그 순간에.

"뒤탈 없도록…."

소리 없이 폭발했다.

"…좋아, 하자."

평소 늘 빈둥거리기만 하는 그들이었지만 순간 마치 다른 사람들로 변모한 듯했다.

구경꾼들이 떠들어대는 대로 상황이 흘러가게 된 것은 화가 나지만 시간, 장소, 상황을 완전히 무시하고 들러붙는 지크스와 관련된 소동에는 인내심도 바닥나고 말았다. 결국 리키도 마지못해 무거운 엉덩이를 일으킬 수밖에 없었다.

지크스를 친다.

일단 결단을 내리자 그 뒤로는 일사천리였다.

"뭐부터 할까?"

"먼저 정보를 입수해야지."

"…그래. 일단 애송이들의 행동 패턴을 파악해야 하니까."

"그럼 역시 그 녀석밖에 없겠군."

"수파르나(정보상)의 '창고'…? 별로 내키지 않는데."

"하지만 실력은 발군이라던데?"

"지금은 이것저것 가릴 처지가 아니니까."

"터무니없는 값을 부르지 않기를 기도할 수밖에."

"그렇게 바가지가 심하냐, 그 작자."

"…그보다는 상대에 따라 부르는 값이 휙휙 바뀐다더군."

한마디로 항간에 떠도는 소문보다 더욱 '악질'이라는 뜻이다.

그래서 리키는 그 '악질' 정보상이 과거 블록메이트였다는 사실도, 그 녀석과 결코 가볍지 않은 인연이 있다는 사실도 루크와 다른 멤버들에게는 말하지 않았다.

최단 시간에 효율적으로 확실하게 밟아버린다.

그러기 위한 정보를 얻으려고 '사신'이라고 불리는 라비와 또다시 얼굴을 마주치게 되어도 리키는 안색 하나 변하지 않았다.

가디언 시절 리키와 라비의 뿌리 깊은 갈등을 알고 있는 가이는 복잡한 심정이었지만 그런 걸 일일이 신경 쓸 수 없을 정도로 사태가 절박했다.

지크스는 흉악해진 만큼 신중해졌다.

정확한 정보 없이는 단번에 숨통을 끊어놓을 수 없다.

그걸 알고 있기에 가이도 쓸데없이 끼어들지 않았다.

여기까지 온 이상 철저히 리키를 서포트하는데 전념할 것. 그런 결정을 내리게 만든 것은 암묵적인 룰이나 단순한 습관이 아니었다. 가이만의 긍지에서 비롯된 결단이었다.

그쪽에서 지정한 술집에 도착한 리키와 가이는 곧 안쪽의 밀실로 안내받았다.

의뢰는 역시 사람들의 눈을 피해 밀실에서 받겠다 했다. 정보상으로서 기본인 걸까. 그래도 방 안은 생각보다 훨씬 호화로웠다. 검고 둔탁하게 빛나는 소파에 깊숙이 몸을 묻고 있던 라비는 리키와 가이의 얼굴을 번갈아 바라보며 씨익 웃었다.

"여전히 사이가 좋군."

인사 대신이라기에는… 꽤나 가시가 있는 말이었다.

표정에는 드러내지 않았지만 이럴 때가 아니면 얼굴을 마주치고 싶지 않은 상대임을 리키는 새삼 재확인했다.

한번 각인된 감정은 몇 년이 지나도 변하지 않는 걸까.

가이의 경우 리키의 이야기를 통해 듣기만 했을 뿐 라비와는 거의 초면이었지만 두 사람이 시선을 마주하는 순간부터 파직파직 불꽃이 튀는 것만 같아서 점점 더 물끄러미 두 사람을 응시하게 되었다.

게다가 라비는 혼자가 아니었다. 타는 듯한 붉은 머리의 소년이 동석하고 있었다.

'누구지?'

'저런 녀석 얘긴 못 들었는데.'

흘낏 바라보기만 했을 뿐 리키는 곧 시선을 돌렸다.

"안녕…."

소년은 인사라기에는 실로 쌀쌀맞은 말을 던지며 자리에서 일어섰다.

하지만 그대로 방에서 나갈 줄 알았던 그는 방 한구석에 설치된 미니바에서 익숙한 손놀림으로 셰이커를 흔들기 시작했다.

"저 녀석은 토르."

그걸로 소개는 끝이라는 듯 라비는 담배를 피우기 시작했다.

살벌한 분위기도 아니건만 어째서인지 침묵이… 어색했다.

나머지 세 사람도 그러건 말건 상관없다고 생각할 정도로 배짱이 두둑하긴 했지만.

토르는 유리잔 두 개를 들고 돌아와서 리키와 가이 앞에 아무렇게나 내려놓았다.

인사도 제대로 하지 않고 느닷없이 시작된 퍼포먼스의 의미를 파악하지 못해 리키는 눈썹을 찡그렸다.

"귀네비어라는 거야. 좀 독하지만 꽤 괜찮을걸?"

토르가 주머니에서 사탕을 꺼내 입안에 넣고 오독오독 씹으며 말했다.

쓸데없이 거드름을 피우지 않는 태도로 보이기도 했고 지나치게 가벼운 태도로 보이기도 했다. 이렇게 되면 의뢰인이 받는 인상은 극과 극으로 갈라지기 마련이다.

눈앞의 애송이를 철없고 건방진 녀석이라고 우습게 보거나, 경계심을 곤두세우거나.

그러자 토르는 마치 리키의 생각을 읽은 듯이 입가에 어렴풋이 미소를 지었다.

"걱정 마. 독은 안 들어있으니까."

과연 '사신'이라 불리는 악질 정보상의 옆자리를 차지하고 있는 인간답게 몹시 재수 없는 꼬맹이였다.

…아니. 그 정도 근성이 없으면 라비와 어깨를 나란히 할 자격 따윈 없을지도 모른다.

라비는 아무 말도 하지 않았다. 그저 재미있다는 듯이 상황을 지켜볼 뿐이었다.

혹시 이게 라비의 환영 인사라도 되는 걸까? 아니면 뭔가 다른 의도가 있는 걸까?

뭘 시험하고 있는지는 몰라도 눈앞에 내려놓은 술잔에 입을 대지 않는 한 아무것도 시작되지 않는다.

그렇다면 라비의 방식에 따를 수밖에.

리키는 술잔을 들고 술을 살짝 핥았다.

『독은 없다.』

그렇게 단언한 이상 설령 무슨 일이 있어도 배드 트립에 빠지지는 않을 것이다. …최악의 경우에는 가이만 있으면 어떻게든 되지 않을까.

그런 리키의 생각을 충분히 이해한 것일까, 가이는 토르가 내민 술잔에 입도 대지 않았다.

"흐응… 맛을 보는 건 리더의 역할인가? 보통 그 반대 아니야?"

"미안. 난 알레르기가 있어서."

가이의 태연한 대답에 토르가 노골적으로 코웃음을 쳤다.

변명도 어떻게 말하느냐에 따라 상대방의 감정을 상하게 할 수도 있다. 하지만 알레르기가 있다고 하면 빈정거림 한두 마디쯤은 던질 수 있어도 쓸데없이 꼬투리를 잡아 이것저것 트집이 잡힐 염려는 없다.

리키가 움직이고 가이가 기다린다.

그 암묵적인 위치는 무슨 일이 있어도 바뀌지 않을 것이다.

'귀네비어'는 기묘한 맛이었다. 부드럽지만 묘하게 중독성이 있는 맛.

혀에 남는 그 희미한 자극은 리키도 분명 맛본 적이 있었다.

"버러드…?"

저도 모르게 그 이름이 입에서 튀어나왔다.

토르는 한순간 눈을 크게 뜨며 중얼거렸다.

"굉장하다…"

그리고 다음 순간, 큰소리로 깔깔 웃음을 터뜨렸다.

"당신… 최고야. 슬럼에 '버러드' 맛을 아는 녀석이 있을 줄은 몰랐어."

칭찬치고는 뭔가 그 아래 깔린 속뜻이 있는 듯한 말투에 리키는 흘낏 라비를 노려보았다.

'나한테 뭐라고 하지 마.'

라비는 그런 뜻을 담아 작게 어깨를 으쓱했다.

'버러드'는 아쿠오스 행성의 특산품 향료다.

예전에 화물 함선을 타고 변경을 돌아다닐 때 리키도 몇 번인가 사들인 적이 있었다.

종류는 생산지 지명을 따서 5종류로 분류된다.

각각 미묘한 '특성'과 '향기'를 지니고 있으며 리키는 그 차이를 자신의 혀와 코로 정확하게 파악해야 했다. 조잡한 물건을 터무니없이 비싼 가격으로 구입하기라도 하면 큰일이기 때문이었다.

지금 리키가 먹은 것은 '메리다'라고 불리는 비교적 대중적인 향료였다.

물론 대중적이라고는 해도 '버러드'가 사치스러운 기호품이라는 사실에는 변함이 없다. 당연히 슬럼에서는 절대 손에 넣을 수 없는 귀중품이다.

이런 걸 의뢰 전에 서비스로 내주다니.

'정보상이라는 게 제법 벌이가 짭짤한 모양이군.'

그렇게 생각하는 반면 라비와의 인연이 인연인 만큼 어처구니없이 비싼 값을 부르지는 않을까 걱정이 되기도 했다.

한차례 웃음을 터뜨린 후 토르는 스윽 몸을 앞으로 내밀었다.

"하나만 더 물어봐도 될까?"

멋진 붉은 머리가 시야를 가득 채웠다. 평범한 흑갈색이라고 생각했던 두 눈은 가까이에서 보자 좀 더 검은색에 가까웠다.

"뭐지?"

"어디 건지… 알아?"

"메리다."

그러자 토르는 보란 듯이 입꼬리를 올렸다.

"다크 리키… 라는 이름이 겉멋은 아니었나 보네?"

순간 옆에 앉아있던 가이가 살짝 숨을 삼키며 몸을 움찔했다.

그러나 별안간 과거의 '별명'으로 불리워도 리키는 동요하지 않았다.

라비가 '사신'이라고 불릴 만큼 대단한 정보상이라는 사실을 알았을 때, 그리고 정보를 얻기 위해 라비와 접촉하게 됐을 때 리키는 '운반책'으로 일했던 자신의 과거를 상대가 파악하고 있으리라고 어느 정도 예상하고 있었다.

아무리 시간이 흘러도 빠지지 않는 가시가 있다.

리키에게도, 라비에게도.

가디언 시절의 갈등이 추억으로 변할 날은 오지 않는다. 그것만은 틀림없는 사실이다.

하지만 리키도 설마 처음 보는 소년이 그 사실을 폭로할 줄은 몰랐다. 예상 밖이었다.

"당신, 마켓의 거물에게 스카우트 당했다면서?"

토르의 눈은 리키에게 고정된 채 움직이지 않았다. 흥미진진하다기보다는 노골적으로 호기심을 드러내는 눈빛이었다.

"굉장했다며. 슬럼의 잡종이 엄청난 출세를 했다고…"

토르가 라비의 비장의 패이건 아니건 그런 건 아무래도 상관없었다. 확실한 정보만 손에 넣을 수 있다면 리키에게는 아무 문제도 없었다.

"대체 어떤 수법을… 썼지?"

다만… 운반책으로 일했던 과거를 들쑤셔봤자 새삼 아프지도 가렵지도 않다. 쓸데없는 시간 낭비는 피하고 싶었다.

"역시 장물아비 잭에게 나름대로 대가를 지불했던 거야?"

리키도 가이도 라비와 옛정을 되새기기 위해 이런 곳까지 찾아온 게 아니다.

"꽤 잘 나갔었다지? 그런데 왜 그만뒀어?"

토르의 호기심에는 끝이 없는 걸까, 그의 입은 멈추지 않았다. 마치 스캔들과도 같은 사실을 이 자리에서 가이에게 들려주려는 듯했다.

슬슬 짜증스러워진 리키는 술잔을 단숨에 비웠다. 그리고 흘깃 토르를 바라보았다.

"너 '유민(流民)'이지?"

토르의 입을 막을 폭탄이라면 리키도 갖고 있다. 괜히 '다크 리키'라고 불렸던 것은 아니다.

그 순간 토르가 튕기듯 두 눈을 크게 떴다. 뒤이어 라비의 눈썹도 살짝 꿈틀거렸다.

"미다스에서 태어나 미다스에서 자랐는지, 아니면 부랑자 출신인지는 몰라도…."

목소리 톤을 낮추며 리키가 그렇게 말한 순간 느닷없이 지금까지의 여유가 마치 거짓말이었던 것처럼 토르가 경계심을 드러냈다.

"어차피 그 머리카락과 눈동자 색도 진짜가 아니겠지?"

상대의 시선을 단단히 움켜쥐고 놓지 않은 채 리키가 내뱉듯이 말했다.

순간 토르는 들고양이가 온몸의 털을 곤두세우듯이 작게 으르렁거렸다.

딱히 확증은 없지만 그렇다고 완전히 아무렇게나 넘겨짚지도 않았다.

조금 전 토르가 오독오독 깨물어 먹던 사탕. 얼핏 보기에는 단순한 사탕이지만 실은 '게이저'라고 불리는 색소 침착 계열의 약이라는 사실을 리키는 간파하고 있었다.

색소 침착 계열 약은 값도 싸고 먹기만 해도 쉽게 머리카락과 눈동자를 다른 색으로 바꿀 수 있는 패션 보충제로 인기가 높은, 합법적인 약이다. 합법이니만큼 딱히 이상한 부작용이나 중독성도 없다.

단 그런 종류의 약은 다양하게 유통되고 있지만 합법적인 약에는 모두 일장일단이 있다. 효력이 유지되는 시간이 한정되어 있으며 특히 눈동자 색은 약을 사용했다는 사실을 한눈에 알 수 있는, 소위 '얼룩'이라고 불리는 색소 번짐 현상이 반드시 나타나곤 했다.

즉 단순히 패션으로 사용하려면 뭘 선택해도 큰 차이가 없다는 뜻이다.

그런 점에서 비합법적이지만 확실한 정착력과 지속력을 원한다면 '게이저'가 가장 효과적이다. 물론 꽤나 비싼 값을 지불해야 한다.

당연히 아무나 사용할 수 있도록 만들어지지 않았기 때문에 체질에 따라서는 폐해도 발생한다.

시각 장애, 안구 이상, 신경성 마비 등등.

그로 인해 실명을 하건, 안구가 썩어 문드러지건, 운 나쁘게 생명이 위험해지건 모두 자신의 책임이다. 비합법이기 때문에 아무도 불평하지 않는다. …아니, 할 수 없다.

그런 리스크가 있는데도 '게이저'의 인기가 좀처럼 떨어지지 않는 이유는 그 약을 상용하여 일정 레벨을 유지하면 '보이지 않는 것을 볼 수 있다'는 소문 때문이다.

사실일까, 거짓일까.

아니면… '게이저'의 인기를 높이기 위한, 일종의 광고문구 같은 것일까.

리키는 '보이지 않는 것을 보고 싶다'는 바람 따윈 털끝만큼도 없기 때문에 큰돈을 지불하면서까지 시험해보고 싶은 생각은 조금도 없었다. 하지만 토르가 비합법 '게이저' 상용자라면 나름대로 절박한 사정이 있다는 뜻이다.

리키는 그 절박한 사정의 키워드가 '유민'이리라고 추측했다.

미다스 시민에게 슬럼의 잡종은 혐오와 경멸의 대상에 불과하다. 하지만 비자 유효기간이 끝난 후에도 부당하게 불법 체류하는 '유민'들은 자신들의 발밑을 기어 다니는 해충이자 없애고 싶어도 없앨 수 없는 골칫덩이다.

물론 타나그라에서 정말로 미다스의 '유민'들을 소탕하기로 마음먹는다면 좀 더 간단하고 효과적인 방법을 쓰겠지만 그렇게 하지 않는 걸 보면 분명 뭔가 이유가 있으리라.

카체 밑에서 '운반책'으로 일했던 경험은 지금까지 아무 의심도 없이 상식이라고 믿어왔던 일들이 실은 상식이 아니라고 가르쳐줬으며 모든 사물에 도사린 '이면'을 볼 수 있게 해 주었다.

유민들은 잡종과 마찬가지로 ID를 대신하는 PAM(개인인식표)을 갖고 있지 않다.

그 때문에 외모에서 극단적으로 짐승의 모습 같은 특징이 드러나거나, 출신을 특정할 만한 특색이 없는 한 잡종과 구분이 가지 않는다.

그것을 역이용하여 슬럼의 잡종인 척하며 콜로니에 살고 있는 자들도 적지 않다. 리키는 운반책 일을 하게 된 후로 그 사실을 알게 되었다.

그렇다고 해서 딱히 미다스 시민처럼 그들을 몰아내거나, 돌팔매질하거나, 쫓아내고 싶은 생각은 조금도 없었다. 다만 비자 유효기간이 끝나도 출신 행성의 ID까지 사라지는 건 아닐 텐데 군이 슬럼의 잡종 흉내까지 내어가며 케레스에서 살고 싶어 하는 심정을 이해할 수 없을 뿐이다.

물론 미다스에서 태어나 미다스에서 자란 '유민'도 분명 존재한다. 그들에 대해서는 슬럼의 잡종과 동류라는 기분이 들지 않는 것도 아니었다.

아마도 토르는 머리카락이나 눈동자 색에 출신을 특정할 수 있는 특징이 있는 모양이다. 단순히 패션을 위해 입에 달고 다닐 만큼 '게이저'는 가격이 싸지도 않거니와 비합법으로 지정된 약이기 때문에 판매하는 가게도 한정되어 있다.

어쨌든 토르가 리키의 떠보기에 멋지게 걸려든 것만은 사실이었다. 형세는 완전히 역전되고 말았다.

"사람들 앞에서 대놓고 '게이저' 먹지 마, 멍청하긴. 슬럼의 인간들이 전부 싸움을 좋아하는 골빈 바보들이라고 우습게 보다가는 큰코다친다."

리키가 '게이저'의 이름을 입에 올리자 그의 얼굴은 완전히 창백해졌다.

그러자 지금까지 입을 꾹 다문 채 방관자 노릇을 하고 있던 라비가 천천히 입을 열었다.

"너무 괴롭히지 마. 이래 봬도 일단 내 파트너니까."

"그럼 너와 이 녀석 둘이서 '사신'이란 말인가?"

"아니… 그렇지는 않아."

"그럼 쫓아내. 방해된다."

바로 그 순간이었다.

콰앙! 토르가 한 손으로 테이블을 내리쳤다.

"까불지 마."

그리고 으드득 이를 갈며 리키를 노려보았다.

그러나 리키는 아무 망설임 없이 그에게 또 다른 일격을 날렸다.

"버르장머리가 없군. 라비, 입 다물게 해."

발끈한 토르가 저도 모르게 벌떡 일어섰다. 그러자 라비가 그 팔을 단단히 움켜잡고 저지했다.

"왜 말리는 거야?"

토르는 오히려 라비에게도 물어뜯을 듯이 달려들었다.

그 모습은 마치 상처 입은 짐승 같았다. 리키가 찔러 넣은 '독'은 그만큼 위력이 대단했던 모양이다.

"이 녀석, 남의 약점을 헤집는 게 특기 중의 특기야. 가디언 시절부터 정말 굉장했지. 너 같은 애송이는 상대가 안 돼."

자연스러우면서도 신랄하고 담담한 어조로 토르를 달랜 라비는 마지막으로, 일침을 놓았다.

"건방진 소리는 두 번까지만이야. 세 번째부터는 봐주지 않는다."

그리고 라비는 리키를 향해 한쪽 뺨을 일그러뜨리며 의미심장하게 웃었다.

"그렇지?"

마치 리키와 라비, 두 사람밖에 모르는 암호 같은 대화였다. 심지어 가이조차 끼어들 수 없는 무언가를 느꼈다.

"어린애를 상대할 시간은 없어. 장사를 할 생각이 있는 거야, 없는 거야. …어느 쪽이지?"

"물론 있지."

"그렇다면….."

"걱정 마. 이 녀석, '바이슨'의 리키라는 이름을 듣고 조금 흥분해서 나름대로 인사를 한 것뿐이니까. 인사는 이제 끝났어."

라비가 그렇게 말하자 토르는 못마땅한 표정을 숨기려고 하지도 않은 채 보란 듯이 혀를 찼다.

"정말로… 여전히 무섭군, 너는. 한물간 퇴물 행세를 하면서 비장의 카드를 잔뜩 갖고 있는 걸 보면."

"그건 너도 마찬가지잖아. 유민 꼬맹이와 언제부터 그런 사이였던 거냐?"

"악명 높은 '사신'을 페어링 파트너로 선택한 별종이 우연히 이 녀석이었던 것뿐이야."

설마… 라비의 입에서 '페어링 파트너'라는 말이 나올 줄은 생각도 못 했다.

'정말인가?'

리키는 멍하니 입을 벌리며 말을 삼켰다.

"왜?"

"…그냥. 시간이란 역시 굉장하다는 생각이 들어서….''

라비가 얼마나 셰르에게 집착했는지… 리키는 알고 있었다.

『너 때문에 나는 셰르를 잃었어. 그런데 너만 행복해지려고 하다니… 너무 불공평하잖아. 내가 잃어버린 만큼 너도 뭔가를 잃어야 해!』

그날 그가 쏟아냈던 것은 어두운 격정의 파편이었다.

리키에게는 귀찮고 짜증 나는 화풀이에 불과했던, 지나치게 강렬한 라비의 감정. 그것이 '가디언' 시절, 갈등의 발단이었다.

독점욕이라는 이름의 집착, 고집스럽고 지나치게 순수한 감정.

좋아한다는 감정 하나만은 어찌할 수 없는 현실.

단 하나의 행복은 그 때문에 쉽게 다른 이를 상처 입힌다.

의존과 신뢰는 다르다.

튕겨 나간다는 말의 의미와 배타적인 필요악. 딜레마 그리고 알력. 낙원이어야 할 '가디언'은 도망칠 곳 없는 폐쇄감으로 가득 차 있었다.

그곳에서 얻은 것과 잃어버린 것.

내가 나로 살아가기 위해 결코 양보할 수 없는 자긍심.

리키와 가이, 라비 역시도 무엇이 자신에게 '가장' 중요한지 알고 있는 아이들이었다.

그런 그들을 조숙하다고 단정 지은 이들은 언제나 어른들이었다. 아이들에게는 무엇 하나 스스로 선택할 권리마저 없었다.

그래서 분명 라비는 셰르 말고 아무도 사랑할 수 없을 거라고 생각했다. 그런데 그게 단순한 착각에 불과했다는 사실을 알게 되자 리키는 뭐라 표현할 수 없는 기분을 느꼈다.

'라비는 라비 나름대로 셰르의 죽음을 극복한 걸까.'

그런 리키의 마음을 정확하게 꿰뚫어본 것처럼 라비는 한쪽 뺨을 일그러뜨리며 씨익 웃었다.

토르는 불퉁한 얼굴로 테이블 아래에서 단말기를 꺼내 스위치를 ON으로 누른 후 능숙한 손놀림으로 뭔가를 입력하기 시작했다.

"됐어."

토르가 퉁명스럽게 말했다.

"…그래서? 지크스의 뭘 원하지?"

"꽤나 준비성이 좋군."

"그거야 네가 굳이 나를 지명해서 만나러 올 일은 그뿐이잖아?"

그럼 쓸데없는 서론은 집어치우고 빨리 내놔.

그렇게 생각하면서도 그 말을 입 밖으로 내지 않을 분별력은 리키에게도 있었다.

"일단 지크스에 관한 최신 정보가 전부 필요해. 특히 놈들을 이끄는 '대장'이 어떤 녀석인지 꼭 알고 싶어."

가이가 그렇게 말한 순간 라비는 실무 이야기는 가이 담당이란 사실을 곧바로 눈치챈 모양이었다.

"멤버 전원의 프로필은?"

"아―부탁해. 일단 얼굴만이라도 확인하고 싶으니까."

"디스크로 만들어서 넘겨주면 될까?"

"좋아."

그동안 토르는 쓸데없이 끼어들지 않고 입을 꾹 다문 채 빠른 속도로 키보드를 두드렸다.

실로 능숙한 콤비네이션이었다.

"지크스도 결국 너한테 잡아먹히게 생겼군. 애도라도… 해야 하나?"

"사람을 걸신들린 짐승 취급하지 마."

"누가 뭐래도 너는 슬럼의 '바쥬라'잖아."

순간 리키는 불쾌한 듯이 눈썹을 찡그렸다.

그야말로… 새삼스럽기는 했지만.

"엉터리 정보를 물어다 주진 말아라, 라비."

그것만큼은 확실하게 못을 박아야 한다.

과거의 관계… 때문이 아니다.

『정보상으로서는 발군이지만 아무래도 질이 너무 나빠.』

라비의 악명은 워낙 슬럼 전체에 퍼져있기 때문이었다.

"그런 무시무시한 짓을 할 리가 없잖아. 나도 아직 목숨이 아까운걸."

라비는 씨익 웃으며 빈정거리기는커녕 묘하게 진지한 어조로 그렇게 말했다. '사신'이라 불리는 파트너가 그렇게 말하는 게 어지간히 신기했던 것일까, 아니면 달리 마음에 걸리는 무언가라도 있는 것일까.

"이봐, 당신."

토르는 눈을 감춘 상태로 살짝 시선만 들어 리키를 바라보았다.

"당신이랑 라비, 어렸을 때 블록메이트였다면서. 정말로… 이 녀석의 버진을 먹어치운 남자가 당신 아니야?"

유난히 진지한 얼굴로 묻는 토르를 바라보며 리키는 멍한 표정을 지었다.

대체 뭘 어떻게, 무슨 오해를 해야 그렇게 황당한 결론을 내릴 수 있을까.

리키와 라비는 누가 먼저랄 것 없이 저도 모르게 얼굴을 마주보았다. 그리고 둘이 동시에 실로 불쾌하다는 듯이 시선을 피했다.

가이는 가이대로 그런 두 사람의 얼굴이 우스웠는지 애써 터져나오는 웃음을 삼켰다.

'…어이가 없군.'

너무 황당해서 웃기지도 않는 수준을 넘어 혐오감으로 얼굴이 굳어버렸다.

"난 그렇게까지 취향이 거지 같진 않아."

리키가 불퉁하게 중얼거렸다.

"누가 할 소리."

라비도 즉각 대답했다.

설사 농담이라도 서로 첫 경험 상대로 여겨지는 건 화가 나서 참을 수 없다. 그렇게 생각하는 리키와 라비였다.

하지만 라비는 자신의 파트너가 던진 폭언보다도 다른 쪽에 신경이 쏠려 있었다.

"혹시… 이 기회에 '바이슨'을 부활시킬 생각이냐?"

그쪽이 훨씬 마음에 걸리는 모양이었다.

"이제 와서 그런 한물간 이름 내걸어 봤자 무슨 소용이 있다고?"

"한 번도 패하지 않은 채 정점에서 갑자기 해체했잖아. 이름값은 지금도 최고일걸? 애초에 놈들도 그게 눈에 거슬려서 너희들을 건드린 거겠지."

그 정보를 은근슬쩍 흘린 건 바로 너잖아.

리키는 그렇게 생각만 했을 뿐, 입 밖에 내지 않았다.

소문은 소문일 뿐 어디까지가 진실인지… 그걸 아는 사람은 당사자뿐이다.

『언제든지 귀를 열어둬라.』

『무슨 일이 있어도 눈을 피하지 마.』

『하지만 입만은 굳게 닫아둬라.』

마켓에서 성공하기 위한 3원칙은 바꿔 말하면 자신의 안전을 지키기 위한 3대 철칙이기도 했다.

리키는 그 철칙을 잊지 않고 있었다.

"난 닥치는 대로 엉덩이를 물어뜯으며 깽깽 짖어대는 놈들이 귀찮을 뿐이야. 그러니까 뒤탈 없이 깨끗하게 밟아버리고 싶어. 그게 다야."

"넌 그럴지 몰라도 주위 사람들은 그 정도로 납득하지 못할 텐데?"

"그러니까 더더욱 쓸데없는 소문이 나면 안 되겠지."

리키는 넌지시 위협했다.

얌전히 정보만 팔 것, 도중에 돈을 뜯어내려고 쓸데없는 말을 흘리기라도 하면 가만두지 않겠다.

그런 뜻을 담아서.

"…알았어. 나도 괜히 덤불을 건드렸다가 뱀한테 물리기는 싫으니까."

묘하게 의미심장한 어조가 거슬렸지만 리키는 더 이상 아무 말도 하지 않았다. 빨간 머리의 파트너에게도, 가이에게도 더 이상 터무니없는 의심을 받기는 싫었기 때문이었다.

리키는 라비의 정보를 토대로 '하이퍼 키즈'라고 불리는 흉악한 애송이 집단을 가차 없이 짓밟았다.

로우틴 애송이들이건 뭐건 상관없다.

밟을 때는 뒤탈 없이 밟는다.

무너뜨릴 때는 흔적도 없이 무너뜨린다.

'약육강식'.

그것이 슬럼의 철칙이었다.

그룹의 '리더'를 잃고 뿔뿔이 흩어져서 도망친 애송이들이 누구의 먹이가 되건 그건 인과응보다. '지크스'는 여기저기에서 그만한 원한을 사고 말았다.

'지크스'를 무너뜨린다 해도 항간의 소문처럼 '바이슨 부활'은 있을 수 없는 일이다.

그것은 옛 멤버들이 가장 잘 알고 있는 현실이다.

그러나 이번 일이 루크의 가슴속 무언가에 불을 지핀 것 또한 숨길 수 없는 사실이었다.

그 울적한 감정의 발로가 바로 '지골로'였다.

그렇다면 차라리 뒤끝 없이 카드에 맡겨보는 것도 괜찮을지 몰라…, 리키는 그렇게 생각했다.

지면 어떻게 될지는 지고 나서 생각하면 된다.

이아손에게 펫으로 길들여진 3년간을 생각하면 새삼 구경거리가 되는 것쯤은 아무렇지도 않았다.

하물며 일단 '지골로'를 하면 승패와는 상관없이 그 상대와는 두 번 다시 같은 테이블에 앉지 않아도 된다. 이쪽에서 같은 상대를 지명해 도전하지 않는 한.

게임은 3회. 도전자가 지거나 상대의 엉덩이를 뚫으면 그걸로 끝이다.

그래서 보통 승부는 처음부터 '섹스'를 거는 것이 상식이다.

도전할 수 있는 기회는 한 번뿐이다. 세 판 승부지만 패배하면 게임은 거기서 끝난다. 그러니까 처음부터 섹스를 노리지 않으면 도전할 가치가 없다.

루크가 첫 번째로 '키스'를 걸었을 때 주위 사람들은 모두 신음했다. 카드 게임에 어지간히 자신이 있나 보다 하고 술렁였다.

그리고 리키가 졌다.

함성 같은 술렁거림이 터져 나왔다.

흥분의 휘파람이 울렸다.

루크는 씨익 웃으며 리키를 재촉했다.

그것은 노골적으로 혀를 얽고 있다는 것을 알 수 있을 만큼 농밀한 키스였다. 여기저기서 꿀꺽 마른침을 삼키는 소리도 셀 수 없이 들려왔다.

숨 막히는 키스를 하는 동안 루크는 허벅지를 바싹 밀착시키며 거침없이 리키의 허리를 어루만졌다.

리키는 시선을 가볍게 떨구긴 했지만 결코 눈을 감지는 않았다.

그 시선 가장자리에서 노리스와 시드가 불안한 듯이 자신들을 응시하고 있었다.

허벅지를 비비며 노골적으로 성기를 자극하는 감촉에 아무것도 느껴지지 않았다면 거짓말일 것이다. 남자의 그런 생리는 자제심과는 별개의 생물이라는 것을 리키는 진저리가 날 만큼 맛보았다.

아니, 그렇기 때문에.

오히려 지금 자신을 잃지 않을 수 있는지도 모른다. 얼핏 그런 생각이 머릿속을 스치고 지나갔다.

리키는 흥분의 도가니 속에서 홀로 평정을 유지하는 자신이 이상한 건지, 아니면 슬픈 건지 잘 알 수 없었다.

루크가 '섹스'를 요구하며 또다시 카드를 돌렸다.

숨을 죽이고 지켜보는 사람들은 대부분 루크의 승리를 간절히 기원하는 듯했다. 언제나 서늘하고 무심한 눈빛을 한 리키가 그 순간 어떤 소리를 지르며 어떤 얼굴로 절정을 맞이할까. 상상만 해도 아랫도리가 욱신거렸다.

마지막 한 장을 넘기며 루크가 웃었다.

리키가 무표정하게 두 장을 체인지했다.

"잭과 7 투 페어."

루크가 말했다.

리키는 아무 말 없이 한 장씩 카드를 나열했다.

사람들의 시선이 리키의 손에 집중됐다. 킹 세 장이 나란히 놓이자 실망의 한숨과도 같은 웅성거림이 일제히 흘러나왔다.

그래도 루크의 엷은 미소는 사라지지 않았다.

자조 섞인 쓴웃음과는 달랐다. 그렇다고 패배가 분해서 입가를 일그러뜨린 것도 아니었다.

뭔가….

루크의 마음속에서 '뭔가'가 끊어졌다. 그렇게 보이기도 했다.

리키는 살짝 눈썹을 찡그리며 천천히 일어섰다.

그때 지금까지의 긴장감과는 다른 웅성거림과 함께 인파가 갈라지며 공기의 흐름이 단숨에 바뀌었다.

그 웅성거림이 한순간 어색하게 끊긴 것은 허물어진 인파를 가르며 한 남자가 가까이 다가왔을 때였다.

남자는 어슴푸레한 조명 속에서도 뚜렷하게 보이는 왼쪽 **뺨**의 상처를 감출 생각도 없다는 듯 드러내며 다가왔다.

"리키!"

그리고 힘 있는 목소리로 리키의 이름을 불렀다.

뒤를 돌아보자마자 리키의 시야 속으로 그의 모습이 느닷없이 뛰어들었다.

순간 리키는 눈에 띄게 흠칫 어깨를 떨었다.

'카… 체…?'

생각지도 못한 인물이라기보다는 오히려 갑자기 뒤통수를 걷어차인 듯한 기분이 들었다.

두근두근, 고동이 비정상적으로 빨라졌다.

유난히 목이 말랐다.

한순간 눈앞이 어질어질 흔들렸다.

뭐라 말할 수 없는 충격에 리키는 반쯤 넋이 나간 채 우두커니 서 있었다.

그러나 카체는 주위의 시선 따윈 조금도 신경 쓰지 않았다.

"할 이야기가 있다. 잠깐 따라와 주겠나?"

그리고 갑작스러운 재회에 감정이 따라가지 못하는 리키의 혼란조차 깨끗하게 무시했다.

"밖에서 기다리고 있겠다."

카체는 그렇게 말한 후 곧바로 발걸음을 돌렸다.

"야, 방금 그 남자, 누구냐?"

"봤냐? 그 얼굴…."

"진짜 잘생겼던데 아깝다…."

"굉장해. 스카페이스다."

"평범한 사람은 아닌가 보지?"

"리키와 아는 사이 같던데."

"뭐지? 옛 남자?"

"멍청아, 그건 가이지."

"역시… 무슨 사연이라도 있나?"

느닷없이 나타난 낯선 침입자로 인해 좋건 싫건 주위의 공기가 단숨에 들끓었다.

리키는 작은 한숨을 쉬었다.

그러나 내딛는 다리가 무겁게 느껴지는 것은 어쩔 수 없었다.

당연히 리키가 따라 나오리라고 확신했던 것일까. 카체는 요란한 극채색 문을 열고 리키가 모습을 나타내자 보기 드물게 입가를 누그러뜨렸다.

"4년 만인가."

"잘도 알아냈군. 내가 여기 있다는 걸."

설마 닥치는 대로 자신의 행방을 묻고 다니진 않았을 테고….

아니, 그보다 카체가 그런 짓을 할 이유가 없다.

그렇게 생각하며 리키가 살짝 눈썹을 찡그렸을 때 카체가 가슴 주머니에서 담배 케이스를 꺼냈다.

아니… 리키는 그것이 카체가 애용하는 담배 케이스라고 생각했지만 카체가 아무 말 없이 열어 안을 보여준 순간 자신이 얼마나 안일했는지 깨닫게 되었다.

'최신형 위치추적기. 그렇군.'

그곳에 비치는 것은 쿠스코 애비뉴부터 블루칩까지 망라되어 있는 전자 지도. 소라야 주점으로 보이는 곳에는 주황색 광점이 깜빡거리고 있었다.

그 깜빡거리는 빛을 바라보며 리키는 새삼 떠올렸다.

과거 '다크 리키'라고 불리던 시절 카체에게 받은 휴대용 만능 나이프. 그것이 지금도 리키의 재킷 주머니에 들어 있었다.

그것을 꺼내서 손에 들고 만지작거리며 물었다.

"아직도 작동하나?"

카체는 태연하게 대답하며 전원을 끄고 케이스를 다시 가슴주머니에 집어넣었다.

"그건 내가 하고 싶은 말이군. 진작 쓰레기통에 처박았을 줄 알았는데."

"잊고 있었어, 지금까지. 까맣게."

"덕분에 찾는 수고를 덜었다."

"그래서? 무슨 일이지? 옛날이야기를 하러 온 건 아닐 텐데?"

블랙마켓의 유력자라고 불리는 카체는 평소 그 지하 아지트에서 거의 움직이지 않는다. 리키는 그 사실을 잘 알고 있었다.

당시에도, 지금도.

아마… 그 사실은 변함없으리라.

그런 그가 뺨의 상처를 드러내면서까지 옛 고향을 찾아온 데에는 그만한 이유가 있을 게 분명하다.

"어디 앉아서 얘기할 곳은 없나?"

"그렇게 긴 얘기야?"

"나름대로."

"그럼 우리 집으로 가지."

오늘 가이가 없어서 다행이라는 생각이 들었다.

어차피 내일이 되면.

루크가 리키에게 '지골로'를 요구한 것도, 누가 봐도 평범한 시민으로는 보이지 않는, 뺨에 상처가 난 남자가 리키를 찾아온 것도 모두 가이의 귀에 들어가겠지만….

그 후로 두 사람은 너무 가깝지도 멀지도 않은 거리를 유지하며 아무 말 없이 블루칩을 빠져나왔다.

4장

쿠스코 애비뉴에서 리키의 거주구까지는 걸어서 약 20분. 계절 탓인지 일몰이 예상외로 빨라서 도착했을 때는 이미 해가 저물고 있었다.

"뭐야? 할 얘기라는 건….."

집에 들어서자마자 리키가 먼저 말을 꺼냈다.

"서론은 됐으니까 용건만 말해."

될 수 있으면 빨리 얘기를 끝내고 돌아가 줬으면 한다. 리키는 아무 망설임 없이, 넌지시 그런 뉘앙스를 풍겼다.

카체는 리키가 권한 의자에 앉는 대신 벽에 나른하게 기대어 서서 담배에 불을 붙이며 천천히 입을 열었다.

"오드 아이 키리에를 알고 있나?"

느닷없이 튀어나온 키리에라는 이름에 리키는 한껏 얼굴을 찡그렸다.

이제 와서.

왜? 어째서?

카체의 입에서 그 이름을 들어야 하는 걸까.

설마 이번 지크스와 관련된 일들이 카체의 귀까지 들어가지는 않았겠지만, 그래도 카체의 '눈'과 '귀'가 슬럼 '어디'의 '무엇'과 '어

떻게' 연결되어 있는지는 모른다.

카체라는 남자는 그만큼 방심할 수 없는 상대였다.

"말해두지만 그 녀석이 어디서 뭘 하든 나와는 아무 관계도 없어."

먼저 확실하게 못을 박았다.

리키에게… 아니, 전 '바이슨'의 멤버들에게도 지금 키리에는 재앙 덩어리에 불과하다.

카체의 진의가 무엇이든 더 이상 키리에가 자신들의 일상을 휘젓고 다니는 것은 절대 참을 수 없었다.

"과연 그럴까. 그 녀석은 너한테 꽤나 집착이 심하던데."

부정할 생각은 없다.

자기 과시욕의 화신 같은 키리에에게 리키가 눈엣가시 같은 존재라는 사실은 동료들 모두 알고 있다.

하지만 키리에가 쓸데없이 짖어대도 누구 하나 그를 상대하지 않았다. 리키와 키리에는 너무 격이 달라서 비교조차 되지 못했기 때문이었다.

차라리 키리에가 쓸데없이 콧대 높고 자신감만 넘치는 녀석이었다면 상황은 훨씬 간단했으리라. 적어도 이렇게까지 일이 복잡해지지는 않았을 것이다.

하지만… 머리도 그럭저럭 쓸 만했고, 나름대로 야심도 있는 데다 자존심이 누구보다도 강했다.

지금 그는 기회의 여신의 앞머리를 단단히 움켜잡았다고 잔뜩 우쭐해져 있을 것이다.

그야말로 최악이다.

처음부터 키리에와 잘 지낼 마음 따윈 조금도 없었던 리키는 그가 아무리 요란하게 라이벌 의식을 불태워도 상관없었다.

『너한테는 관심도 없으니까 신경 꺼.』

대놓고 비웃으며 빈정거린다 하더라도 말이다. 그러나 눈에 보이는 형태로 확실하게 피해를 입을 경우 이야기가 달라진다.

만약 키리에가 눈앞에 나타나면 무작정 달려들어서 두들겨 패고 말리라. 그리고 두 번 다시 눈앞에 얼쩡대지 못하도록 쫓아낼 터였다.

"루서스 시장까지 들락거리면서 너에 대해 이것저것 캐고 있어."

"뭐…?"

뭔가 수상한 짓을 하고 있다는 건 알고 있었지만 설마… 그런 곳까지 들락거리고 있을 줄은 몰랐다.

아무래도 에어카를 타고 슬럼에 나타나서 화려하게 승리 선언을 한 걸로는 부족했던 모양이다.

'내 뒷조사를 해서 뭔가… 약점이라도 잡고 싶은 걸까?'

이제 와서 새삼 마켓에서 운반책으로 일했던 사실을 들킨다 해도, 들킨 상대가 라비인 것과 키리에라는 건 의미가 완전히 다르다.

이상하게도 천적인 라비와는 서로 대립하면서도 묘하게 통하는 부분이 있었다. 가이와의 인연과는 또 다른 의미에서 실시간으로 과거를 공유했던 무게랄까, 아픔이랄까…. 말로 표현하기 힘든 '무언가'.

그러나 키리에는 다르다.

리키에게 키리에는 일상에 끼어든, 귀찮은 '이물질'에 불과했다.

카체가 이렇게 직접 나선 걸 보면 이번 일은 카체가 아닌 다른 누군가의 입김이 닿아있다는 뜻이다.

그렇게 생각하는 리키의 표정이 점점 더 싸늘해졌다.

"내가 옛날에 당신 밑에서 일했다는 게 들통나면 무슨 문제라도 생기나?"

"아니…, 들쑤셔 봤자 문제 될 건 아무것도 없다."

그건 그렇다.

리키는 정식으로 수속을 밟아서 카체의 운반책이 되었다. 설령 그 물건이 어둠의 루트로 거래되는 밀수품이라 해도.

무엇보다 카체라면 아무리 더러운 짓을 하더라도 키리에 따위에게 꼬리를 밟힐 만큼 어설픈 실수는 하지 않을 것이다. 카체가 겉모습 이상으로 유능하고 엄격한 지휘관이라는 점은 마켓의 인간이라면 누구나 알고 있는 사실이었다.

만에 하나 그를 어설프게 건드렸다가 험한 꼴을 당한다 해도 키리에의 자업자득이다.

앞으로 어떻게 되든 알 바 아니다.

"그럼 뭐야?"

"키리에의 배후에 있는 사람이 누군지… 너는 알고 있나?"

"그딴 건 알고 싶지도 않아."

즉답하는 목소리에도 필요 이상으로 힘이 실렸다.

"말했잖아. 그 녀석이 무슨 짓을 하든 흥미도 관심도 없어."

리키는 단호하게 말하며 카체를 노려보았다.

도대체 카체는 무슨 말이 하고 싶어서 일부러 자신을 찾아온 걸까.

먼저 키리에 얘기를 꺼내봤자 그게 메인 요리가 아니라는 것쯤은 알고 있다.

그래서 더더욱 듣고 싶지 않았다.

아마도 3년이라는 공백의 의미를 누구보다도 잘 알고 있을 카체는 리키에게 '꺼리고 피해야 할 상대'였다.

그리움보다도 기피하고 싶은 마음이 더 컸다.

멱살을 잡고 묻고 싶은 것은 산더미처럼 많지만 그 이상으로 얼굴을 맞대고 싶지 않았다. 그래서 요 1년 동안 리키는 '미스트랄 파크' 옥션 외에는 미다스에 발도 들여놓지 않았다.

그곳에서 이아손과 충격적인 재회를 한 후로 그 경향은 한층 강해졌다.

그런데 리키가 그토록 완고하게 등을 돌려도 예기치 못한 말썽의 예감은 생각지도 못한 형태로 느닷없이 찾아오곤 했다. 카체의 갑작스러운 방문은 그중에서도 최고였다.

이렇게 얼굴을 마주하고 있노라니 그 생각이 더욱 강해졌다.

리키는 카체와 자신 사이의 메우기 힘든 균열을 무엇보다도 강하게 의식했다. 일부러 경계심을 드러내지는 않았지만 그래도 온몸의 마디마디에서 긴장감이 사라지지 않았다.

아무리 반말을 지껄여도 인생의 경험치는 카체가 훨씬 앞선다. 그건 결코 바꿀 수 없는 사실이다.

여차하면—카체가 그럴 마음만 먹으면 어린아이의 손목을 비트는 것보다 쉽게 리키를 밟아버릴 수 있으리라. '권력'이란 그런 힘임을 리키는 진저리가 날 만큼 잘 알고 있었다.

"내가 걱정하는 건 어설프게 덤불을 들쑤셨다가 독뱀에 물리기라도 하면 어쩌나 하는 거다. 섣불리 너무 깊은 곳까지 발을 들여놓았다가는 빠져나갈 수 없게 되는 법이지."

"흐응…. 그것참 놀랍군. 그런 말을 해주려고 일부러 여기까지 온 거야? 키리에가 들으면 눈물을 흘리며 감격하겠는데."

가시 돋친 빈정거림을 담아 리키는 과장되게 어깨를 으쓱했다.

카체가 그렇게 호락호락한 인간이 아니라는 사실쯤은 알고 있지만 말투 하나로 인상이 꽤나 다르게 느껴졌다. 리키는 거기서 4년 간의 공백을 느끼지 않을 수 없었다.

"나 역시 아무것도 모르는 인간이 눈앞에서 얼쩡거리는 건 싫으니까. 출세하려고 발버둥을 치는, 세상 물정 모르는 애송이를 나락으로 빠뜨리는 건 아무리 나라도 찜찜하거든."

카체의 말에 보란 듯이 숨어있는 가시.

의미심장한… 뉘앙스.

리키의 마음속에서 뭔가가 술렁술렁 들끓기 시작했다.

그래서 이성이 정지 명령을 내리기 전에 그만 먼저 입이 움직였다.

"카체. 나도 듣고 싶었어. 당신 입에서 그런 말을… 4년 전에 말이야."

말을 하고 나니 보다 선명해졌다.

요 4년 동안 리키의 머릿속에서 사라지지 않은 작은 가시.

'카체'는 '어째서' '자신'을 '운반책으로 선택'했나?

아니.

어째서 책략을 꾸미며 자신을 '낚아서' '이아손'에게 '팔았나.'

시간을 원래대로 되돌리는 일은 그 누구라 해도 불가능하다.

그렇다면 이제 와서 이런 걸 물어봤자 무슨 소용일까?

상처를 억지로 헤집어도 과거는 사라지지 않는다. 또다시 새로운 피가 흐를 뿐이다.

그렇게 생각하는 반면 일단 입 밖에 내자 줄곧 억눌러온 분노마저 스멀스멀 치밀어 올랐다.

그 이름만은 절대 입에 담지 않겠다고 결심했건만 부글부글 끓어오르는 격정을 더 이상 누를 수가 없었다.

"이아손에게 똑같은 말을 듣긴 했지만. '카체가 가르쳐 주지 않던가? 지나친 호기심은 화를 부를 수도 있다고'…. 그 녀석과 당신이 그렇게 친밀한 관계일 줄이야. 너무 놀라서 목소리도 안 나오더군."

"너와 키리에는 비교도 안 돼. 4년 전 그건―이미 처음부터 정해져 있었던 일이다."

"……! 무슨… 소리야?"

낮은 목소리와는 반대로 머릿속이 뜨겁게 타들어 갔다. 눈꼬리가 날카롭게 치켜 올라가면서 거세게 뛰던 고동이 단숨에 폭발했다.

"타나그라에 '앞'과 '뒤'의 얼굴이 있다는 건 알고 있겠지?"

몰라.

그렇게 내뱉기 전에 카체가 다그치듯 말을 이었다.

"그렇다면 '뒤쪽' 세계를 지배하는 자가 누구인지도 이미 알고 있겠지?"

리키는 으득 입술을 깨물었다. 자신이 무덤을 파고 말았다는 걸 확신하며.

'묻지도 않은 것까지 내 입으로 나불나불 늘어놓을 생각은 없지만 알고 싶다면 가르쳐 주지. 단 진실을 알고 나서 후회해도 난 책임질 수 없다.'

그런 뜻이다. 하지만 어째서?

슬럼으로 돌아온 지 어느덧 1년.

왜 이런 시기에, 왜 이제 와서 카체는 자신에게 모든 것을 말해 줄 생각이 든 걸까?

게다가 키리에까지 들먹이면서.

그것은 새로운 의문이 되어 리키의 심장을 조였다.

"가우쉬 경매에서 이아손에게 불려갔을 때 특이한 잡종 얘기를 들었다. 검은 머리, 검은 눈동자, 유난히 콧대 높은 애송이 얘기를. 단번에 알았지. 네 얘기라는 걸. '바이슨'의 리키… 너는 네가 생각하는 것보다도 유명인이니까. 내가 너라는 걸 단번에 눈치챌 만큼."

그렇다면 이제 각오하는 수밖에 없으리라.

"그건… 당신이 슬럼에서 흘러들어오는 절도품을 관리하는 총책임자이기 때문인가?"

어중간하게, 흐지부지 넘겨버릴 수는 없다.

아니….

그럴 수 없는 게 아니다. 어떤 심경의 변화인지는 몰라도 카체는 아마 흐지부지 넘어갈 생각이 없는 모양이다.

모두 털어놓고, 폭로해서 뭘 어떻게 하고 싶은 걸까.

카체의 의도를 헤아릴 수 없어서 리키는 내심 초조했다.

"그래. 슬럼에는 슬럼의 잡종. 한마디로 적재적소인 셈이지."

"그래서 날 끌어들인 거야? 그런 수고까지 해가면서."

"이아손은 너를 '알고 있나?'라고 묻지 않았어. '써 봐라'. 단지 그 말뿐이었지. 싫다… 고는 대답할 수 없었어. 이제 와서 무슨 말을 해도 변명으로밖에 들리지 않겠지만."

"그렇게… 그 녀석이 무서워?"

"무섭다. 그 냉혹한 눈으로 나를 쳐다보면 지금도 다리가 떨려."

지극히 담담한 그 말이 카체의 거짓 없는 진심이라는 사실을 리키는 알고 있었다.

그 말이 진심임을 충분히 이해할 수 있을 만큼 리키도 이아손의 '무서움'을 알고 있기 때문이다.

언성 하나 높이지 않는 상대에게 짓밟히는 굴욕.

그 굴욕이 한없는 공포로 바뀌기까지 그리 긴 시간은 걸리지 않았다.

얻어맞는 아픔은 단순명쾌하다.

그러나 팽팽하게 긴장된 신경을 움켜쥐는 듯한 아픔에는 한계가 없다.

그렇다면 카체도 그런 '아픔'을 알고 있는 것이다.

그렇게 생각하니 피부 아래로 뭔가가 기어 다니는 듯한 기분이 들었다. 리키는 반쯤 무의식적으로 꿀꺽 숨을 삼켰다.

"하지만 널 마켓에 고용하기 위해서는 한 가지… 조건이 있었다. 자존심이 아무리 높아도 슬럼 근성에 찌든 멍청한 녀석이라면 아무짝에도 쓸모가 없으니까. 나도 그렇게까지 시간이 남아돌지는 않거든. 하지만 정해진 시간 안에 주어진 과제를 클리어할 만한 근성과 머리가 있다면… 그런 거지."

"그게 'RED BARON'… 인가?"

"그래."

잭이 건네준 한 장의 카드.

그 카드가 모든 것의 발단이라고 생각했지만 사실 그것은 단순한 계기일 뿐, 이아손과의 악연은 그날 밤부터 줄곧 이어져 왔던 것이다.

리키가 그 굴욕을 도저히 잊을 수 없었던 것처럼, 이아손도 나름대로 마음속에 묻어두고 있었다는 사실에 리키는 어째서인지 옆구리 부근이 경련하는 듯한 기분을 느끼지 않을 수 없었다.

"나는 너를 위해서 네가 평범한 '멍청이'이길 진심으로 기도했지만 이쪽에서 설치한 우리 속에 스스로 뛰어들 만큼은 '우수'했지."

리키는 무심코 얼굴을 찡그렸다.

물론 카체에게 '멍청이'라고 불리기는 싫지만 스스로 함정에 뛰어들 정도로 우수했다는 말도 화가 나기는 매한가지였다.

"아니…. 너는 아주 우수한 인재였어, 리키. 자존심이 높고, 좋은 의미에서 야심도 있고, 그 야심을 위한 노력도 아끼지 않았지. 이아손은 충분히 만족했을 거다. 자신의 눈이 틀리지 않았다는 걸 알게 돼서."

그렇다면 그대로 마켓에서 일하도록 내버려 뒀으면 좋았을 텐데. 굳이 슬럼의 잡종을 '펫'으로 삼아 에오스에 소란을 일으키느니 그편이 훨씬 평화롭지 않았을까.

그렇게 생각하며 리키는 새삼 입술을 깨물었다.

한차례 사실을 폭로한 후, 카체는 또다시 말을 이었다.

"그래서 말이다만, 나도 묻고 싶군. 대체 너와 이아손 사이에 무슨 일이 있었던 거지?"

그 순간 온화한 어조와는 달리 날카로운 카체의 눈빛이 리키를 꿰뚫었다.

리키는 아무런 대답도 하지 못했다.

"이아손이 처음으로 내린 지시는 슬럼에서 아우로라 코인이 나오면 보고하라는 내용이었다. 순간 내 귀를 의심했지. 아우로라 코인은 에오스에서만 사용할 수 있는 펫 전용 통화. 그런 게 왜 슬럼에서 나온다는 거지? 그 말을 한 사람이 이아손이 아니었다면 말도 안 되는 농담이라고 웃어넘겼을 거다."

아우로라 코인.

리키에게 그것은 자존심이 굴욕으로 더럽혀진 그날 밤의 상징이었다.

발밑에 던져진 동전을 주워서 움켜쥐었을 때, 리키는 자신이 얼마나 세상물정 모르는 애송이였는지 깨달은 듯한 기분이 들었다.

"하지만 아무리 기다려도 코인은 나오지 않더군."

당연하다. 돈으로 바꾸고 싶어도 출처를 캐물을까 봐 꺼려졌고, 그렇다고 버릴 수도 없었으니까. 결국 다시는 같은 과오를 범하지 않도록 스스로에게 경고하는 의미에서 늘 가지고 다니게 되었다.

무엇보다도 알렉에게 그것이 '펫 주화'라는 말을 듣기 전까지 리키는 그 금화가 무엇인지조차 몰랐다.

알았을 때에는 너무 화가 나서 분노로 죽을 뻔했지만.

"이아손의 예상이 빗나간 건지, 아니면 뭔가 착각한 건지, 결국 알지 못한 채로 끝나고 말았지만. 그리고 별안간 네 얘기를 꺼내더군."

이유는 아무것도 알려주지 않고, 쓸데없이 알려고 하지도 않고, 그저 명령받은 대로 복종할 뿐. 이아손과 카체의 관계가 그렇다는 사실은 리키도 알고 있었다.

그런데 왜 이제 와서 그걸 알고 싶어 하는 걸까?

'아니…. 지금이라서일까?'

목에 박혀있던 작은 가시.

카체에게는 그야말로 뽑아낼 수 없는 '가시'였던 거다.

뽑을 수 있는 기회는 지금밖에 없다. 카체는 그렇게 생각했는지도 모른다. 그렇지만 리키에게 그걸 뽑아 줄 의리나 의무 따위는 없다.

"이제 와서 그딴 건… 아무래도 상관없잖아. 당신이 그걸 알아봤자 뭐가 달라지는 것도 아니고. 이거야말로 지나친 호기심은 화를 부른다… 아니야?"

세상 물정 모르는 애송이의 얄팍한 지혜와 오만, 그리고 호기심의 대가는 이아손의 펫으로 지낸 3년간의 굴욕으로 모두 갚았다.

　새삼 과거를 들쑤실 마음도 없었고 누가 들쑤시는 것도 바라지 않았다. 리키는 그로써 전부 끝내고 싶었다.

　"나는 내 오만의 대가를 나름대로 확실하게 갚았어. 그러니까 이제 와서 남을 신경 쓰다 피해를 입고 싶진 않아. 그 상대가 키리에라면 더더욱."

　리키는 키리에가 자신에게 그런 존재라고 카체에게 선언했다. 그러니 자신에게 아무것도 기대하지 말라고.

　"당신도 알잖아? 자기가 자기 손을 꼬집어 봤자 진짜 아픔이 뭔지 몰라. 발을 헛디디고 넘어져서 팔이라도 하나 부러져 봐야 아는 법이지. 그때 내가 그랬고 아마 당신도 비슷했을 텐데."

　리키는 단숨에 말을 이었다. 더 이상 카체가 파고들 여지를 주고 싶지 않았다.

　이미 일어난 일을 없었던 걸로 만들 수는 없다.

　그러나 과거를 잘라버릴 수는 없어도 풍화시킬 수는 있다. 설령 남의 눈에는 '한심한 겁쟁이'의 평화로 보일지라도.

　그거면 족하다.

　아니, 그편이 낫다.

　굴욕으로 얼룩진 3년간에 얽매인 채 끝나고 싶지는 않다.

　그렇게 생각할 정도로는 리키도 아직 자신의 인생에 미련이 있었다.

　『팽개치지 않는다.』

『버리지 않는다.』

『포기하지 않는다.』

살아 있다는 건 그런 거다.

하지만….

"나에 대해… 무슨 얘기라도 들었나?"

"아니. 그저 당신은 얼굴 하나로 끝나서 운이 좋았다는 얘길 들은 것뿐이야."

문득 카체가 한쪽 뺨을 일그러뜨렸다.

그리고 리키는 깨달았다.

경솔하게도 자신이 뭔가… 카체의 지뢰를 밟아버렸다는 사실을.

"운이 좋았다—라."

자조 섞인 중얼거림은 패기 없이 잔뜩 쉬어 있었다.

"그래…. 확실히 그럴지도 몰라."

그리고 카체는 커다란 한숨을 쉬었다.

"리키. 나는 블론디 전용 퍼니처였다."

"뭐?"

생각지도 못한 갑작스러운 고백이었다.

그 말이 머릿속에서 의미를 갖게 될 때까지 약간의 시간이 걸렸다.

그러나 그 말을 이해한 후에도 머릿속이 뒤흔들리는 듯한 충격은 사라지지 않았다.

카체는 리키와 같은 슬럼의 잡종이다.

그런데 블론디의 퍼니처라고?

'어… 째서?'

그게 가능한 일인가?

이아손과 카체의 진짜 관계가 무엇인지… 리키는 도무지 상상조차 할 수 없었다.

그래서 리키는 그 순간 어떤 표정을 지어야 할지 몰라 그저 물끄러미 카체를 응시했다.

'퍼니처'.

타나그라의 엘리트들이 거주하는 팰리스 타워 '에오스'에는 각 방에 한 명씩 그렇게 불리는 소년이 살고 있다.

아니, 호화로운 장식품이나 마찬가지로 살아 있는 '가구'로서 구비되어 있다.

머리를 짧게 깎은 그들은 몸의 선을 강조하는 제복을 입고 신분 증명 대신, 팔 위쪽의 겨드랑이 가까이에 끼는 팔찌인 암릿을 착용한다.

물론 관상용은 아니지만 다른 가구에 뒤지지 않을 만한 용모와 최첨단 기기를 다룰 수 있을 정도로 지능을 겸비해야 한다.

엘리트들이 타나그라에서 차질 없이 업무를 수행할 수 있도록 에오스에서 그들의 사생활을 보좌하며 펫의 시중을 든다. 그것이 그들의 임무다.

그 때문에 펫과 접촉하면서 만에 하나라도 소동이 일어나지 않도록 퍼니처는 거세하는 것이 에오스의 상식이다.

집안의 전반적인 관리와 펫의 시중 정도는 사실 안드로이드로도 충분하다.

그런데도 굳이 인간 소년을 거세하면서까지 살아 있는 가구로 방에 들여놓는 것이다. 그 사실을 알았을 때 리키는 그 잔혹함과 추악함에 하마터면 토할 뻔했다.

그렇다고 해서 당시의 리키에게 그런 그들의 처지를 동정할 만한 여유 따윈 없었다.

리키는 블랙마켓에서 실력을 발휘하는 카체밖에 알지 못한다.

처음 만났을 때 카체는 이미 모든 감정이 결여된 듯이 냉철한 능력주의자였다. 그래서 어쩌면 인간이 아니라 정교한 안드로이드 아닐까… 그런 착각을 한 적도 한두 번이 아니다.

그런 카체에게서 에오스의 퍼니처였던 흔적 따윈 찾아볼 수 없었다.

리키의 혼란에 쐐기를 박듯 카체는 또 다른 폭탄을 던졌다.

"에오스의 퍼니처는 모두 슬럼의 잡종이다. 알고 있었나?"

순간 리키의 얼굴에서 창백하게… 핏기가 가셨다.

『처음 뵙겠습니다. 다릴이라고 합니다.』

얼핏 보기에 나이를 짐작할 수 없도록 선이 가는 소년의 얼굴이 느닷없이 생생하게 떠올랐다.

『리키 님의 시중을 드는 게 저의 일입니다. 뭐든지 말씀해주십시오.』

다릴은 이아손의 퍼니처였다.

하지만 리키는 퍼니처의 의무라 해도 자신의 모든 것을 감시하듯 달라붙는 다릴의 언동이 거슬려서 견딜 수 없었다.

슬럼에서는 언제 어디서, 무엇을 하든 가이와 함께였다. 가이가 곁에 있어서 위안을 받은 적은 있어도 방해된다고 생각한 적은 한 번도 없었다.

그러나 다릴은 달랐다.

감시당하는 기척을 느끼기만 해도 신경이 곤두섰다.

『내 일은 내가 알아서 해.』

『쓸데없는 짓 하지 마.』

『나한테 신경 꺼!』

몇 번을 말하고, 심지어 소리를 지르기도 했다.

『그건 규칙에 어긋납니다.』

그렇지만 다릴은 같은 말을 반복할 뿐이었다.

『에오스에서는 주인님의 말씀만이 유일하고 절대적입니다. 리키 님의 시중과 건강 관리는 저의 의무입니다. 주인님이 그렇게 결정하셨습니다.』

몇 번이나 욕실에 들어와서 자신의 몸을 구석구석 닦아주려고 했다. 그런 다릴이 귀찮고 거치적거려서… 견딜 수 없었다.

짜증이 나고, 화가 나서 울컥울컥했다.

때때로 언뜻언뜻 보이는, 뭔가 말하고 싶은 듯한… 다릴의 엉겨붙는 시선이 특히 싫었다.

그래서였을까.

『슬럼의 잡종이 그렇게 신기하냐. 자꾸 귀찮게 달라붙지 마!』

그래서 걸핏하면 화를 내며 소리를 질렀다.

그런 다릴이—아니, 에오스의 모든 퍼니처가.

'슬럼의… 잡종?'

거짓말이지? 농담이지? 날 속이는 거지?

리키는 카체가 던진 폭탄 발언에 넋을 잃고 아무 말도 할 수 없었다.

"케레스의 '가디언'을 뒤에서 관리하고 있는 게 바로 타나그라다. 그럭저럭 얼굴이 괜찮고, 머리도 쓸 만하고, 세상 물정을 잘모르는 아이들…. 에오스의 살아 있는 가구로 만들기에는 안성맞춤인 소모품이지."

'그런 말도 안 되는 일이.'

그렇게 외치고 싶었다.

그러나 경련하는 목의 갈증이, 미칠 듯이 세차게 뛰는 고동이머리를 사정없이 조였다. 그 아픔 탓에… 목소리가 나오지 않았다.

"당장 믿기는 어렵겠지만."

말도 안 돼. 믿을 수 없어. 믿고 싶지 않아!

"왜… 어째서 케레스만 자연 출산을 고집하는지, 넌 그 이유를생각해본 적 있나?"

그런 건 생각해본 적도 없었다.

아무래도 상관없었다.

왜냐하면 리키에게 '가디언'은 낙원 따위가 아니었으니까.

"설마 그게 인간 본연의 모습이라는 사탕발림을 진짜로 믿는건 아니겠지?"

믿는 것은 아니지만 부정할 수도 없다. 그것이 리키의 본심이 었다.

케레스란 그런 곳이라고 생각했기 때문이었다.

"유전적인─그래, 유전적으로 특별한 요인이라도 없는 한 남자와 여자가 태어날 확률은 50대 50이다. 뒤에서 누가 조작이라도 하지 않는 한 말이지. 여자만 극단적으로 적게 태어날 수는 없어. 하물며 그게 몇 세대에 이어 계속되다니, 더더욱 말이 안 되지."

리키는 꿀꺽 숨을 삼켰다.

뭔가… 어딘가.

느닷없이 빗장이 풀린 것처럼 터져 나오는 카체의 폭탄 발언에 리키는 아무 말도 못 하고 그저 그의 얼굴을 응시하기만 했다.

"타나그라가 인구 관리를 하는 거다. 놈들에게는 아주 쉬운 일이니까."

머릿속이 어질어질하고 뜨겁게 끓어올랐다.

그게 착각이 아니라는 증거로 귀울림마저 들리기 시작했다.

"미다스 시민들의 우월감을 충족시켜주기 위해서 우리 슬럼의 잡종은 꼭 필요한 존재지. 얌전히 복종하지 않으면 저런 쓰레기가 된다는 '본보기'인 셈이다. 사랑이니 뭐니 그런 장밋빛 인생을 즐기면 곤란해. 그렇다고 너무 늘어나도, 너무 줄어들어도 안 되지. 죽이지도 않고 살리지도 않으면서 어중간한 상태로 균형을 맞춰야 해. 여자들이 끊임없이 아이를 낳으면 곤란하지. 결국 슬럼이란 아무리 발버둥 쳐도 구제받을 수 없도록 성립되어 있는 거다."

슬럼은 아무리 발버둥을 쳐도 구제받을 수 없다.

그 말이 품고 있는 서늘한 울림에 리키는 자신의 발밑이 돌연 불확실한 뭔가로 변해버린 듯한 기분을 느꼈다.

"내가 에오스의 퍼니처로 선택됐다는 사실을 알았을 때, 나는 내심 우쭐했다. 외모도 머리도 남들보다 뛰어나다고 자만하고 있었으니까. 가디언을 떠나봤자 뭔가 좋은 일이 생기는 것도 아니고, 어차피 잡종은 잡종일 뿐. 이런 기회는 흔치 않은 법이지. 나는 큰 소리로 외치고 싶은 심정이었다. '됐다!'… 고. 한마디로 조금 똑똑한 게 전부인, 세상 물정 모르는 애송이였지."

한쪽 뺨을 일그러뜨리며 토해내는 말은 끈적끈적하고 무거웠다. 그 말이 무엇을 의미하는지 리키는 충분하고도 넘칠 정도로 알고 있었다.

"타나그라에서 맞이한 첫날 밤…. 우리는 의료 시설에 끌려갔지. 그곳에서 처음으로 퍼니처가 무엇인지 알게 됐다. 충격이었지. 머릿속이 새하얘질 만큼."

퍼니처는 거세를 당한 후 살아 있는 '가구'로서 에오스에 배치된다.

어딘가 안드로이드 같은 카체의 섬세한 얼굴선이 별안간 다릴의 얼굴과 겹쳐졌다.

처음 만났을 때 다릴은 이미 이아손의 퍼니처였다. 그래서 리키는 다릴이 대체 몇 살인지… 모른다. 알려고도 하지 않았다.

이아손의 명령을 충실하게 따르는 다릴은 그 사실만으로도 리키의 적이었으니까.

가까워지는 게 싫었다. 약한 모습을 보이는 건 굴욕이었다. 동정받기는 더욱 싫었다.

그래서 오기를 부리고, 오만하게 행동하고, 귀를 막아 자신에게 내밀어진 손을 거절했다.

그렇게 하지 않으면 리키는 자신의 발로 서 있을 수 없었다.

내가 나 자신으로 존재하기 위해 절대 양보할 수 없는 긍지.

이아손은 리키의 귓가에서 태연하게 조롱했다.

『그런 쓸데없는 건 시궁창에 던져버려라.』

리키에게는 자신이 슬럼의 잡종이라는 사실을 던져버리지 않는 것이 자기 자신을 지키기 위한 유일한 방패라 해도 과언이 아니었다.

"그래도 평생 슬럼에서 비참하게 살아가기보다는 나을지도 모른다고 생각했다. 선택된 이상 우리에게 '거부권'은 없었으니까. 그렇게라도 생각을 고쳐먹지 않으면 차마 버틸 수가 없잖아?"

그렇게 유연하고 긍정적인 사고방식을 갖고 있었더라면 자신도 에오스에서 좀 더 편하게 살 수 있었을까?

문득 그런 생각이 떠올랐다. 리키는 메마른 입술을 어색하게 핥았다.

하지만 카체가 리키에게 알려준 현실은 좀 더 노골적이면서도 생생했다.

"리키, 나는 아무 대가도 없이 기어오를 수 있는 기회 같은 건 믿지 않아. 그래서 필요하면 펫의 발바닥을 핥든 항문을 핥든 망설이지 않았지. 퍼니처는 소모품이다. 살아남기 위해서는 주인에게 절대복종할 것, 감정을 버리고 인내할 것. 그것이 최저한의 조건이었지. 동료들을 밀어내는 일쯤은 아무것도 아니었어. 블론디의 '가구'가 된다는 건 그런 거다. 남자 구실도 평생 못하게 됐다. 그러니 그 정도 꿈은 꿔도 벌은 받지 않겠지. 그렇지 않나?"

그 순간 리키는 흠칫 숨을 삼키며 두 주먹을 움켜쥐었다.

블론디의 '가구'가 된다는 것의 의미.

카체의 말은 리키에게 또 다른 의미가 있었다.

『이 에오스에서는 주인님의 말씀만이 유일하고 절대적입니다.』

그 말대로 다릴은 이아손의 명령에 따라 리키의 성기를 물고 구음을 되풀이했다.

『그만둬.』

때려도.

『하지마아아!』

걷어차도.

이아손이 그만두라고 할 때까지 다릴은 무릎을 꿇은 채 무표정하게 다가왔다.

리키의 다리를 벌리고, 사타구니에 얼굴을 묻었다.

오로지 자위를 거부하는 리키를 발기시키기 위해서….

『리키 님은 아직 모르십니다. 그분이 얼마나 무서운 분이신지.』

다릴은 그렇게 말했지만 이아손이라는 권력자가 얼마나 무자비하고 오만하고 냉혹한지 리키는 진저리가 날 만큼 잘 알고 있었다.

그러나 그보다 리키에게는 결코 언성을 높이지 않고 자신을 능욕하는 이아손보다 그의 명령만이 자신의 생명줄이라도 되는 양

집요하게 다가오는 다릴 쪽이 훨씬 섬뜩하고 받아들이기 힘든 존재였다.

『리키 님.』

다릴에게 그렇게 불리는 것도 리키의 자존심을 긁어댔다. '님'이라는 말 뒤에 슬럼의 잡종에 대한 멸시가 담겨 있는 듯한 기분이 들었기 때문이었다.

펫과 퍼니처.

같은 우리 안에서 사육되고 있는데도 가치관이 너무나 달라서 서로 다가갈 수조차 없었다.

그건 다릴이 자신과 전혀 다른 인종이라고 생각했기 때문이었다.

'퍼니처'란 펫과 마찬가지로 어딘가 특별한 센터에서 태어나고, 자라고, 그런 식으로 조교 받는 거라고, 리키는 그렇게 생각했다.

리키는 기억하고 있었다. 가이와는 판이하게 달랐던 다릴의 구음을….

아니. 가이의 구음밖에 몰랐던 리키에게 다릴은 또 다른 구음의 맛을 주입하고 한층 강한 쾌감을 이끌어냈다. 그렇게 단언할 수 있을 만큼 그 행위는 일상적으로 되풀이되는 정신적인 고문이었다.

거세당한 다릴에게 구음을 받는 것이 리키에게는 참을 수 없는 굴욕이었다.

이아손의 명령대로 순순히 다리를 벌리는 것은 화가 났지만 무릎을 굽히면 적어도 다릴의 구음에서는 해방될 수 있다.

선택은 둘 중 하나였다.

도망칠 길은 어디에도 없었다.

그래서 애써 결심하고 이아손의 눈앞에서 자위를 했다.

시키는 대로 자위하고 사정하면 그 굴욕이 사라지리라고 생각했기 때문이다.

그러나 이아손은 리키가 눈앞에서 다리를 벌리게 되어도 다릴에게 구음을 그만두라고 하지 않았다.

별건 아니었다. 그저 발기시키는 것만이 목적이었던 구음에서 사정을 재촉하고 뒤처리를 하는 구음으로 바뀌었을 뿐이다.

'교육'이라는 이름의 음란한 조교.

전라로 이아손의 무릎 위에 앉아있을 때면 반드시 다릴이 불려 왔다.

등 뒤에서 팔을 넣어 단단히 무릎을 고정하면 몸을 움직일 수 없었다.

이윽고 활짝 벌어진 허벅지가 부들거리고, 뒷구멍이 욱신거리다가 고환이 경련할 때까지 가차 없이 구음을 당했다.

그 모습을 이아손이 빠짐없이 지켜보며 시선으로 범하고 있다고 생각하면 굴욕과 수치심으로 머릿속이 타들어 가는 기분이었다.

고환이 텅 빌 때까지 몇 번이나 강제로 사정해야 했다. 쥐어짜낸 정액은 모두 다릴이 삼켰다.

마지막 한 방울까지 남김없이 빨아들이기 위해 손톱으로 요도구를 긁고 다릴의 뾰족한 혀끝으로 몇 번이나 핥았다. 그것만으로도 리키는 경련하듯 신음 소리를 흘리며 질질 정액을 흘렸다.

144 · 아이노쿠사비 2

『더는… 안 나와.』

목소리를 쥐어짜며 몇 번이나 용서를 빌어도 소용없었다. 고환을 부드럽게 주무르며 요도구를 핥을 때마다 힘이 빠져나간 허리가 맥없이 흔들렸다.

『입보다 몸이 훨씬 솔직하군.』

이아손의 냉소가 참을 수 없이 아팠다.

하지만 고통도 치욕도 그것만으로는 끝나지 않았다.

이아손이 몸 안으로 손가락을 집어넣기 전에는 반드시 다릴의 혀로 애널을 핥아서 풀어줬다.

그저 희롱하기 위해 뒤를 범하는 것이다.

주름 하나하나를 정성껏 핥는 쾌감과 굴욕은 그곳이 눅진눅진하게 녹아내릴 때까지 멈추지 않았다.

그런 나날이 반년 동안 계속되었다. 그리고 처음으로 이아손에게 안긴 이후로 다릴이 침실에 불려오는 일은 없어졌다.

리키는 안도의 숨을 내쉬었다.

이아손에게 안겨 가차 없이 꿰뚫리는 행위는 몸이 찢어지는 듯한 아픔과 공포를 안겨줬지만 그래도 다릴 앞에서 다리를 벌리고 구음을 받거나 혀로 항문을 희롱당하는 것보다는 훨씬 나았다.

어차피 이아손에게 안긴 후 흐물흐물하게 녹아서 몸을 일으키지 못하는 리키의 뒤처리를 해주는 것도, 무리하게 삽입해서 붓고 피가 흐르는 항문에 약을 발라주는 것도, 벌을 받고 침대에 묶여 있는 리키의 소변을 받는 것도 모두 다릴의 일이라는 사실에는 변함이 없었지만.

다릴이 대체 어떤 기분으로 그런 행위를 감수한 것인지… 리키는 모른다.

딱히 알고 싶지도 않았다.

평소의 다릴은 과묵한 편이었으며 당연하게도 성적인 느낌은 일절 풍기지 않았다.

이상하게도 자신조차 볼 수 없는 가장 깊은 곳을 드러내고 온몸이 경련할 때까지 구음을 되풀이해도 리키가 다릴에게 욕정을 느낀 적은 단 한 번도 없었다.

또한 리키는 다릴을 소모품이라고 생각한 적 또한 없었다.

퍼니처가 소모품이라면 엘리트의 장난감으로 사육되는 펫도 마찬가지다. 아니, 오로지 음란함만을 강요당하는 만큼 인간으로서 존엄성은 없는 거나 마찬가지다.

다릴을 업신여기는 건 자신을 업신여기는 것과 같았다.

리키가 이아손에게 안겨서 추태를 보여도 다릴은 절도 있는 태도를 무너뜨리지 않았다.

얼핏 냉정해 보이던 그 태도가 다릴 나름의 긍지라는 사실을 깨달은 시기는… 대체 언제쯤이었을까.

가까워지는 것과 인정하는 것은 다르다.

뭔가를 진지하게 받아들이기 위해서는 미련을 끊어버릴 줄 아는 강인함이 반드시 필요하다는 사실을 깨달았다.

아니, 깨달을 수밖에 없었다.

절대 가까워질 수 없으리라 생각했던 거리도 시간이 그럭저럭 메꿔 주었다.

퍼니처 다릴은 도무지 좋아할 수 없었지만 넋두리를 늘어놓을 이야기 상대로서 다릴은 소중한 존재였다.

무엇보다도 리키는 에오스의 모든 펫들에게 눈엣가시나 마찬가지였다.

아무것도 하지 않아도, 그저 다릴이 시원시원한 태도로 무슨 일이든 척척 해내는 모습을 지켜보기만 해도 지루하지 않았다.

물론 다릴에게는 아무 문제도 일으키지 않는 리키의 모습이 폭풍전야의 고요함처럼 위험하게 느껴졌을지도 모르지만.

'펫의 잘못은 주인의 수치. 퍼니처의 책임'.

그것이 에오스의 상식이었다.

『별것 아닌 작은 상처 하나가 목숨을 위협할 정도로 커질 수도 있습니다. 잠자코 내버려 둘 수는 없습니다. 당신이 하는 모든 말과 행동이 주인님의 명예에 영향을 미치듯 당신의 건강 관리는 저의 의무이자 책임입니다.』

다릴은 사사건건 몇 번이나 그 말을 되풀이했다.

결국 화가 난 리키가 폭언을 던져도 대답하는 다릴의 목소리에는 아주 약간의 흔들림도 없었다.

『아—그렇겠지. 펫한테 먹이를 주는 것도 너, 옷을 고르는 것도 너, 주인님께 실컷 장난감 취급당한 펫의 뒤처리를 하는 것도 너. 내가 마음대로 할 수 있는 건 아무것도 없어!』

『그것이 퍼니처의 일입니다. 이 방에서 당신이 쾌적하게 생활할 수 있도록 최선을 다하는 일. 그것이 저의 보람입니다.』

그리고 이아손은 리키가 다른 펫과 어떤 트러블을 일으켜도 자신에게 돌아오는 불명예가 뭔지 일체 입에 담지 않았다.

『살롱은 펫이 규칙에 얽매이지 않고 자유롭게 행동할 수 있는 유일한 장소다. 어지간한 일은 묵인… 하게 되어있지. 하지만 알고 있겠지, 리키. 도를 넘지 마라. 밖으로 흘러나올 불상사는 절대 엄금이다. 네가 원인이든 아니든 밖으로 흘러나온 시점에서 즉각 출입 금지다. 변명은 일절 듣지 않겠다. 그걸 잊지 마라.』

다만 그렇게 다짐하는 것만은 잊지 않았다.

그런 점에서 이아손은 관대했다. 적어도 미메아와의 관계가 들키기 전까지는….

리키에게도, 이아손에게도.

에오스 전체를 스캔들로 들썩이게 한 그 사건이야말로 모든 것의 전환점이었다.

'넌더리가 난다'는 말을 온몸으로 자각하게 된 리키였지만 그날을 경계로 이아손의 태도도 딱딱해졌다.

이아손은 리키가 반항하건 말건 몸을 일으킬 수 없을 때까지 범했다. 다른 펫처럼 얌전히 그의 발밑에 웅크리고 있어도 소용없었다.

『이번에는 무슨 꿍꿍이지?』

그렇게 말하며 괴롭히곤 했다.

그럴 땐 목이 쉴 때까지 울어야 했다.

이아손에게 실컷 유린당한 몸을 다릴이 언제 깨끗이 닦아줬는지도 기억하지 못할 정도였다.

그런 다릴이 지금 어떻게 지내고 있는지… 리키는 모른다.

다릴과의 결별은 갑작스럽게 찾아왔다.

그날 절대 열리지 않으리라 생각했던 에오스의 현관 홀 문이 느닷없이 눈앞에서 열렸을 때 리키의 눈앞이 한순간 새하얘졌다.

꿈은 아닐까 하며 저도 모르게 손을 뻗었다.

그러나 꿈이 아닌 현실이란 사실을 깨달았을 때 리키는 무의식적으로 발을 내디뎠다. 에오스 밖으로. 반쯤 충동적으로.

『멈춰!』

시큐리티 가드의 외침이 들렸다.

그 목소리를 뿌리치고 정신없이 달리기 시작했을 때 리키는 이제 돌이킬 수 없다고 생각했다.

결국 끝까지 도망치지 못하고 붙잡혀 버렸지만.

시큐리티 가드를 뿌리치고 도망치려 했던 자신은 이번에야말로 처분당하겠지, 하고 각오를 다졌다.

아무리 이아손이라도 두 번이나 체면에 먹칠을 당한 이상 잠자코 있지는 않을 것이다.

그러나 리키의 폐기 처분은 센터로 끌려가는 것이 아니라 슬럼으로 돌아가는 방식으로 이루어졌다.

그것은 눈앞에서 느닷없이 에오스의 문이 열렸을 때 이상으로 충격적이었다.

펫 링이 벗겨졌다.

이제 자신을 구속하는 것은 아무것도 없다.

광기 어린 환희와도 같은 격정에 몸을 떨며 리키는 정신없이 그 자리를 떠났다. 이아손의 마음이 변하기 전에.

다릴과는 인연은 그걸로 끝이었다.

지금쯤 다릴은 변함없이 누군가 다른 펫의 시중을 들고 있으리라. 자신이 사라져도 에오스의 나날은 아무것도 변하지 않는다.

그렇게 생각했다.

그러나 퍼니처가 자신과 같은 슬럼의 잡종이라는 사실을 알게 된 지금 리키는 에오스에서 지낸 3년간의 모든 것들이 통째로 뒤집힌 듯한 기분이 들어서… 아무 말도 못 한 채 그저 창백해지고 말았다.

'왜…'

'어… 째서.'

알고 싶지 않았다. 듣고 싶지 않았다.

이제 와서 그런 충격적인 사실을 자신에게 폭로하는 카체가 미워서 으드득 이를 갈았다.

"수군수군 뒤에서 남을 험담하거나 구질구질하게 불평을 늘어놓는 것밖에는 할 줄 아는 게 없는 녀석들과 서로 상처를 핥아주는 일 따윈 딱 질색이었다. 그런 보람이 있어서 나는 5년 동안 블론디 전용 퍼니처로 지내며 미다스를 내려다볼 수 있었지. 기분 좋더군. 솔직히 내게 더 이상 무서운 건 하나도 없는 듯한 기분마저 들었다."

블론디 전용 퍼니처…. 카체의 주인은 분명 이아손이었을 것이다.

두근두근… 높아지는 고동이 관자놀이를 조였다.

그럴 수만 있다면 리키는 차라리 귀를 막아버리고 싶었다.

그러나 카체가 털어놓는 '사실'이 너무 무거워서, 그가 들려준 '진실'이 너무 아파서 리키는 그 현실에서 차마 눈을 돌릴 수 없었다.

"어쩌면 마가 끼었던 걸지도 몰라. '보지 않고, 말하지 않고, 듣지 않는다'… 그게 퍼니처의 철칙이었는데 말이야. 호기심이라는 건 한번 맛보면 끝이 없어지기 마련이지."

자신에게는 굴욕과 음란한 구속으로 점철된 3년간이었다.

카체 또한 그 악연에 말려들었다는 사실도 이제 알았다. 고름을 전부 짜내버리려는 듯 카체의 폭로는 멈추지 않았다.

"가디언이 타나그라의 장난감이라는 사실을 알게 된 건 바로 그때였다. 흥미가 생겼지. 나와도 관련된 일이니까 말이야. 방의 '단말기'를 사용해서 반년에 걸쳐 캐냈다. 퍼니처에게 단말기는 생활필수품. 게다가 자존심만 높고 섹스밖에 관심이 없는 펫은 당연히 글을 읽고 쓸 줄 모르지. 그야말로 남의 눈을 신경 쓸 필요도 없었다."

글을 모르는 것이 펫의 미덕.

평생 사육당하다가 일생을 마칠 때까지 펫은 상식 밖의 세계에서 살아간다.

펫들이 모이는 살롱 따윈 리키의 눈으로 보기에는 마치 유아들을 위한 놀이방이나 다름없었고 치졸한 화려함에 구역질이 나올 것 같았다.

글을 읽지 못해도 아무 불편함이 없도록 펫의 생활 공간은 모두 합리적으로 간소화되어 있었으며 그만큼 보안도 엄중했다.

그 때문에 에오스의 펫들은 지문과 안구 등록은 물론 이중 보안을 위해 ID대신 펫 링을 장착하는 것이 의무다.

펫 링이 없으면 펫은 아무 데도 갈 수 없다. 자기 방의 문조차 열 수 없다.

호화롭고 사치스럽다 일컬어지는 펫의 생활 반경은 상상보다 훨씬 좁았으며, 슬럼과는 다른 의미에서 폐쇄감으로 가득 차 있었다.

"아무리 견고한 특별 등급의 보안에도 어딘가 반드시 구멍은 있는 법. 그것만 알아내면 식별용 패스워드가 없어도 시스템을 깨뜨리는 건 쉬운 일이지."

"…알아. 알렉은 '인간 여자보다 훨씬 정조관념이 투철하지. 다짜고짜 정면으로 침입해서 강간하려고 하면 단번에 거절당하고 쓴맛을 보게 돼. 하지만 교묘하게 빈틈을 파고들어서 신사적으로 대하면 곧 살며시 손을 잡아주지. 그러면 얘기는 끝난 거나 다름없어'… 라고 하더군."

카체는 한순간 뭐라 형용할 수 없는 표정을 지었다.

이런 얼굴이 보고 싶어서 옛 파트너의 이름을 꺼낸 것은 아니다. 무심코 말이 튀어나온 것뿐이다.

그래서 리키는 알렉이 지금도 카체 밑에서 '운반책'으로 일하고 있는지 묻지 않았다.

카체도 알렉의 이름을 입에 담지 않았다.

"데이터베이스에 접근하는 건 시간상 제한이 있어서 한 번에 전부 처리하려고 해서는 안 되었지. 하지만… 역탐지에 걸리기 일보 직전에 그만두는 스릴에 있지도 않은 거시기가 욱신거리는 듯한 착각마저 느껴졌다. 그걸 찾아내 봤자 이제 와서 슬럼의 뭔가가 바뀌지는 않겠지만 나는 그 짜릿함을 참을 수가 없었다. 리키, 이해하겠지?"

이해한다, 그 짜릿한 스릴과 흥분.

그래서 슬럼의 잡종은 찰나의 자극을 찾아 밤의 미다스로 사냥을 떠나는 것이다.

"슬럼의 잡종이, 일개 소모품일 뿐인 퍼니처가 타나그라의 비밀을 훔치고 있다. 그런데 아무도 그걸 눈치채지 못한다. …웃음을 참을 수가 없더군. 그래서 놈들에게 해킹을 들켰을 때, 놈들을 깜짝 놀라게 해주고 싶어서 알고 있는 걸 전부 털어놨지. 꼴좋다… 하는 심정이었지. 그랬더니 이아손이 엷게 웃더군. '역탐지에 걸리지 않고 거기까지 해내다니, 대단한 실력이군'이라면서. …그 말을 들은 순간 등줄기가 얼어붙는 기분이었다."

절정에서 단숨에 나락으로. 그때를 떠올리고 있는 것일까, 카체의 눈빛은 묘하게 어두웠다.

"알고 있었던 거야, 처음부터. 그러면서 내가 언제 실수할지… 즐기고 있었던 거지. 알겠나, 리키. 그게 놈들의 방식이다. 얼굴을 다친 걸로 끝난 나는 확실히 운이 좋았던 건지도 몰라. 대신 평생 마켓에서 이아손에게 사육당해야 하지만."

그 목소리에는 패기나 격정이 전혀 담겨있지 않았다. 자신의 과거를 남의 일처럼 담담하게 이야기할 수 있게 될 때까지 대체 얼마나 쓰디쓴 눈물을 삼켰을까. 그걸 물어보고 싶은 충동에 사로잡히면서도 리키는 결국 어색하게 시선을 떨궜다.

그리고 새삼 생각했다.

카체는―왜? 어째서? 무엇 때문에?

무슨 속셈으로 지금 그런 과거를 자신에게 모조리 털어놓은 것일까.

'기쁨은 나누면 두 배가 되고 슬픔은 나누면 반이 된다'.

어딘지 알 수 없지만, 먼 나라에는 그런 격언이 있다고 한다.

설마 카체도 그 말처럼 마음속에 담아둔 비밀을 자신과 나누고 싶었던 걸까.

'…설마.'

알고 싶지 않다. 듣고 싶지 않다.

『보지 않고, 말하지 않고, 듣지 않는다.』

그것이 퍼니처의 철칙이라면 지금만큼은 리키도 그 철칙을 따르고 싶었다.

그래도 뭔가 결단을 내리지 않으면 카체가 들이민 저주에서 도망칠 수 없을 듯한 기분이 들었다.

"왜 당신이 이제 와서 그렇게까지 키리에를 도울 마음이 들었는지… 나는 잘 모르겠지만, 그걸 뭐라고 할 마음도 없지만…. 난 그녀석과 깊게 엮일 생각은 없어."

그래서 리키는 천천히 그렇게 말했다.

어쩌면 키리에는….

정말로 위험한 일에 발을 들여놓았는지도 모른다. 카체가 직접 나서야 할 정도로.

그래도 리키는 키리에를 위해서라면 손가락 하나 움직이고 싶지 않았다.

"내가 쓸데없이 나서봤자 오히려 키리에의 목만 조이게 될 거야."

어쩌면 키리에는 그저 구실일 뿐이었는지도 모른다. 좀 더 다른 ─복잡한 '사정'이 있을지도 모른다. 어찌된 일이든, 그게 무엇이든 리키는 더 이상 카체와 얽히고 싶지 않았다.

"대체 왜? 이아손과 한통속인 당신이 나서는 게 나 같은 놈이 설교를 늘어놓는 것보다 훨씬 설득력 있잖아? 그리고… 그 녀석이 어떻게 되든 내 알 바 아니야."

그렇다. 알 바 아니다.

그것만은 분명히 말할 수 있다.

딱히 본인에게 확인한 것도 아니고 본인이 보란 듯이 떠들어대고 다닌 것도 아니지만 키리에가 지크스의 아지트에 최루탄을 던진 것은 틀림없는 사실이다. 덕분에 리키는 하고 싶지도 않은 뒤처리까지 해야 했다.

더 이상은 절대 사절이었다.

"3년이야, 카체. 당신도 원래 퍼니처였다면 그게 뭘 의미하는지… 알고 있겠지?"

카체는 아무 말도 하지 않았다. 뭔가를 말하려는 듯한 눈빛으로 리키를 바라볼 뿐이었다.

그 시선을 정면으로 마주하며 리키는 강한 어조로 말했다.

"키리에가 내 전철을 밟기를 원하지 않는다면 당신이 설득해. 난 이제 와서 이아손과 얽히고 싶지 않아. 겨우 자유의 몸이 됐어. 제발 날 내버려 둬. 지긋지긋하니까."

카체는 깊은 한숨을 내쉬며 또 한 개비 담배를 뽑았다.

천천히 피어오르는 담배 연기는 두 사람의 침묵에 갈 곳을 잃은 듯이 흔들리며 허무하게 흩어졌다.

문득 정신을 차리고 보니 밖에는 비가 내리고 있었다.

언제부터 내리기 시작한 걸까. 밤은 차갑게 젖어 있었다.

리키는 좁은 침대에 몸을 던진 채 얼룩진 천장을 노려보았다. 그러나 한 점에 고정된 날카로운 눈에 현실의 풍경은 아무것도 비치지 않았다.

귓속에는 아직도 카체의 목소리가 들러붙어 있었다.

키리에 때문이 아니라, 떠나면서 카체가 한 말 때문이었다.

『리키, 이것만은 기억해둬라. 펫 링이 풀렸다고 모든 게 끝난 건 아니야. 이아손은 그렇게 호락호락하지 않아.』

공연한 협박 같지는 않았다.

그뿐인가, 그 진지한 눈빛이─왠지 아팠다.

그것이 리키를 초조하게 만들었다.

'사실은… 뭘 말하고 싶었던 거냐, 카체.'

알고 싶지 않다. 듣고 싶지 않다. 공연히 끌려들어 가고 싶지 않다.

그렇게 생각하면서도 카체의 의미심장한 말이 귀에 들러붙어서 그날 밤 리키는 좀처럼 잠을 이루지 못했다.

5장

꿈을 꿨다.

오랜만에 선명한 꿈을.

4년 만에 카체를 다시 만났고, 불안한 가슴의 술렁거림으로 좀처럼 잠을 이루지 못했건만 이런저런 고민에 빠진 것이 잘못이었을까.

아니면 생각지도 못한 진실에 동요해서 봉인해뒀던 기억이 단숨에 풀려난 것일까.

그도 아니면….

그날 밤 리키는 평소 꾸지 않는 꿈을 꿨다.

떠올리고 싶지 않은 악몽을.

여신의 이름을 지닌 팰리스 타워 에오스.

이아손의 개인실은 화려하지 않으면서도 호화로웠다.

타나그라의 최고 권력자에게는 나름대로 호사스러운 물건만이 어울리는 법이다.

가구나 장식품이 좋은 건지 나쁜 건지 리키는 전혀 알지 못하지만 그래도 이 방에 놓여있는 것들이 모두 쓸데없이 존재감을 과시하지 않는 고급품이라는 점만은 알 수 있었다.

은은한 호화로움.

한마디로 표현하자면 딱 그랬다. 물론 그 금전 감각이 일반적인 상식과는 거리가 멀다는 사실에는 변함이 없지만.

다른 엘리트들의 방이 어떤지는 모른다.

그러나 적어도 이아손의 방은 리키의 신경을 따끔따끔 건드릴 만큼 악취미는 아니었다.

그렇지만 슬럼의 잡종에게는 분수에 맞지 않는 불편한 곳이라는 점에는 변함이 없었다. 하물며 자신의 의지가 완벽하게 무시된 채로 이 방에서 사육당해야 한다는 현실은 리키에겐 그저 불쾌하고 화가 날 뿐이었다.

날개를 뜯긴 새나 마찬가지다.

아무것도 할 일이 없다.

어디에도 나갈 수 없다.

무엇 하나 자신의 의지가 통용되지 않는다.

신경이 곤두선다는 건 바로 이런 느낌일 것이다.

우리에 갇힌 울분과 욕구불만은 나날이 쌓여만 갔다. 리키의 머리는 폭발 직전이었다.

"왜 안 열리는 거야, 이 문은."

짜증스럽게 혀를 차며 리키는 눈앞의 문을 양손으로 두드렸다.

그런 짓을 해봤자 소용없다는 것은 요 몇 달 동안의 경험으로 지겨울 만큼 잘 알고 있었다. 그래도 치밀어 오르는 울분을 억누를 수 없었다.

'이건… 아니야.'

자신은 좀 더 쿨하고, 냉정하게 상황을 판단할 수 있으며 자제심이 강한 남자였다.

그런데 현재 자신의 모습을 보면 화를 참지 못하고 히스테리를 일으킨 어린아이나 마찬가지다.

그걸 알면서도 멈출 수 없었다. 머릿속 어딘가에서 뭔가가 삐걱삐걱 소리를 울리고 있는 것 같았다.

"다릴. 대체 어떻게 된 거야."

시커멓게 끓어오르는 감정을 버릴 곳은 한곳밖에 없었다. 그 유일한 상대이자 이 방의 퍼니처인 다릴을 노려보며 리키가 말했다.

"데뷔 파티에서 '첫선'을 보이고 나면 살롱이든 플레이룸이든 마음대로 갈 수 있다며? 네가 그랬잖아? 그런데 왜 방문이 안 열리는 거야."

"그건 리키 님이 아직 펫 링을 착용하지 않으셨기 때문입니다."

리키가 아무리 언성을 높이고 노려봐도 다릴의 태도는 달라지지 않았다. 논리정연하고 차분한 말투 또한. 아예 기억에서 지워버리고 싶은 구음이 끝난 후에도…. 그래서 리키도 공연히 신경 쓰지 않을 수 있는지도 모른다.

물어보면 어느 정도의 대답은 돌아온다. 그러나 묻지도 않았는데 먼저 나불나불 떠드는 것은 금지되어 있는지 평소 다릴은 지극히 말수가 적었다.

"펫… 링?"

"네. 등록 번호가 입력된 링을 말합니다. 그걸 착용하지 않으면 방에서 한 발자국도 나갈 수 없습니다."

그런 게 있다는 사실조차 리키는 처음 알았다.

미다스 에어리어—8 'SASAN(사산)'의 지하 돔에서 느닷없이 이 에오스로 끌려온 지 약 4개월. 리키가 이아손에게 들은 말은 모욕과 빈정거림으로 가득 찬 말뿐이었다.

『너는 오늘부터 나의 펫이다.』

『나도 창피를 당하고 싶지는 않으니 블론디의 펫답게 잘 교육시킨 다음 파티에 내보내 주마.』

『거칠고 천박하고 지저분한 원숭이라도 뭔가 하나쯤은 장점이 있겠지. 그걸 찾아내 주마.』

리키는 이 에오스에서 사육되는 펫이 어떠한 것인지, 그조차 알지 못했다.

반대로 '교육'이라는 이름의 조교가 얼마나 음란하고 굴욕적인지는 뼛속까지 깨닫게 되었지만.

"그거, 펫들은 모두 달고 다니는 거냐."

"목걸이, 귀걸이, 팔찌… 링 타입은 각각 다르지만 펫으로 등록된 분들은 모두 반드시 착용합니다. 그것이 유일하게 이 에오스에서 신분 증명이 되니까요."

"그럼… 그 링만 있으면 어디든지 가고 싶을 때 마음껏 갈 수 있어?"

"아뇨. 그건 주인님이 결정하실 일입니다. 저는 아무 말씀도 드릴 수 없습니다."

신입 펫을 선보이는 파티에 참석했다. 개목걸이에 가느다란 사슬로 만든 목줄이 달린 굴욕적인 모습으로. 그것이 '데뷔 파티'에

나가는 펫의 정장이라는 사실을 알았을 때는 분노로 숨이 멎을 뻔했다.

당연히 리키는 내내 퉁명스러운 태도로 일관했다. 생글생글 웃으며 애교를 뿌리는 다른 펫들과는 완전히 다른 태도였다.

다만 펫 링을 착용하지 않은 자신은 아직 정식 '펫'으로 등록된 게 아니라고 한다.

다릴의 말에 의하면 보통 펫은 이미 펫 링을 착용한 후에 '데뷔 파티'에 나가게 된다고 했다.

그 사실을 알고 리키는 그 의미를 어떻게 받아들여야 좋을지 잠시 고민했다.

자신은 아직 이아손의 펫으로 인정받은 게 아닌 걸… 까?

그렇다면 이대로 굴복하지 않으면, 이아손이 곧 자신에게 질려서 이 에오스를 떠날 수 있을지도 모른다.

하지만 그런 바람은 곧 산산이 조각났다.

이아손의 방에서 사육당한 지 반년. 아직 펫 링은 주어지지 않았지만 리키가 오기를 부리면 부릴수록 이아손의 '교육'은 나날이 농밀함을 더해갔다.

"언제까지 이런 곳에 가둬 둘 생각이야?"

"내가 질릴 때까지."

"난 아무리 발버둥 쳐도 블론디 님의 자랑스러운 펫이 될 수 없을 것 같은데? 그건 당신도 데뷔 파티에서 잘 알았을 거 아냐?"

신입 펫의 데뷔를 겸한 파티에서 리키는 일찌감치 말썽에 휘말렸다. 노골적으로 시비를 거는 바람에 싸움이 벌어지고 만 것이다.

물론 상대방 쪽에서 걸어온 싸움은 이자까지 쳐서 확실하게 갚아줬지만 결국 슬럼의 잡종은 거칠고 천박하며 손쓸 수 없을 만큼 흉포한 이방인이라는 사실을 직접 증명한 꼴이었다.

그러나 그만큼 요란하게 체면을 구겨도 이아손은 눈썹 하나 까딱하지 않았다.

그것이 단순한 허세가 아니라, 블론디의 흔들림 없는 자부심 때문이라는 사실을 리키가 깨달은 것은 그로부터 조금 훗날의 일이었다.

"파티에는 여흥이 필요한 법이지. 설령 그것이 천박한 싸움이라 해도. 슬럼의 잡종에게 새삼 얌전함과 단정한 몸가짐을 기대하지는 않았다. 어쨌든 일단 펫으로서 '데뷔'는 끝났다. 이제 너는 명실공히 나의 펫이다, 리키."

"그럼 빨리 펫 링인지 뭔지나 내놔."

리키가 으르렁거리듯 그 말을 내뱉자 이아손은 냉소를 지었다.

"호오… 자진해서 사슬에 묶이려는 거냐. 대단한 진보로군."

리키는 발끈했다. 빈정거림과 조소는 그야말로 일상다반사였지만 스스로 무릎을 꿇고 펫으로 전락한 것처럼 보이기는 싫었다.

"그게 아니야. 아무것도 안 하고 온종일 방에 갇혀 있으면 답답하단 말이야. 이런 거지 같은 곳이라도 펫 링을 달면 조금은 자유롭게 돌아다닐 수 있다며? 그럼 뜸 들이지 말고 빨리 내놔."

리키가 방 밖으로 나갈 때에는 아직도 '개목걸이'와 '목줄'을 착용해야 했다.

펫 링을 착용하지 않는 이상 보안이 엄중한 에오스 안에서는 당연한 조처였다. 다른 펫들의 시선은 좀 더 노골적으로 모멸을 담고 있었다.

『포악한 슬럼의 잡종을 아무렇게나 풀어놓지 않았으면 좋겠는데.』

그런 바람.

『거칠고 천박한 슬럼의 잡종에겐 저런 취급이 어울려.』

뼛속까지 배어 있는 우월감에서 비롯된 오만.

슬럼의 잡종을 블론디의 펫으로 삼은 것은 용서하기 힘든 만행이었지만 그 출신에 어울리는 취급을 받는다면 적어도 자신들의 자존심은 지킬 수 있다―고 말하듯이.

리키는 그런 시시한 싸구려 자존심 따위에 흥미나 관심이 전혀 없었다. 다만 언제까지고 '개목걸이'와 '목줄'에 속박당하는 것은 도저히 참을 수 없었다.

갇혀있다는 울분, 묶여있어야 하는 갑갑함.

날 수 없다면 하다못해 자신의 다리로 자유롭게 걷고 싶었다.

적어도 펫 링만 있으면 누구에게도 구속받지 않고 에오스 안을 자유롭게 돌아다닐 수 있다. 어쨌든 리키는 요 반년 동안 맛본 밀폐 상태의 폐쇄감에서 해방되고 싶었다.

"선택지가 남아있지 않다면 그나마 가장 나은 방법을 택하겠단 말인가."

마치 꿰뚫어보는 듯한 말투에 한순간 가슴이 철렁했다. 하지만 그조차 새삼스러웠다.

"그래…. 잡종은 역시 터프하군. 좋다. 펫 링을 원한다면 주지."

평소와 다름없는, 아니, 평소 이상으로 냉랭한 어조에 뭔가 심상치 않음을 느끼며 리키는 저도 모르게 뒤로 물러섰다.

"뭐… 뭐야?"

이아손은 상의를 벗고 느긋한 걸음걸이로 리키에게 다가와서 그의 팔을 움켜잡았다.

"아파, 놔."

그리고 리키를 침실로 끌고 가서 침대 위에 가볍게 던졌다.

너무나도 역력한 힘의 차이에 리키는 현기증이 날 것 같은 기분으로 으르렁거리며 말했다.

"난 장난감이 아니라고 했잖아. 말로 해도 알아들어."

평소와는 다른 이아손의 태도에 불안하고 당혹스러워졌다. 이렇게라도 마음을 다잡지 않으면 무언가가 무너져버릴 듯한 기분이 들었다.

"옷을 벗어라."

리키는 꾸욱 입술을 깨물었다.

그리고 시키는 대로, 아예 과감하게 옷을 벗어 던졌다.

『똑같은 말을 두 번 하게 만들지 말아라.』

이럴 때 꾸물거리면 두 배로 괴롭힘당하게 된다. 리키는 그 사실을 경험을 통해 잘 알고 있었다.

다릴에게 구음을 당해 정액을 쥐어짜이는 치욕.

이아손의 손가락을 뒷구멍에 머금은 채 마지막 한 방울까지 토해내야 했다.

요 몇 달 동안 몸서리가 날 만큼 되풀이된 일이었다.

그런 생각을 하며 옷을 모두 벗고 이아손을 향해 돌아선 순간.
리키는 몹시 놀라고 말았다.

지금까지 리키 앞에서는 셔츠의 버튼 하나조차 푼 적 없었던 이
아손이 나른하고 우아한 동작으로 옷을 벗고 있었기 때문이다.

'뭐… 야?'

영문도 모른 채 리키는 멍한 얼굴로 숨을 삼켰다.

그 순간 이아손은 고혹적으로 웃었다.

"왜 그렇게 놀라지? 주인이 자신의 펫을 안으려는 것뿐이다. 아
무 문제도 없지 않나?"

그리고 리키는 자신의 입으로 펫 링을 달라고 조른 것을 죽을
만큼 후회해야 했다.

'Z—107M'.

리키의 펫 링은 D타입이라고 불리는 특별주문품이었다.

다른 펫들이 보통 착용하고 다니는 장신구 타입이 아니었다. 이
아손이 리키를 위해 특별히 주문 제작한 물건은 굴욕적인 페니스
링이었다.

"저것 봐, 저 잡종…, 또 저런 곳에 키스 마크가 찍혀있어."

"저 녀석, 이아손 님께 안긴다는 게… 사실일까."

"그럴 리가 없잖아. 주인님이 펫을 안다니… 이상해."

"하지만 저 녀석, 데뷔 파티에 나온 지 1년 이상 지났는데 교미

파티에는 한 번도 참석한 적 없잖아?"

"싫다… 저런 잡종이랑 교미해야 하다니 생각만 해도 소름 끼쳐."

"그럼 퍼니처랑 하는 거 아닐까?"

"바보. 그러다 들키면 즉각 처분당할걸."

"하지만 아카데미산 버진도 페어링 전에는 길을 들여놓는 게 상식인데 저 녀석… 아직 아무하고도 관계를 갖지 않았잖아? 정상이 아니야. 이상해."

"슬럼의 잡종과 페어링을 시키고 싶어 하는 특이한 주인님은 아무도 없을걸."

"그렇지도 않은 것 같던데. 소문으로는 이아손 님이 꽉 움켜쥐고 놓아주지 않는 것뿐이래."

"말도 안 돼…."

"그… 그럼 정말로 저 녀석의 페어링 상대를 고르고 있단 말이야?"

"우와, 비참하다. 이아손 님께 지명을 당하면 절대 거절할 수 없을 텐데."

험담도, 빈정거림도, 비웃음도.

전부 보란 듯이 노골적이었다.

펫들을 위한 레저 센터는 언제나 시간이 남아도는 펫들로 가득 차 있다.

추종자들을 거느리고 우쭐거리는 자.

밀실에서 충족되지 않은 성적 욕구 불만을 발산하는 자.

시시한 소문에 열중하는 자.

…모두 제각각이다.

그래도 리키가 지나가면 모두가 발걸음을 멈추고, 또는 대화를 중단하고 그를 돌아보며 노골적으로 적의를 드러냈다.

그런 가운데, 유일하게 미메아만이 무서워하는 기색도 없이 리키에게 말을 걸어왔다.

"난 미메아라고 해. 옆에 앉아도… 될까?"

"리키, 이쪽이야, 이쪽…. 빨리."

미메아는 리키의 손을 잡고 아무 망설임 없이 살롱 안쪽의 개인실로 잡아끌었다.

문이 닫히자 미메아는 뒤돌아서서 양손으로 리키의 뺨을 감싸며 한숨을 쉬었다.

"다행이다…."

"뭐가?"

"어제 싸우다가 얼굴을 다쳤다면서?"

"별거 아니야."

너무 말썽부리지 말라고 다릴에게 잔소리를 들었지만 그 정도로 출입이 금지되지는 않았다.

그래도 앞으로는 좀 더 자중할 필요가 있을 것이다.

이아손은 도를 넘지 말라고 했다.

벌을 받고 방 안에 갇히는 건 리키도 사양이다.

그러니까 저쪽에서 시비를 걸어도 싸운 것이 살롱 '밖'으로 새어 나가지 않도록 잘 처신할 수밖에 없다.

"그치만… 피가 났잖아. 이젠 방에서 못 나오는 줄 알고… 많이 걱정했어."

"…왜?"

"리키는 이아손 님께 무척 귀여움받고 있잖아? 그러니까."

뭘… 어떻게 오해하면 그렇게 생각할 수 있을까. 도무지 이해할 수 없어서 리키는 한순간 할 말을 잃었다.

"그렇지 않아."

말을 내뱉는 것조차 화가 났다.

하지만 미메아는 유달리 단호하게 말했다.

"그렇지 않아. 리키뿐인걸. 계속 아름다운 사람은…."

리키는 살짝 눈썹을 찡그렸다. '아름다움'이라는 말과는 제일 거리가 먼 자신의 처지를 생각하며.

만약 그 말을 한 사람이 미메아가 아니었다면 그 속에 담긴 빈정거림과 비웃음을 감지하고 몹시 화가 났으리라.

"파티는 언제나 화려하고 즐겁지만 교제 신청을 받으면 주인님이 '안 돼'라고 하지 않는 한 아무리 싫어하는 사람이라 해도 함께 어울려야만 해. 안 그러면 주인님의 얼굴에 먹칠을 하는 꼴이니까. 안 그러니?"

'아…. 그렇구나.'

리키는 겨우 그녀의 말을 이해하며 소파에 털썩 등을 기댔다.

펫은 '순종'과 '음란함'이 미덕이다. 섹스를 거듭해서 나름대로 '경험치'를 쌓아야 한다.

모든 것을 드러내고 쾌락에 빠지는 노출광 나르시스트 따위 리키에게는 소름이 끼칠 뿐이지만 에오스에서는 그것이 펫의 올바른 몸가짐이다.

리키는 데뷔 파티를 제외하고 공식적인 '자리'에 참석한 적이 거의 없었다. 그래서 미메아가 말하는 '교제'가 어떤 것인지 막연한 이미지밖에 갖고 있지 않았다.

공식적이란 어디까지나 펫의 주인이 공인되었다… 는 뜻이다.

에오스의 펫으로서 새롭게 등록된 자는 반드시 데뷔 파티에 나가야 한다.

리키의 데뷔 파티는 한마디로 표현하자면 그야말로 최악이었다.

슬럼의 잡종이라는 게 얼마나 혐오와 경멸의 대상인지 새삼 알게 된 순간이기도 했다. 동시에 그러한 사실을 인지하고도 자신을 펫으로 삼은 이아손이라는 블론디가 얼마나 극악무도한 확신범인지도 잘 알 수 있었다.

데뷔가 끝나면 그다음은 교미 파티다. 파트너로 지명받지 못하면 참석할 수 없는 것이 원칙이며, 물론 리키는 한 번도 가본 적이 없다. 가고 싶다고 생각한 적도 없지만.

그 외에 리키가 알고 있는 '파티'는 펫들이 화려하게 치장하고 참석하는 무도회 정도다.

그 무도회 또한 실제로 본 적은 없다. 어떤지 상상하고 싶어도 리키 앞에서는 아무도 그 얘기를 하지 않아서 이미지조차 떠오르지 않는 것이 현실이었다.

미메아와 대화를 나누기 전까지 리키는 에오스에서 사육되는 펫의 기본적인 '상식'조차 몰랐다. 그들이 고의적으로 정보를 숨겼다… 기보다는 어느 파티에도 참석하지 못한 리키가 이단이라고 할 수 있다.

그런 의미에서 리키는 완벽하게 고립된 상태였다. 그러나 다른 펫들과 친하게 지낼 생각 따윈 털끝만큼도 없는 그는 그것이 쓸쓸하지도, 슬프지도, 심지어 화가 나지도 않았다.

"그래서… 나도 조금 질투가 나. 리키가 올 때까지는 그게 보통이었으니까, 다들… 그랬으니까 아무도 깨닫지 못했던 거야. 펫을 직접 귀여워해 주는 주인님이 있을 줄이야…"

귀여워해 주는 게 아니다. 그저 장난감 취급하는 것뿐….

하지만 리키는 아무 말도 하지 않았다.

섹스에 대한 가치관이 다른 미메아에게 그런 말을 해봤자 아무소용없기 때문이었다.

"아무도 입 밖에 내서 말하진 않지만 다들 리키가 부러운 거야. 루서와 스타인이 슬럼을 들먹거리며 리키를 못 잡아먹어서 안달하는 마음… 왠지 알 것 같아."

"그 녀석들은 어디 있지?"

"루서는 저쪽에 있어. 그치만 스타인은 없어. 역시… 소문이 사실이었나 봐."

"소문?"

"자란의 '할렘'에 갔다는 소문."

자란은 미다스에서도 유명한 남창관이다. 리키가 그 이름을 알고 있을 만큼. 그곳에서 제일 잘나가는 남창은 한 달 내내 예약이 꽉 차 있다는 소문마저 있을 정도다.

"스타인은 실르 계열 순혈종이라 굉장한 자신감을 갖고 있었어. 만에 하나 아이샤 님께 버림받아도 아마 '우성 시드'권을 딸 수 있을 거라고 했었어."

"시드권?"

"응…. '시드'권을 갖고 있으면 정자가 등록되어서 아카데미로 권리가 이동되거든."

즉, 종마가 될 권리라는 뜻이다.

그게 에오스의 '페어링'과 뭐가 다른지 리키는 이해할 수 없었다. 어쨌든 폐기 처분이 된다 해도 펫에게 나름대로 선택지가 남아있다는 것만은 알겠다. 어떤 의미로 그것이 순혈종의 마지막 보루라는 사실도.

결국 에오스에서도 슬럼에서도 아이를 낳을 수 있는 여자가 우대받는다는 사실만은 변함이 없는 모양이다.

그러나 리키는 다른 의미로 놀라고 있었다.

미메아에게는 미안하지만 글을 모르는 것이 미덕인 에오스의 펫들은 섹스밖에 흥미가 없는 음란한 족속들, 남을 모함하거나 괴롭히는 것밖에 자신의 존재 가치를 증명할 방법이 없는, 어휘력이 형편없이 빈곤한 멍청이들이라고 생각했다. 설마 미메아의 입에서 '시드권'이니 '정자 등록' 같은 말이 술술 나올 줄은 생각도 못했다.

어쩌면 제대로 된 '교육'만 받으면 펫들도 좀 다르게 살아갈 수 있지 않을까.

문득 그런 생각을 떠올리다가 자조 섞인 미소를 지었다.

쓸데없는 지식이 생기면 그만큼 딜레마도 늘어난다. 리키가 그랬던 것처럼. 그렇다면 에오스의 펫들은 이대로 살아가는 게 좋을지도 모른다….

"그 녀석… 남자와 해본 적 있나?"

"…뭐?"

"그러니까 남자랑 교미해 본 적 있냐고."

"어머나… 리키. 그는 순혈종인걸. 교미 파트너는 여자뿐이야. 페어링으로 정자를 제공할 때도 제일 인기가 많았는걸. 왜 그런 걸 묻는 거야?"

한 번도 동성과 섹스한 경험이 없는 순혈종 수컷.

아마도 '자란'에서는 그를 보다 비싼 값에 팔기 위해 그 사실을 내세울 것이다. 페어링 지명률 1위를 자랑하던 스타인에게는 참을 수 없는 굴욕일 뿐이겠지만.

"그런데… 괜찮겠어, 미메아? 나 같은 녀석과 이런 곳에 단둘이 있어도. 너희 주인님은 날 끔찍하게 싫어해. 누가 이르기라도 하면 위험하지 않을까?"

미메아의 주인은 바로 라울 암이다. 어떤 의미에서는 이아손보다 더 블론디다운 엘리트. 냉철한 그의 눈빛은 신랄한 입 이상으로 많은 말을 던지곤 했다.

"괜찮아. 아무도 이르지 않을 거야. 만약 그런 짓을 했다가 들키기라도 하면 린치를 당하게 되어있거든. 그리고 나는… 리키가 좋은걸?"

순간 리키는 한쪽 뺨을 일그러뜨리며 말을 잃었다.

슬럼의 잡종인 리키에게 그런 말을 할 수 있는 용감한 사람은 아마 미메아뿐일 것이다.

무슨 뜻인지 의미를 제대로 알고 하는 말일까…. 리키는 무심코 자신의 귀를 의심했다.

"아카데미산이면서 특이하구나, 너."

미메아는 후후후… 웃었다.

달콤하고 부드러우면서도 예쁜 미소였다.

그 웃는 얼굴이 눈부셔서 한순간… 넋을 잃고 있을 때 문득 미메아가 스윽 가까이 다가왔다.

"나… 키스해 줘."

"뭐…?"

"키스… 해 줘."

그리고 리키는 그대로 굳어버렸다.

『좋아해, 리키. 리키랑 있으면 즐거워.』

왜 미메아가 그런 말을 하는지. 리키는 이해할 수 없었다.

아카데미산 러브 돌과 슬럼의 잡종.

농담으로도 어울리지 않았다.

『리키, 사랑해….』

아니야.
너는 꿈을 꾸고 있는 것뿐이야.
나를, 너를 자유롭게 할 수 있는 건—아무것도 없어!
아무것도… 없어, 미메아.

『나… 이제 곧 파트너가 정해질 것 같아. 페어링이 시작되면 더
이상 자유롭게 만날 수 없어. 리키…. 널 만나지 못하게 되다니, 그
런 건… 싫어. 싫어. 응? 그러니까, 제발, 리키….』

그저 장난스럽게 키스를 나누는 것과는 다르다.
미메아를 안으면 더 이상 돌이킬 수 없다.
그 사실이 이아손에게 발각되면 리키도 미메아도 무사하지는
못할 것이다.
잘해봐야 미다스 최하급 매음굴로 팔려가거나 자칫하면 그대로
처분될지도 모른다.
그렇게 생각하면… 얼굴에서 핏기가 가셨다.

'하지만.'
'그렇지만….'

만약 그렇게 되면.

이아손은 대체 어떤 표정을 지을까.

리키가 미메아를 안으면.

'내가 미메아를 안으면 그 녀석은 분명 에오스 전체의 웃음거리가 되겠지.'

발각되면 분명 에오스 전체를 뒤흔드는 일대 스캔들이 될 것이다.

슬럼의 잡종이 아카데미산 러브 돌과 놀아났기 때문이 아니다.

교미 파티에 한 번도 내보내지 않고 직접 안으며 장난감으로 삼고 있는 펫이 주인을 배신하고 그 얼굴에 침을 뱉었기 때문이다.

이아손의 자존심은 상처받고, 체면이 구겨져서 블론디의 권위가 실추될 것이다.

너덜너덜 엉망진창으로.

'그래… 웃음거리가 되겠지.'

그렇게 생각하면 어째서인지 소리 없는 웃음이 멈추지 않았다. 새삼 잃어버릴 건 아무것도 없다.

그래… 아무것도, 없다.

펫 링이 성기를 조이는 동안 '바이슨'의 리더는 남창보다 형편없는 펫으로 전락했다. 그렇게 생각하면 자조로 뺨이 일그러졌다.

『다들 한통속이 되어서 나와 널 갈라놓으려고 하는 거야.』

비명과도 같은 미메아의 외침이 꽂혔다.
머릿속에, 가슴 가장 깊은 곳에.

『넌 다른 사람과는 다르지? 네가 좋아하는 건 나뿐이지?』

안타까울 만큼 애절한 애정이—아팠다.
미안해. —미안해.

『비겁한 자식!』

그 순간 징이 박힌 채찍으로 등을 가차 없이 찢어발기는 듯한
기분이 들었다.
하지만 진정한 공포는 그 후에 시작되었다.

『내 눈을 속이고 미메아와 놀아났겠다. 설마 이대로 쉽게 끝나
리라 생각한 건… 아니겠지?』

솜털마저 곤두설 정도로 강렬한 쾌감에 휩싸여서 미칠 것만 같
았다.
뜨겁게 끓어오르는 쾌감에 삼켜져서 다리가, 허리가, 목이 뒤틀
리고, 마비되고, 경련을 일으켰다.

『너는 나의 펫이다. 그 사실을 뼛속까지 새겨 주마.』

머릿속이 어질어질 뜨겁게 달아올랐다.
눈꺼풀 안쪽에 짜릿한 충격이 일었다.
온몸이 흐물흐물 뜨겁게 녹아내렸다.

『이제, 안 그럴 테니까.』
『다시는 안 그럴 테니까.』
『그러니까 용서해 줘.』

뜨거워서.
…아파서.
……무서워서.
마지막에는 더 이상 자신이 무슨 말을 하는지도… 알 수 없
었다.

꿈을 꾸었다. 악몽에 시달리다 자신의 비명 소리에 놀라 잠에서
깨어났다.

최악의 기분이었다. 목이 바싹바싹 말랐다. 온몸의 관절이 뒤틀
린 것처럼 아팠다. 뇌를 마구 휘젓는 듯한 기분이 들어서 토할 것
같았다.

3년간의 악몽을 마치고 슬럼으로 돌아와서 겨우 새로운 자신을
되찾은 듯한 기분이 들었다.

'끝났어….'

자신을 옭아매는 것은 이제 아무것도 없다고 생각했다.

그런데….

'어째서?'

리키는 축축한 식은땀을 양손으로 닦으며 으드득 이를 갈았다.

──────※──────

그날.

플라주까지 필사적으로 도망쳤다. 기력도 체력도 바닥난 상태로 지하에 숨어들었다가 결국 시큐리티 가드에게 붙잡히고 말았다.

"잡았다."

"조금 상처가 나는 건 어쩔 수 없지만 너무 심하게 다루진 말아라."

"슬럼의 쓰레기는 역시 끈질기군."

"추적기가 달려있는데 끝까지 도망칠 수 있을 줄 알았나."

흠씬 두들겨 맞고 가차 없이 질질 끌려가서 구속실에 처박혔다.

진정제 주사를 맞고 의식이 몽롱해져서 비틀거리다가 그대로 정신을 잃었다.

그리고 눈을 떴을 때 눈앞에 이아손이 있었다.

"꽤나 지독하게 당했구나. 될 수 있는 대로 상처는 내지 말라고 일러뒀는데."

이아손이 턱을 움켜잡고 리키의 눈을 똑바로 응시했다.

리키는 그 손을 뿌리쳤다.

"건드리지 마."

그러나 이아손은 여느 때처럼 냉정함을 잃지 않았다.

"너의 살기 어린 얼굴은 꽤나 오랜만이구나, 리키. 시큐리티 가드와 한바탕 하다 보니 잊고 있던 잡종의 피가 끓어오르기라도 했나?"

그 목소리는 섬뜩하리만치 평온하고 조용했으며 또한 부드럽기까지 했다.

"시끄러워. 쓸데없는 소리 지껄이지 말고 빨리 처분이나 해."

그러자 이아손은 입가에 희미한 냉소를 지었다.

"각오는 되어 있다는 말인가. 기특하군. 그럼… 조금 혼을 내줄까."

순간 화끈거리는 아픔이 다리 사이를 직격했다.

"흐윽… 아아아."

리키는 몸을 뒤틀며 신음했다.

그러나 구속당한 팔은 꼴사납게 뒤틀리기만 할 뿐, 리키는 밀려오는 아픔을 그저 견딜 수밖에 없었다.

오랜만에 맛보는 순수한 고통이었다.

쾌감을 틀어 막혀 몸부림치는 달콤한 아픔과는 전혀 달랐다. 완전히 잊고 있던 고통스런 감촉에 리키는 한껏 얼굴을 일그러뜨리고 목구멍을 떨며 신음했다.

"생각났나, 리키. 펫 링이 너를 조이고 있는 한 너는 어디로도 도망칠 수 없다. 알면서 왜 이런 바보 같은 짓을 한 거지?"

어딘가 타이르는 듯한 말투가 몹시 신경에 거슬렸다.

거친 숨을 몰아쉬며 리키는 애써 눈을 떴다.

"펫… 따윈… 최… 악의… 쓰레기, 니까."

그렇게 내뱉은 다음 순간.

"…아… 아아아아아!"

그는 입술을 떨며 날카로운 비명을 질렀다.

"크윽… 으으으으윽…."

짜릿짜릿한 아픔은 때때로 타는 듯한 욱신거림과 함께 가차 없이 리키를 덮쳤다.

"그렇게 펫이 싫은가?"

"구… 역질이… 날… 만큼…."

이아손의 손이 리키의 머리카락을 움켜잡았다.

"건방진 소리를 내뱉는군. 설마 이런 상황에서 그런 말을 지껄일 줄은 몰랐다."

순간 욱신거리는 아픔이 가라앉았다.

그 감촉에 매달리듯 리키는 커다랗게 가슴을 들썩거렸다.

참았던 숨을 토해내고 미간을 일그러뜨리고 떨리는 입술을 깨물었다.

그렇게 거칠어진 고동을 필사적으로 진정시키고 있는데 귓가에서 이아손의 목소리가 들려왔다.

"아픔만이 아니야. 이 링은 좀 다른 맛도 가르쳐 주었지? 그렇지 않나, 리키."

순간 느슨해진 통증의 틈새로 또 다른 감각이 기어 나왔다.

"여기를… 이렇게 하기만 해도 너는 꽤나 말을 잘 들더군."

실컷 괴롭힘을 당한 그곳에 이아손의 부드러운 손가락이 와 닿았다. 리키는 다른 의미로 흠칫 몸을 움츠렸다.

"이제 더는 건방진 소리를 지껄이지 않겠지?"

그걸 알려주기 위해 이아손은 그야말로 가차 없었다.

"아… 아앗…, 으윽… 우우웃…."

"아니면… 이쪽이 좋나?"

몸 안 깊은 곳에서 뭔가가 곪아가는 것이 느껴졌다.

"…아… 아아아…."

뜨겁고 야릇한 감각이 리키의 허리를 야금야금 태웠다.

"약도 최음주도 사용하지 않았는데 이토록 음란하게 떠는 몸을 갖고 있으면서, 그래도 펫이 아니란 말이냐?"

"빌… 어먹… 을…, 젠… 장…."

척추를 타고 올라오는 쾌감에 리키는 눈물을 흘렸다.

"너의 주인은 누구지?"

"나… 는… 누… 누구, 의… 것… 도, 아… 니야…."

으드득 입술을 깨물며 내뱉었다.

그것만이 유일하게 남은 리키의 긍지였다.

과거는 추억이 될 수 없다.

악몽은 이성을 갉아먹는다.

기억은 되풀이된다.

마치 그때 이아손이 했던 말조차 꿈속에서 들은 이야기였던 것만 같다.

『돌아가라. 네가 태어난 슬럼으로.』

그때 리키는 지금 자신이 어디에 있는지… 문득 길을 잃어버린 듯한 기분에 꿀꺽 숨을 삼켰다.

6장

별빛이 창백하게 빛나는 밤이었다.

천공에 떠 있는 두 개의 달에 새겨진 음영마저 뚜렷했다.

어둠은 냉기 어린 서늘한 옷자락을 휘날렸고 세상 모든 곳이 온통 고요한 적막에 감싸여 있었다.

어둠 속에 작은 주홍색 불빛이 밝혀져 있었다.

마치 암흑 속에 남겨진 담뱃불처럼 흐릿한 빛이었다.

그 빛이 녹아든 벽 뒤에 몸을 숨긴 채 가이는 새삼 작게 한숨을 쉬었다.

'역시… 내가 너무 성급했나.'

자신의 집 단말기에 남은 키리에의 메일을 발견한 것은 어젯밤이었다.

『할 이야기가 있어. 만나 줘.』

싸늘한 문장 뒤에는 시간과 장소가 적혀 있었다.

키리에 때문에 지크스를 쳐야 하는 처지가 된 가이의 주변은 여러 가지로 시끄러웠다. 이런 상황에 뻔뻔스럽게 메일을 보낸 키리에의 후안무치한 태도에는 너무 어이가 없어서 말도 나오지 않을 지경이었다.

그런 한편 뭔가 부글부글 끓어오르는 심정이었다.

'대체 무슨 생각이지. 그 녀석…'

상식이 통하지 않는 흉포함을 노골적으로 드러낸 지크스는 현재 슬럼 전체의 미움을 받고 있다. 그러나 최근 급격하게 돈 씀씀이가 좋아진 키리에의 도가 지나친 오만함도 그에 못지않았다. 일방적인 메일 따위 무시하면 그만이었다.

그런데도 굳이 만나러 가기로 한 것은 키리에에게 꼭 해두고 싶은 말이 있기 때문이었다.

그러나 막상 약속 시각이 다가오자 가이는 후회하기 시작했다.

'리키가 이 사실을 알면 분명히 폭발하겠지.'

리키가 키리에를 싫어한다는 사실은 이미 알고 있었다.

드물게도 그 사실을 감추려고 하지 않는 리키의 숨김없는 태도도 이상하지만 아무리 밟혀도 굴하지 않고 덤벼드는 키리에의 태도도 충분히 노골적이었다.

천적… 이라기보다 오히려 동족 혐오 같은 느낌이었다.

닮았다. 리키와 키리에는.

이러이러한 부분이 닮았다고 꼬집어 말할 수 있을 만큼 흡사하지는 않지만 그래도 문득문득 느껴지는 무언가가 비슷했다.

그것이 가이만의 착각이 아니라는 증거로 키리에는 사람 보는 눈이 꽤나 까다로운 루크에게도 쉽게 받아들여졌다.

원래 키리에는 시드가 어디선가 데려온 녀석이었다.

그러나 지금 생각해보면 키리에는 엘마의 아지트에 출입하고 싶어서 시드를 낚을 타이밍을 노리고 있었던 게 아닐까.

리키가 빠지고 '바이슨'이 해산했지만 그들이 일선에서 물러난 후에도 그 이름 앞에 몰려드는 자들은 끊이지 않았다.

달콤한 말로 아첨하는 자, 비굴하게 매달리는 자, 끈질기게 도발하는 자… 등등.

그런 녀석들 중에서 유일하게 받아들여진 사람이 바로 키리에였다.

어쩌면 자신들은 키리에에게서 존재할 리 없는 리키의 그림자를 찾고 있었던 걸지도 모른다. 가이는 새삼 자조했다.

아마도 자신들의 그러한 나약함이 키리에를 오만하게 만든 모양이다.

요란한 치장, 슬럼과는 어울리지 않는 에어카. 벼락출세한 본인은 꽤나 우쭐하겠지만…. 오만불손하게 가이와 다른 멤버들을 내려다보는 키리에의 눈빛은 부럽다기보다는 왠지 우스꽝스럽기조차 했다.

가이를 비롯하여 그들은 뜨겁게 타오르는 격류의 본질이 무엇인지 알고 있었다. 그러기 위해 무엇이 반드시 필요하고 무엇이 필요 없는지도.

어느 날 갑자기 한마디 말도 남기지 않고 리키는 슬럼에서 사라졌다.

그 상실감을 키리에로 달래려고 한 대가가 '지크스'라면 키리에만 비난하는 것은 가혹할지도 모른다는 생각이 들었다.

그렇다고 최루탄을 던지다니, 지나쳤다.

덕분에 가이와 멤버들의 평온한 일상이 단번에 날아가 버렸다.

반면 생각지도 못한 수확도 있었다.

'다크 리키라….'

담배에 불을 붙인 후 가이는 연기를 한 모금 빨아들였다.

리키가 '바이슨'에서 빠진 이유.

3년이라는 공백의 의미.

그걸 살짝 엿볼 수 있었던 것만으로도 '사신'이라고 불리는 정보상 라비를 찾아간 보람은 충분했다.

『정말로… 여전히 무섭군, 너는. 한물간 퇴물 행세를 하면서 비장의 카드를 잔뜩 갖고 있는 걸 보면.』

라비의 말이 어째서인지 묘하게 기분 좋았다.

겉모습이야 어쨌든 리키의 가장 핵심적인 부분은 아무것도 변하지 않았다. 그 사실을 알게 된 가이는 요 4년 동안 가슴에 맺혀 있던 응어리가 사라진 듯한 기분을 느꼈다.

그때였다.

"…가이?"

어둠 속에서 그의 이름을 부르는 목소리가 들려왔다.

"키리에냐?"

"…응."

짧은 대답 후 저벅저벅 자갈을 밟는 소리가 들려왔다.

"미안. 이런 곳으로 불러내서…."

다가오는 발소리를 들으며 가이는 문득 생각했다.

'키리에 녀석, 어느새….'

키리에가 말을 걸 때까지 가이는 그가 왔다는 사실을 조금도 눈치채지 못했다.

'…별 상관없지만.'

깊게 따지지 않고 담배꽁초를 발끝으로 비벼 끄며 키리에가 다가오기를 기다렸다.

"와 줘서 기뻐."

그 말이 인사 대신인 걸까. 키리에는 그렇게 말하며 웃었다.

…그런 기분이 들었다.

이렇게 어두워서야 표정도 보이지 않는다. 목소리의 뉘앙스로 추측할 수밖에 없다.

"오고 싶어서 온 건 아니야."

그 점은 먼저 분명하게 말해둬야 한다.

가이는 더 이상 키리에와 어울릴 생각이 없었다.

"뭐야? 갑자기 선제공격이야?"

"너한테 꼭 해두고 싶은 말이 있어."

그렇다. 가이는 오직 그 말을 하기 위해 이곳에 왔으니까.

"안 받는군."

허무하게 울리는 벨 소리에 혀를 차며 리키는 전화를 끊었다.

함께 저녁이라도 먹으려고 했는데 정작 가이와 연락이 되지 않았다.

"할 수 없지."

한숨 섞인 목소리로 혼잣말을 중얼거리며 리키는 방에서 나갔다.

───※───

키리에가 운전하는 에어카는 요란한 네온의 홍수를 가르며 달렸다.

에어 바이크를 타고 질주하는 상쾌한 기분과는 다른, 낯선 부유감에 몸을 맡긴 채 가이는 무거운 한숨을 쉬었다.

'왜 이렇게 된 걸까.'

키리에를 만나서 하고 싶은 말을 하면 그걸로 끝이리라고 생각했다. 그랬는데….

"네, 네… 충고 고맙습니다."

"삐딱하게 굴지 마."

"가이…, 딱 한 번만 내 체면 좀 세워주면 안 돼? 잡아먹을 것도 아니고, 만나서 손해 볼 건 없잖아."

이래저래 하다 보니 녀석의 설득에 넘어가고 말았다.

아니… 그런 게 아니다.

탈 생각도 없었던 키리에의 에어카 시트에 앉을 마음을 먹은 것은 키리에의 속삭임 탓이었다.

"그럼 일단 만나기만 해. 내가 널 열심히 설득했다는 걸 증명해 주기만 하면 돼. 그럼 답례로 재미있는 이야기를 해 줄게."

재미있는 이야기….

"리키가 바이슨을 떠나서 뭘 하며 지냈는지… 알고 싶지 않아?"

그것이 리키에 관한 이야기가 아니었다면 가이는 단호하게 키리에를 뿌리쳤을 것이다.

라비라면 몰라도 어째서 키리에가 그런 걸 알고 있는 걸까.

그러자 키리에는 씨익 웃었다.

"…기업 비밀."

그렇게 말하면서.

리키의 3년간의 공백 이야기라면 이미 알고 있다, 하지만.

"굉장한 얘기가 잔뜩 있는데… 듣고 싶지 않아?"

의미심장한 키리에의 미소가 묘하게 마음에 걸려서 가이는 결국 그의 에어카에 올라타게 되었다.

대체 어디로 데려갈 생각일까—하는 불안은 없었다.

하지만 언제나 요란하게 빛나는 네온 불빛을 가르며 울창한 빌딩 숲 안쪽으로 들어섰을 때였다.

'난 지금 뭘 하고 있는 걸까.'

가이는 문득 그렇게 생각했다.

그래도 이제 와서 돌아가겠다고 할 수는 없었다.

키리에는 어디로 간다고 설명조차 하지 않고 계속 가이의 두세 걸음 앞을 걸었다. 그러다 때때로 고개를 돌려 가이가 뒤에 있다는 것을 확인한 뒤에 또다시 걸음을 옮겼다.

이윽고 도착한 곳은 지금까지 가이가 실제로 보기는커녕 상상한 적도 없을 정도로 호화로운 개인실이었다.

'돈이 참… 많이 들었겠군.'

한없이 넓은 공간이 펼쳐져 있는 방의 구조는 물론, 모두 반짝 반짝하게 잘 닦아놓은 듯이 광택을 발하는 가구를 바라보며 감탄 의 신음을 흘릴 수밖에 없었다.

'와아아…. 굉장하다…'

지저분한 슬럼의 콜로니와는 비교를 하고 싶어도 격이 너무 달 라서 마음이 불편했다.

자신이 얼마나 어울리지 않는 곳에 와 있는지 잘 알 수 있었다.

그 위화감은 이윽고 나타난 금발의 미남 앞에서 더더욱 부풀어 올랐다.

'…블론디.'

타나그라 최고위, 구름 위에 있는 사람.

가이는 그가 그날 미스트랄 파크에서 잠시 스쳐 지나가며 봤던 남자라는 사실을 곧 기억해냈다.

설령 차광 글라스로 얼굴을 가렸다 해도 그 인간 같지 않은 미 모는 잊으려야 잊을 수 없었다. 그만큼 그의 인상은 강렬했다.

"안녕하세요…"

키리에는 블론디에게 정중하게 머리를 숙였다.

오만불손한 키리에밖에 모르는 가이에게는 그 모습이 뭔가 우 스꽝스러워 보여서 한순간 눈을 크게 떴다.

그러나 그것도 잠시.

마치 자신을 품평하듯 꿰뚫어보는 블론디의 서늘한 시선에 오 싹 솜털이 곤두섰다.

"호오… 겨우 데려왔군."

의미심장한 말에 심장이 세차게 뛰기 시작했다.

"수고했다. 약속했던 보수다."

블론디가 내민 카드를 받아든 키리에는 그것을 가슴주머니에 아무렇게나 쑤셔 넣었다.

대체 어떻게 된 일일까….

도통 이해할 수 없는 듯 어리둥절한 표정으로 가이는 반쯤 멍하게 두 사람을 번갈아 바라보았다.

"미안해, 가이. 이렇게라도 하지 않으면 결론이 나지 않을 것 같아서."

'……!'

순간 가이는 머릿속에서 뭔가가 일그러지는 것을 느꼈다.

"너…, 대체… 무슨… 장난질, 이냐?"

다그치는 목소리도 충격으로 떨리고 있었다.

그저 고동만이 파도처럼 심장을 때렸다.

'설마….'

'거짓말… 이지?'

'진짜냐?'

말로 표현할 수 없는 생각들이 머릿속을 빙글빙글 돌았다.

"당신을 꼭 갖고 싶대. 피차 나쁘지 않은 얘기잖아?"

그러나 키리에가 묘하게 태연한 어조로 그렇게 말했을 때 잔뜩 고조되었다가 느닷없이 찬물을 뒤집어쓴 듯한 기분이 들어서 입가가 작게 경련했다.

"돈을 위해서라면 동료도 아무렇지 않게 팔아넘기는 거냐?"

그렇게 말한 순간 문득 깨달았다.

'새삼스럽긴….'

키리에가 슬럼의 어린애들을 상대로 뭔가 수상한 사업을 벌이고 있다는 사실은 진즉부터 알고 있었다.

"순진한 소리 하지 마. 기회란 스스로 움켜쥐는 거야. 그렇잖아? 일단 달려든 이상 뼛속까지 핥아먹을 만한 근성이 없으면 언제까지나 쓰레기로 살아갈 수밖에 없어. 나는 이용할 수 있는 거라면 뭐든지 이용할 거야. 슬럼 따윈 이제 지긋지긋해."

감탄할 수준의 악랄함에 가이는 눈을 크게 떴다.

『슬럼에서 기어올라 가기 위해서라면 이용할 수 있는 건 뭐든 이용할 거야.』

그렇게 내뱉는 키리에에게서 왜인지 몰라도 리키의 모습이 겹쳐 보였다.

『탐난다는 얼굴로 손가락이나 빨며 기다리기만 해서야 언제까지고 쓰레기일 뿐이야.』

『가이…. 나는 싫어. 이대로 계속 여기 있으면 몸속까지 썩어버릴 것 같아서 소름이 끼쳐.』

리키가 왜 그토록 키리에를 싫어했는지, 가이는 비로소 그 이유를 알 것 같은 기분이었다.

그리고 확신했다.

있어도 방해는 되지 않지만 없어도 딱히 곤란하지 않다. 자신들이 막연히 키리에에게 느꼈던 감정의 정체를.

오리지널을 복제해도 어차피 모조품에 불과하다.

리키는 바이슨을 '버림'으로써 결의를 보였고 키리에는 동료를 '팔아넘김'으로써 긍지를 시궁창에 처박았다.

닮았지만 다른 두 사람의 차이는 매우 분명했다.

"당신도 사실은 어떻게 할까 망설였잖아?"

'네가 멋대로 착각한 거겠지.'

그렇게 생각했지만 아무 말도 하지 않았다. 이 상황에서는 무슨 말을 해도 소용없기 때문이었다.

"엘리트의 펫으로 편안하게 살아갈지, 지저분한 슬럼에서 구르며 평생을 보낼지. 선택권이 있다는 것만으로도 당신은 운이 좋은 거야."

키리에가 나불나불 멋대로 자기 지론을 늘어놓을수록 가이는 점점 차갑게 식어가는 자신을 느꼈다.

"곧 당신도 나한테 감사하게 될 거야."

'절대 그럴 일 없을걸.'

가이는 자신 있게 단언할 수 있었다.

키리에와 자신은 원하는 바가 다르다.

오히려 가이는 그런 식으로밖에 자신을 정당화하지 못하는 키리에의 어리석음이 가엾게 느껴졌다.

언젠가 분명 뼈아픈 대가를 치르게 될 거란 사실이 눈에 보이는 듯해서….

당한 대로 갚는다. 그것이 슬럼의 기본이다.

그때 도와줄 동료가 없다는 점은 그것만으로도 치명적이라고 할 수 있다.

"아무튼 듬뿍 귀여움받으시길."

키리에는 태연하게 말했다.

"그럼 난 이만…."

블론디가 고개를 끄덕이자 키리에는 그대로 뒤도 돌아보지 않고 밖으로 나갔다.

말이 많은 키리에가 사라지자 기묘한 침묵만이 남았다.

그때였다.

"의외로 체념이 빠르군. 소리를 지르거나 난동을 부리거나… 그 정도는 할 줄 알았는데."

마치 짐작이 빗나갔다는 듯이 블론디가 웃었다. 한쪽 뺨만 살짝 움직이며 냉랭하게.

가이는 뭐라고 대답하면 좋을지 몰라서 한순간 시선을 피했다.

"울면서 매달려 봤자 이젠 소용없지만."

그것이 현실이라고 말하는 블론디의 목소리는 아름다우면서도 차분했다. 인공적으로 만들어진 목소리라고는 생각할 수 없을 정도로….

타나그라의 블론디가 바로 눈앞에 있다.

그것이 꿈도 착각도 아니라는 것은 알지만 가이는 이 상황이 지독히 괴이한 장난처럼 느껴져서 견딜 수 없었다.

"키리에는 대체 얼마에 나를 판 겁니까?"

"1만 카리오."

가이는 자기도 모르게 눈을 크게 떴다. 그러고는 쓴웃음을 지었다.

아니, 이젠 웃을 수밖에 없었다. 너무 바보 같아서….

"바가지가 너무 심하군, 키리에 자식. 그래서요? 슬럼의 잡종에게 그런 큰돈을 들이다니, 나한테 대체 뭘 시키려는 겁니까?"

"키리에가 말한 대로다."

그것 말고 뭐가 있지? 그렇게 말하는 듯한 어조였다.

"나를 펫으로 삼고 싶다는 재미없는 농담이라면 그만두시죠."

"어째서?"

"미안하지만 나는 그렇게까지 주제 파악을 못 하지는 않습니다. 블론디 님의 눈에 들 만큼 잘난 얼굴이 아니라는 것쯤은 알고 있죠. 뭔가… 다른 이유가 있을 텐데요? 나여야만 하는 이유가…."

블론디는 웃었다. 소리를 내지 않고 입술 끝으로만 차갑게….

그 미소가 신경을 건드린다기보다는 격이 다르다는 현실을 보여주는 것 같아서 가이는 묵묵히 입을 다물었다.

"일단 편하게 앉아라."

도저히 그럴 기분은 들지 않았다.

가이도 이아손이 그걸 알면서 던진 말이라는 사실을 눈치챌 정도로 침착함을 되찾았다.

"배가 고프다면 뭔가 가져오라고 할까?"

"그래 주신다면야 감사히…."

긴 밤이 될 것 같다. 그렇다면 여기서 굳이 오기를 부려봤자 아무 소용없다.

"뭐가 좋지?"

"적당히."

가이는 건성으로 대답하며 소파에 앉았다. 이렇게 호화찬란한 방에서 먹을 만한 음식 따윈 아무것도 떠오르지 않았다.

하지만 블론디는 딱히 기분이 상하지 않은 눈치로 익숙하게 단말기를 열었다.

그 모습을 흘낏 바라보며 가이는 새삼 무거운 한숨을 쉬었다.

'역시—무슨 장난이겠지.'

노력 여하에 따라 미래를 개척할 수 있다면 자발적으로 '쓰레기'가 되어 경멸당하고 싶은 사람은 아무도 없으리라.

그러나 슬럼의 현실은 사방이 꽉 막힌 암흑이다. 팔다리를 뜯기는 아픔에 절망하며 슬럼은 어둡게 고여서 썩어가고 있다.

아마도 자신은 그곳에서 초라하게 생을 마치리라고 가이는 생각해 왔다.

리키처럼 사람들을 매료시키는 강렬한 개성이 없다.

슬럼을 빠져나갈 배짱도 없다.

하물며 키리에처럼 타인을 짓밟고 뻔뻔스럽게 자신의 인생을 움켜쥐려고 한 적도 없다.

그런 자신이 어째서 지금 이곳에 있는 걸까.

가이는 그 점을 도저히 이해할 수가 없었다.

내일 눈을 뜨면 말도 안 되는 꿈을 꾸었다고 쓴웃음 짓게 되지 않을까. 문득 그런 생각을 떠올리며 가이는 또다시 깊은 한숨을 내쉬었다.

그때 키리에는 홀로 흡족하게 웃고 있었다.

뒤통수를 친 거나 다름없는 방법으로 가이를 이아손에게 팔아넘긴 그의 발걸음은 뜻밖에도 가벼웠다. 새삼 키리에에게 죄책감따윈 없었다.

가책을 느낄만한 양심이 있다면 처음부터 가이를 불러내지도 않았으리라.

그뿐인가, 입가가 엷은 웃음으로 일그러지는 것을 참을 수 없었다.

큰돈을 손에 넣은 흥분도 있었다. 그러나 그보다 좀 더 깊은 곳에서 키리에를 뒤흔드는 것이 있었다.

필요 이상으로 가이를 의식하고 화풀이나 다름없는 질투에 시커먼 불길을 태우던 자신과도 오늘로써 안녕이다.

그렇게 생각하면 치밀어 오르는 웃음을 억누를 수 없었다.

'흥, 꼴좋다.'

하지만 그 순간 제일 먼저 머릿속에 떠오른 것은 가이가 아니라 어째서인지… 리키의 얼굴이었다.

1년 전 훌쩍 슬럼으로 돌아온 전설의 남자.

지난 3년 동안 전 바이슨 멤버 중에서 유일하게 자신을 거들떠보지 않았던 남자의 페어링 파트너.

그리고 언제나 자신을 무시하는 재수 없는 녀석.

'내가 당신의 한쪽 날개를 뜯어버렸어.'

꼴좋다. 해냈다. 최고야.

리키의 얼굴을 떠올리며 키리에는 욕설을 퍼부었다.

만약 이 일을 리키에게 알려주면 어떤 표정을 지을까.

문득 그런 생각이 떠올라 키리에는 목구멍 안으로 쿡쿡 웃었다.

놀라고, 화내고, 아우성치고 슬퍼할까?

리키의 그 담담한 얼굴이 한껏 일그러지는 모습을 보고 싶다.

키리에는 그렇게 뒤틀린 생각으로 두근거리는 가슴을 안고 에어카에 올라탄 후 단숨에 속도를 높였다.

7장

요 며칠 동안 하늘이 통 맑게 갤 낌새를 보이지 않았다. 연일 잔뜩 흐린 채 무겁게 가라앉은 하늘은 사람들의 기분마저 우울하게 만들었다.

그래도 비가 내리는 날씨보다는 그나마 나을지도 모른다.

그렇게 생각하며 리키는 오랜만에 감촉을 확인하려는 듯이 에어 바이크 핸들을 움켜쥐고 스위치를 켰다.

미다스, 12:00.

에어리어—1 'LHASSA(라싸)'.

내리쬐는 햇볕 없이도 울창한 빌딩 숲 사이에 드리워진 그늘이 몹시 짙었다.

인적도 찾아보기 힘든 오렌지 로드 한 모퉁이는 지금도 곤히 잠들어 있었다.

짙은 밤의 화장을 지운 민낯에는 'CERES(케레스)'와는 또 다른 의미로 추함이 들러붙어 있었다. 잘라내도, 벗겨내도, 덧칠해도 여기저기 찌들어서 찔끔찔끔 배어 나오는 악취만은 영원히 사라지지 않는다.

어차피 떠들썩한 카니발의 밤이든 한낮이든 미다스를 찾아오는 일반적인 관광객들이 이런 뒷골목 안쪽까지 발을 들여놓을 일은 거의 없겠지만.

방향 감각을 잃어버린 미로처럼 복잡하게 얽힌 곳.

이곳을 찾아오는 사람은 뚜렷한 목적의식이 있는 자들뿐이다. 예를 들면 리키처럼.

대낮에도 어두운 뒷골목. 에어 바이크를 아무렇게나 세운 후 리키는 벽에 기대어 담배를 피우고 있었다. 평상시에는 특별히 피우고 싶다는 생각이 들지 않았지만 지금은 이렇게라도 하지 않으면 마음을 가라앉힐 수 없었다.

입이 심심한 게 아니라 일종의 정신안정제 대신이었다. 그 자각은 있어도 씁쓸하다는 사실만은 변함이 없었다.

살짝 치켜든 시선은 불안하게 흔들리고 있었다. 눈꼬리는 불쾌한 듯이 위로 올라가 있었고 검은 눈동자는 때때로 괴로운 양 가늘어졌다.

거리 하나를 사이에 낀 맞은편.

그곳에는 24시간 영업하는 드럭 스토어가 자리 잡고 있었다.

릴라이어, 스피드, 엔젤하이, 그리드.

합법적으로 허용된 최상품부터 최하품까지, 기분 좋게 취할 수 있는 약이라면 뭐든지 갖춰져 있다. 공영인 만큼 혼합품이라고 불리는 조악한 물건은 없었다. 모든 사람의 체질에 맞을지 아닐지는 물론 별개의 문제지만.

당연히 다른 루트로 비합법적인 물건도 취급하고 있다. 말할 필요도 없이 가격은 제법 비싸다.

리키의 목적지는 그곳이 아니었다.

용건은 낡고 초라한 드럭 스토어가 아니라 그 지하에 있는 최첨단 설비를 갖춘 전뇌 세계. 그곳의 지배자 카체에게 있다.

갈까, 그만둘까.

가서 뭘 어쩔 셈이지? 대체 어떻게 될까?

성가신 건 싫다. 위험한 일은 곤란하다.

경계선은—어디에 있지?

소란은 질색이다. 위험한 일에는 절대 발을 들여놓고 싶지 않다.

그렇다면 어떻게 하지? 어떻게 하면… 되지?

생각은 끝없이 되풀이된다. 이리저리 흔들릴 대로 흔들리며 결론에 도달하지 못한 채로….

정말로 결론은 나오지 않는 걸까.

아니면 확실하게 결판을 내기가 싫은 걸까.

또는 이미 나와 있는 '답'을 인정하기가 무서운 것… 뿐일까.

발밑에 흩어져있는 담배꽁초 수가 좀처럼 결단을 내리지 못하고 흔들리는 리키의 마음을 상징하고 있는 듯했다.

오늘로 만 닷새째다. 가이는 어느 아지트에도 얼굴을 내밀지 않았다.

아무 연락도 없다.

하루 이틀 정도는 별일 아니지만 3일쯤 지나자 리키도 마음에 걸리기 시작했다.

가이가 자기 집으로도 돌아가지 않은 듯하다는 사실을 알게 된 후로는 더더욱.

누구에게 물어도 가이의 행방은 알지 못했다. 마치 어디론가 홀연히 모습을 감춘 것처럼.

이상하다.

가이답지 않다.

일이고 뭐고 전부 팽개치고 아무에게도, 아무런 연락도 하지 않다니 정상이 아니다.

그러나 옛 멤버들은 리키만큼 걱정하지 않았다.

"가이도 건강한 남자 아니냐. 우리 몰래 어디서 어떤 놈이랑 붙어먹고 있는 거 아니냐?"

"맞아, 맞아. 그럴 마음만 먹으면 얼마든지 골라잡을 수 있잖아?"

"가이는 원래 인기가 많으니까. 그냥 고정적인 상대를 만들지 않았던 것뿐이지."

"게다가 지크스 애송이 놈들을 밟아준 다음부터는 인기 폭발 상태라고 할 수 있지."

가이의 부재에 전혀 관심이 없지는 않지만 사적인 영역까지 참견하는 건 룰 위반이라고 말하고 싶은 듯했다.

리키와 가이의 페어링은 흐지부지 끝난 상태다.

리키가 없었던 3년 동안, 특정한 상대만 없었을 뿐 가이에게 섹스 프렌드가 궁하지는 않았다는 사실을 그들은 알고 있었다. 또한 리키가 돌아온 후 계속 붙어있긴 했어도 다시 페어링 파트너가 되지는 않았다는 사실 또한 눈치채고 있었다.

그렇다면 가이가 '누구'와 '어디'에서 '무엇'을 하건 리키가 참견할 문제는 아니다. 그런 쪽 구분은 꽤나 엄격하다.

리키도 알고 있었다.

가이의 부재를 실종이라고 단정 짓고 공연히 일을 크게 만들고 싶지는 않았다. 다만 걱정이 될 뿐….

『타나그라의 엘리트 님께서 가이 당신을 펫으로 삼고 싶대.』

키리에가 물고 온 수상한 '펫 얘기'만 듣지 않았더라면 이렇게 가슴이 술렁이지는 않았으리라.

'…설마.'

아니.

'그럴 리 없어.'

걷잡을 수 없는 생각이 뇌리에 떠올랐다 사라지고, 지우려야 지울 수 없는 앙금 같은 불안만이 남았다.

불안이 아니라면 그것은 두려움이다.

리키만이 알고 있는, 그러나 그 누구에게도 말할 수 없는 두려움.

지나치게 솔깃한 얘기에는 반드시 꿍꿍이가 있다. 그것이 세간의 상식이다. 게다가 상대는 키리에다. 그 사실만으로도 수상함이 배가 되었다.

무엇보다도 키리에의 배후에 어른거리는 남자의 그림자가 리키의 불안을 부추겼다.

매사에 지나치게 신중하리만치 사려 깊은 가이가 키리에의 제안에 쉽게 넘어갈 리 없다. 리키는 그 점에 있어 흔들림 없는 확신을 가지고 있다.

그러나 설령 가이가 그렇다 해도 이아손이 상대라면 이야기가 달라진다.

『가이를 원한다.』

만약 그것이 키리에가 멋대로 지껄인 거짓말이 아니라면. 이아손이 정말로 그런 말을 했다면 틀림없이… 그렇게 될 것이다.

리키는 어째서 그 일에 키리에가 발을 담그고 있는지, 이유를 알 수 없었다.

한번 말을 꺼내면 반드시 완벽하게 이루어낸다. 그것이 이아손의 성격이다. 그러니까 무슨 일이 있어도 철회하지 않으리라.

머릿속에서 불안을 떨쳐버릴 수 없을 만큼 리키는 이아손의 무서움을 잘 알고 있었다.

어쩌면 이아손에게 강제로 끌려간 것 아닐까?

그 생각이 도무지 머릿속에서 사라지지 않았다.

카체에게 물어보면 뭔가 알 수 있을지도 모른다. 그런 생각에 여기까지 찾아왔지만 지난번의 불편한 만남을 떠올리면 좀처럼 발걸음이 떨어지지 않았다.

아니, 그때. 4년 만에 카체가 자신 앞에 모습을 드러냈을 때.

『리키, 이것만은 기억해둬라. 펫 링이 풀렸다고 모든 게 끝난 건 아니야. 이아손은 그렇게 호락호락하지 않아.』

의미심장하다고 하기에는 지나치게 불길한 말을 남기고 사라진 후로 리키의 일상이 흔들리고 있었다.

'대체 어째서?'

'왜?'

'이제 와서 무엇 때문에?'

카체는 왜 이제 와서 리키의 일상을 위협하려 하는 걸까. 그 진의를 리키는 도무지 이해할 수 없었다.

'반감'이든 '적의'든 '경멸'이든 상관없다.

명확한 의사 표현만 있다면 나름대로 대처할 방법이 있겠지만 카체가 남기고 간 것은 지독히 애매한 암시뿐이었다.

'그래서 나더러 뭘 어쩌라는 거야?'

느닷없이 일상이 엉망이 된 리키 입장에서는 카체의 멱살을 잡고 그렇게 외치고 싶었다.

평범해도 상관없다.

미적지근해도 좋다. 평온한 나날을 보낼 수 있다면.

당초의 목표는 '지크스' 때문에 할 수 없이 예정을 변경할 수밖에 없었지만 그래도 그것은 평온한 일상을 되찾기 위해 필요한 결단이었다.

그러나 카체와는 두 번 다시 얽히고 싶지 않았다. 이아손과 카체의 인연이라고도 할 수 있는 깊은 관계를 알고 있기에 더더욱 그랬다.

그 마음은 확고했지만 이아손과 관계된 이상 의지할 사람은 카체밖에 없다.

그 또한 리키에게는 외면할 수 없는 현실이었다.

그러나 섣불리 덤불을 건드렸다가 뭐가 튀어나올지 모르는 함정에 발을 들여놓는 것만은 절대로 피하고 싶었다. 괜히 까불다가

제 무덤을 파는 것은 한 번으로 족하다.

아무 상관없는 타인에게서 "거칠고 교양 없는 쓰레기"라고 비난을 당한들 이제 와서 아프지도 가렵지도 않지만, 질리지도 않고 똑같이 어리석은 짓을 되풀이하는 바보만은 되고 싶지 않았다.

그러니까 신중하게, 실수 없이.

그러고 싶은 마음은 굴뚝같았지만 위를 쿡쿡 쑤시는 불안은 사라지지 않았다.

'정보가 필요해.'

절실하게.

인터넷으로 얻을 수 있는 흔해 빠진 '사실'이나 출처를 알 수 없는 수상한 '소문'이 아닌, 정확하고 확실한 '정보'가.

그렇게 생각한 순간 머릿속 한구석에 라비의 무덤덤한 얼굴이 떠올랐다.

그러나 슬럼 최고라고 일컬어지는 '정보상'으로서의 실력과 '사신'이라고 불리는 악랄함을 천칭에 달아보면 그 대가가 생각지도 못한 형태로 몇 배가 되어 돌아올 것 같은 기분이 들어서 망설일 수밖에 없었다.

확실한 정보에 상응하는 대가를 지불하는 방식이 '싫은' 건 아니지만 지난번 '지크스'를 칠 때와 마찬가지로 라비의 경우, 도저히 그것만으로 끝나지 않을 것 같았다.

가디언 시절의 싸움을 아직까지 끌고 있는 것은 아니다. 아니, 그것이 단순한 어린아이들의 싸움이었다면 좀 더 쉽게 결말이 났을 터였다.

그러나 한번 이어진 인연은 끊고 싶어도 끊을 수 없다.

가이와는 다른 의미로 리키와 라비의 관계는 매우 뿌리가 깊다. 서로의 기억 속에서 그 존재를 지울 수 없을 만큼.

그렇게 생각한 순간 문득 이아손과의 3년간이 머릿속 한구석을 스치고 지나갔다. 리키는 으드득 이를 갈았다.

『이아손 밍크.』

금발벽안의 블론디.

타나그라를 지배하는 절대권력자.

끊어진 줄 알았던 사슬이 아직도 리키를 속박하고 있다. 눈에 보이지 않는 족쇄가 되어.

―바로 그때였다.

"여어…."

별안간 누군가가 어깨를 두드렸다. 리키는 흠칫 놀라며 뒤를 돌아보았다.

"뭐 하는 거야, 이런 곳에서."

키리에였다.

'왜 이 녀석이….'

느닷없이 나타난 불안의 원흉을 바라보며 리키는 노골적으로 눈살을 찌푸렸다.

"웬일이야. 매일 아지트에 틀어박혀 있던 당신이 이런 곳을 어슬렁거리다니."

날씬한 체형에 딱 맞는 바지와 '실바나'라고 불리는 핑크색 모피, 손가락에는 여러 개의 반지. 키리에는 여전히 재수 없을 정도로 요란한 옷차림을 하고 있었다. 슬럼에서 이런 차림을 하고 있다가는 몸에 걸친 것들을 홀랑 빼앗기고 윤간을 당할 게 뻔하다.

그래도 여기가 요란하게 차려입은 관광객들이 흘러넘치는 미다스라는 것을 생각하면 키리에의 옷차림도 이상하게 위화감은 없었다. 오히려 실용성밖에 볼 것 없는 낡은 바지와 검은 점퍼를 입은 가벼운 옷차림의 리키야말로 훨씬 이질적이었다.

"진짜 어떻게 된 거야?"

"너와는 상관없어."

대답하기조차 귀찮았다. 그런 리키의 불편한 심사를 눈치채지 못했을 리 없는데도 키리에는 조금도 신경 쓰지 않았다.

"하지만 난 굉장히 흥미 있거든? 당신이 이런 곳까지 에어 바이크를 타고 달려오다니 대체 무슨 일인지."

"방해돼. 꺼져."

적당히 상대하는 것도 귀찮아서 리키는 단호하게 말했다.

그러나 키리에는 싸늘한 리키의 태도에 반발하기는커녕 어째서인지 기분 나쁠 만큼 나긋나긋하게 말하며 허물없이 어깨를 기대어 왔다.

"이렇게 만난 것도 우연인데 이 근처에서 한잔하지 않을래? 내가 살게."

거슬린다―는 건 바로 이런 기분일 것이다.

당연히 리키의 대답도 날카로워졌다.

"어린애한테 얻어먹을 만큼 궁하진 않아."

13세에 성인이 되는 슬럼에서 이제 곧 18세가 될 키리에를 '어린

애'라고 부르는 게 과연 맞는가 하는 건 아무래도 상관없었다. 리키가 보기에 주위를 멋대로 휘저어놓고 나 몰라라 하는 키리에는 자신의 뒷수습도 못 하는 덜떨어진 어린애일 뿐이었다.

지크스 문제도 따지고 보면 키리에가 요란하게 들쑤셔놓았기 때문에 벌어졌다. 아니, 들쑤셔놓기만 했으면 몰라도 하필이면 놈들의 아지트에 최루탄까지 던져 넣었다. 그 때문에 리키와 멤버들은 억지로 뒤처리를 할 수밖에 없었다.

그걸 생각하면 이토록 뻔뻔스럽게 얼굴을 내밀 수 없으련만 키리에의 후안무치에는 그저 기가 막힐 뿐이었다.

그러나 키리에는 그 어느 때보다 여유가 넘쳤다.

"너무 매정하게 굴지 마."

이것저것 아무렇게나 지껄여서… 아니, 어디선가 주워들은 소문과 사실을 각색해서 자신의 페이스로 끌어들이는 것이 평소 키리에의 수법이다. 그러나 오랜만에 본 키리에는 예전보다 훨씬 자신만만한 얼굴을 하고 있었다.

좋게 말하면 대담하고, 나쁘게 말하면 교활한 얼굴.

이렇게 정면으로 키리에를 마주 보는 것은 처음이었다. 리키는 자신과 키리에의 체격이 그다지 차이가 나지 않는다는 사실을 깨달았다.

처음 만났을 땐 분명 자신보다 눈높이가 아래였는데 지금은 거의 같았다. 그건 그거대로 왠지 화가 났다.

애송이 주제에 어엿한 브로커 행세냐. 하는 짓도 수상하고 아니꼽기 짝이 없긴 하지만 나름대로 자신감과 보람은 있는 모양이다.

척 보기에도 요란한 옷차림에 주렁주렁한 액세서리. 한마디로 언제 누구에게 배를 찔려도 이상하지 않은 '벼락출세'한 자의 전형적인 모습이었다.

리키의 눈에는 그저 허세로 똘똘 뭉친 애송이로 보였지만 어쩌면 그것이 지금 키리에에게는 자랑스러운 위치일지도 모른다.

위로 기어올라 가고 싶어도 그 기회의 한 조각조차 주울 수 없는 것이 폐쇄된 슬럼의 상식이기 때문이다.

자기 과시욕의 화신 같은 키리에의 입장에서는 이 정도로 요란하게 자신을 어필하지 않으면 성이 차지 않을 것이다.

그렇다고 리키가 장단을 맞춰 줄 의무는 없다.

"난 당신이랑 같이 마시고 싶어. 한 잔 정도는 같이 마셔도 되잖아?"

그 말을 무시하고 지나가려는 리키 앞을 가로막으며 키리에는 몸을 바싹 붙이고 속삭였다.

"술안주 삼아 가이 얘기는… 어때?"

순간 가슴속에 도사리고 있는 불안을 휘젓는 듯한 느낌에… 리키는 눈을 크게 떴다.

그 코앞에서 키리에는 노골적으로 씨익 미소를 지었다.

"듣고 싶지?"

'이… 자식.'

가까이에서 교차되는 눈과 눈이 대조적인 침묵을 만들어냈다. 뭐라 말할 수 없는 리키의 분노를 키리에가 오만불손하게 찍어 누른 듯했다.

지금 당장 키리에의 멱살을 잡는 것은 아주 쉬운 일이다. 그러나 설령 힘으로 때려눕힌다 해도 키리에는 아무것도 실토하지 않을 것이다.

입가에 엷은 미소를 지으며 키리에는 교활하게 눈빛으로 리키를 도발했다.

"YES"—냐, "NO"—냐, 라고.

어느새 이렇게 시건방진 수작을 부릴 수 있게 된 걸까. 노려보는 시선을 피하지 않은 채 리키는 으드득 이를 갈았다.

비장의 카드를 쥐고 있는 쪽은 키리에였다.

그걸 순순히 인정하기에는 화가 났지만 결국 리키는 담배를 버리고 풀 길 없는 초조함을 발끝에 담아 꽁초를 비벼 껐다.

"가자."

키리에가 기세등등하게 턱짓을 했다. 그 태도에 아무리 화가 나도 리키는 말없이 뒤를 따를 수밖에 없었다.

어디로 가는지도 말하지 않은 채 키리에는 리키와 함께 걸었다. 입가에 만족스러운 미소를 띠고 의기양양하게.

한잔하자고 했으면서 키리에의 발걸음은 오히려 술집에서 멀어지고 있었다.

처음부터 키리에와 술을 마실 생각 따윈 조금도 없었던 리키였기에, 딱히 불만을 늘어놓을 일은 아니었다. 그래도 어디에 가는지 목적지는 궁금했다.

키리에는 익숙한 걸음걸이로 오렌지 로드를 빠져나갔다. 마치 자신의 영역이라도 되는 듯이.

그리고 광택이 흐르는 얼룩 한 점 없는 은색 바디의 에어카에 손을 뻗을 때까지 키리에는 한 번도 등 뒤의 리키를 돌아보지 않았다.

　가이를 들먹이면 리키는 반드시 따라올 것이다. 어지간히 그렇게 확신했던 모양이다.

　'타.'

　키리에의 눈이 오만하게 재촉했다.

　리키는 몸을 굽히고 아무렇게나 시트에 올라탔다. 이렇게 된 이상 "어디 한번 갈 데까지 가보자"하는 심정이었다.

　뭐가 어떻게 돌아가고 있는지는 모르겠지만 생각을 바꾸자 재수 없는 키리에의 졸부 취향도, 오만불손한 태도도 모두 묵살할 수 있었다.

　"스텔라 신형 모델이야. 주문 제작 일련번호도 있지. …슬럼의 잡종은 무슨 뜻인지 모르겠지만."

　키리에가 의기양양하게 얄팍한 지식을 늘어놓으며 핸들 옆의 채널에 손가락을 대자 차체가 흔들림 없이 부드럽게 떠올랐다.

　주문 제작 사양이건 폐차건 그런 것에는 흥미도 관심도 없었다. 리키가 알고 싶은 것은 단 하나, 가이의 안위뿐이었다.

　그래서 키리에의 듣기 싫은 혼잣말을 묵묵히 흘려 넘겼다. 가슴속이 분노로 타들어 간다 해도.

　'이래놓고 어디서 주워들은 헛소문을 지껄이기라도 하면 죽여 버리겠어.'

　리키와 키리에를 태운 에어카는 에어리어—1을 질주하여 에어리어—9 슬럼의 상공을 천천히 선회했다.

"이렇게 위에서 내려다보니까 우리가 태어나고 자란 곳이 얼마나 하찮고 지저분한 쓰레기장인지 아주 잘 알 것 같아."

그런 건 굳이 위에서 내려다볼 필요도 없다. 케레스에 사는 사람이라면 누구나 뼈저리게 알고 있는 사실이다.

지역에만 한정된 것이 아니다. 어느 세계에나 통용되는 정규 ID가 없다는 것은 자신의 정체성을 뿌리부터 정면으로 부정당하는 거나 마찬가지다.

미다스 공식 맵에서도 완전히 말소된 자신들은 '슬럼의 잡종'이라고 불릴 수밖에 없다. 그 쓰레기장에서 기어올라 가려고 발버둥을 치다가 좌절하고 결국 리키는 지금 이곳에 있다.

하지만 지금은 그래도 상관없다는 생각이 들었다. 자존심이고 뭐고 모든 것이 썩어 문드러졌던 그 3년간에 비하면 리키에게 슬럼은 천국이나 다름없었다.

"당신은 결국 실패자로 전락하고 말았지만 난 성공했어. 그 차이는 역시 크다고 생각하지 않아?"

'슬럼의 쓰레기를 뒤져서 남을 등쳐먹는 녀석은 벼락출세이긴 해도 성공했다고는 할 수 없어. 진짜 성공한 사람은….'

유일하게 성공한 자라고 할 수 있는 카체의 예리한 스카페이스를 떠올리며 리키는 씁쓸하게 입술을 깨물었다.

슬럼의 잡종이 계속 성공한 자로 남기 위해서는 그에 상응하는 대가가 필요하다. 카체는 지금도 그 대가를 지불하고 있을까….

누구에게?

이아손에게?

"어쨌든 당신 시대는 끝났어. 슬럼에서는 지금도 한물간 이름을 쓸데없이 칭송하는 녀석들도 있는 것 같지만."

리키는 키리에의 옆얼굴을 짜증스럽게 노려보았다.

"이제 그만 본론으로 들어가시지."

그러나 키리에의 한쪽 뺨에 달라붙은 엷은 웃음은 사라지지 않았다.

"당신과 한 번쯤 느긋하게 얘기를 나눠보고 싶었어. 공중에서 유영을 하면서 밀담을 나누는 기분도 아주 나쁘진 않지?"

"나는 네 장난질에 어울려 줄 정도로 한가하지 않아."

"그렇게 가이가 걱정돼?"

목소리에 의미심장한 웃음이 담겼다.

내심 '이 자식'이라고 생각했지만 리키는 아무런 내색도 하지 않았다. 도발에 넘어가서 감정을 드러내면 키리에는 점점 더 의기양양해질 뿐이다.

오히려 그거야말로 키리에가 바라는 반응 아닐까.

"당신이 걱정해봤자 이젠 아무 소용없지만."

"가이는 어디에 있지?"

"타나그라의 블론디 님과 함께 있어."

키리에가 아무렇지도 않게 말했다.

순간 리키는 얼굴에서 핏기가 가시는 기분이었다.

'설마' 그리고 '역시'.

둘 중 어느 쪽인지 알 수 없는 감정이 심장을 쥐어뜯는 기분이었다. 어질어질 현기증이 났다.

"지금쯤 맛있는 음식을 배터지게 먹고 거품 목욕을 하면서 몸을 단장하고 있을걸. 부럽다. 블론디의 펫이라니. 심지어 콕 집어서 가이를 데려오라고 직접 명령까지 내리지 뭐야. 가이 녀석, 진짜 출세했네…."

"그 녀석이… 자진해서 가겠다고 한 거냐?"

낮은 목소리에는 억누르기 힘든 괴로움이 담겨 있었다.

키리에는 노골적으로 '풋'하고 웃음을 터뜨렸다.

"이런 엄청난 행운을 걷어찰 바보는 없잖아?"

그리고 의미심장하게 이죽이죽 웃었다.

그래도 리키는 아직 믿을 수 없었다.

가이가 자신에게 아무 말도 없이 떠날 리 없다고—.

리키는 사실 또 하나, 절대 바라지 않는 또 다른 가능성을 알고 있었지만 그쪽이 현실이 되기보다는 떠났다는 편이 훨씬 나았다.

그러나 어느 쪽이든 받아들이려면 머릿속을 도려내는 듯한 아픔이 수반된다는 점만은 변함이 없었다.

"어차피 누구나 자기 자신이 제일 소중한 법이야. 안 그래?"

키리에의 입에서 그 말이 흘러나왔을 때 리키는 가슴 안쪽이 욱신거리는 기분이었다.

누구나 자기 자신이 제일 소중하다.

그것은 5년 전 리키의 심정 그 자체였다.

슬럼에서 썩어가는 것을 참을 수 없었다. 그 때문에 동료들을 버린 사람은 바로 리키였다.

소중한 것을 움켜쥘 수 있는 손은 두 개뿐이다. 그러니까 아무리 아까워도 두 손으로 움켜쥘 수 없는 건 버릴 수밖에 없다. 아이레는 그렇게 말했다.

『그러니까 착각하지 마, 리키. 한 번 버린 건 두 번 다시 손에 넣을 수 없으니까.』

아이레 말이 옳다. 정말이지 이를 갈고 싶어질 정도다.

알고 있으면서도 현실을 우습게 봤던 사람은 바로 리키 자신이다. 이제 와서 후회해 봤자 아무 소용없다.

내가 나로서 살아가기 위한 긍지.

내가 나답게 살아갈 유일한 기회.

그 무엇과도 바꿀 수 없는 반신, 가이.

바이슨을 버릴 수는 있어도 그 세 가지만은 도저히 손에서 놓을 수 없었다. 아니, 놓고 싶지 않았다.

그래서 리키는 양손으로 쥘 수 없으면 입으로 물어서라도 놓지 않겠다고 결심했다.

그럴 수 있다고 생각했다. 블랙마켓에서 출세하면 그 꿈은 언젠가 반드시 이루어지리라고.

그러기 위한 노력을 아끼지 않았다.

누가 슬럼의 잡종이라고 비웃어도, 쓰레기는 쓰레기일 뿐이라고 매도해도, 화풀이나 마찬가지인 적의를 퍼부어도, 의욕과 학습과 실적을 쌓아 올려 주위를 입 다물게 했다.

시비를 걸어올 때마다 닥치는 대로 싸울 만큼 한가하지는 않았지만 실제로 위해를 가할 경우에는 확실하게 처리했다.

실력주의란 딱히 '두뇌'만을 말하는 게 아니다. 당하고 나서 울며 잠들고 싶지 않으면 우습게 보이지 않도록 '힘'을 과시해야 한다.

슬럼만큼 흉포하지도 흉악하지도 않았지만 블랙마켓에서는 '수컷의 역량'도 시험당하곤 했다. 그래서 아무런 망설임도 없었다.

강한 자가 이기는 것이 아니다.

이기는 자가 강한 것이다.

'수컷'의 원리는 슬럼에서도 블랙마켓에서도 다르지 않다. 다만 그 부가가치가 다를 뿐이다.

그러나 리키가 스스로 선택했다고 믿었던 '길'은 교묘하게 만들어진 사상누각이었다.

이아손이 깔아놓은 레일 위를 정신없이 달린 것뿐임을 깨달았을 때, 이미 돌아갈 길은 없었다.

지배자가 행사하는 권력은 너무나 쉽게 모든 것을 짓밟는다.

'운명이 인생을 지배한다'.

리키는 그 말을 믿지 않았다. 그래도 사람과 사람이 만나는 필연이라는 것은 분명 존재한다.

'가디언'에서 가이를 만난 행운을 리키는 평생 잊지 않을 것이다.

타인이 그것을 가리켜 단순한 '우연'이라 부른다 해도 리키에게
있어 가이와의 만남은 '필연'이었다. 왜냐하면 그때 리키는 가이를
만남으로써 삶의 의미를 알게 되었으니까.

『괜찮아. 리키 넌 혼자가 아니야. 내가 있어. 그러니까 괜찮아.』

　홀로 잠들어야 하는, 뼛속까지 한기가 도는 밤. 가이는 그렇게
말하며 리키를 끌어안아 주었다.
　그 온기에 구원받았다.
　그 온기를 놓치고 싶지 않아서 리키는 가이에게 매달렸다.
　누가 뭐라고 해도 상관없었다. 가이 옆에 있을 수 있다면.
　그래서 13세에 성인이 되어 가디언을 떠난 후 바로 페어링을 했
다. 가이를 누구에게도 빼앗기고 싶지 않아서.
　그것만으로도 만족스러웠다.
　…그런데 욕심이 생겼다.
　슬럼에서 썩어가는 것을 참을 수 없게 되었다.
　결국 그래서 리키는 3년이라는 세월을 허비했다. 아니, 시궁창
에 던져버렸다. 전부 다….
　그렇다면 이아손과의 '만남'은 뭐라고 부르면 좋을까?
　그야말로 '운명'이라고 할 수 있을까.
　우연과 필연과 운명.
　전혀 다른 듯하면서도 연쇄하는 현실.
　그곳에서 피할 수 없는 '인연'을 느끼며 리키는 새삼 숨을 삼

켰다.

오싹, 무언가가 등줄기를 핥았다.

음욕과 자학으로 점철된 이아손과의 3년.

그 시기를 떠올리면 움찔… 목이 경련했다.

리키는 그 시간들을 아무에게도 들키고 싶지 않았다. 절대로.

두 번 다시 놓치고 싶지 않은 것이 있다.

무슨 일이 있어도 잃고 싶지 않은 것이 있다.

내가 나로서 살아가기 위해 가장 중요한 것.

그래서 키리에게 '패배자'라고 불린다 해도 딱히 아무렇지 않았다. 키리에는 '성공'에 심상치 않은 집착을 보였지만 리키에게 그런 건 중요하지 않았다.

그러나 누구에게도 양보할 수 없는 것이 있기에 펫 얘기를 듣고 수상하다고 느꼈어도 가이에게 강하게 못을 박아둘 수 없었다.

그 얘기를 하면 감이 좋은 가이는 분명 눈치챌 것이다. 리키가 쾌락과 바꿔서 무엇을 잃어버렸는지.

도덕도 금기도 없이 자유로운 섹스. 아무리 그것이 슬럼의 상식이라지만 자존심도 이성도 모두 썩어문드러질 만큼 농밀한 애무에 길들여진 몸이라는 사실은, 입에 담기조차 넌더리가 났다.

빳빳하게 일어선 젖꼭지를 빨릴 때마다 느껴지는 간질간질한 감촉.

훤히 드러난 다리 사이를 기어 다니는 야릇한 욱신거림의 참을 수 없는 뜨거움.

남자로서 굴욕적이기 그지없는, 성기를 조이는 링의 아픔조차 음란하게 타오르는 듯한 흥분을 안겨줬다.

그리고 무엇보다도 이아손의 성기로 애널을 깊이 꿰뚫릴 때마다 온몸이 삐걱거리며 무너져 내릴 듯한 황홀감을 느꼈다.

아무리 혐오해도, …거부해도, ……저항해도.

강제적으로 주어지는 쾌락이라 해도 쾌감은 틀림없는 쾌감이었다.

가이와의 섹스는 말하자면 일상적인 충족감이었다.

충족을 주고—충족을 받고, 위안을 주고—위안을 받았다.

누가 먼저 손을 뻗어도 거부한 적은 없었다. 서로 겹친 살갗의 따스함은 언제나 지독히 기분 좋았다.

그러나 이아손과의 섹스는 다르다.

아무리 거부해도 결국 쾌락 속으로 끌려들어 숨을 쉬는 것조차 괴로울 만큼 끊임없이 신음하고, 몇 번이나 절정으로 내몰렸다가 이윽고 추락한다.

꿰뚫리고, 강탈당하고, 짓눌리고, 사정을 강요당해 모든 것을 빼앗겨버린다.

그래도 몸 안을 태우는 듯한 쾌감을 부정할 수는 없는—고통.

가이도 그런 도취와 굴욕의 나날을 보내고 있을까.

문득 그런 생각이 머릿속을 스치고 지나간 순간.

어째서인지… 한순간 요도에 바늘이 꽂힌 듯 격렬한 동통이 느껴졌다. 리키는 흠칫 놀라고 말았다.

'굶주렸나? 내가?'

별안간 치밀어 오르는 괴로움을 토해내지도 못한 채 리키는 힘껏 입술을 깨물며 그것을 억지로 삼켰다.

그래도 목이… 가슴이…… 아랫배가.

타는 듯한 자각에 촉발되기라도 한 양 욱신욱신 아팠다.

키리에는 어깨 너머로 그런 리키를 바라보고 있었다.

아니, 응시하고 있었다. 눈도 깜빡이지 않고 그저 리키의 옆얼굴만을….

'가이는 지금 어디에 있지?'

키리에는 모른다.

'가이가 정말 이아손에게 가서, 펫으로서 우아하고 화려한 생활을 만끽하고 있나?'

키리에에게는 그것을 확인할 방법이 없다.

'이아손의 진의는 뭐지?'

이제 와서 그런 건 아무래도 상관없었다.

키리에에게 흔들리지 않는 진실이란 부탁받은 대로 가이를 속여서 이아손에게 팔아넘겼다는 사실, 그뿐이었다.

필요한 건 타나그라의 블론디와 자신을 이어줄 연줄을 손에 넣는 것. 이아손이 준 큰돈은 그저 덤에 불과하다.

이용할 수 있는 것은 뭐든지 이용한다.

필요 없는 것은 빨리 버린다.

덕분에 일은 나름대로 순조로운 편이다.

'해냈어.'

'운을 잡았어.'

'이제 아무도 날 슬럼의 잡종이라고 부르지 못하게 할 거야.'

웃음이 멈추지 않고 치밀어 올랐다.

남의 발목을 잡고 부스러기를 주워 먹을 생각밖에 없는 자들에게 미적지근한 종족 의식을 품어봤자 방해만 될 뿐 아무런 도움도 되지 않는다.

시선은 항상 발밑이 아닌 높은 곳으로. 과거를 돌아볼 시간은 없다. 그렇게 생각했다.

하지만… 그러나… 어째서인지.

리키에 대한 키리에의 집착은 사라지지 않았다.

'가이가 블론디의 펫이 됐다.'

그 말 한마디에 리키는 제 손으로 냉정한 가면을 벗어던졌다.

그렇다면 사실을 가르쳐주면 대체 어떤 표정을 지을까.

그것은 몸 안에서 뜨겁게 욱신거리는 참기 힘든 흥분이 되어 키리에를 부추겼다.

좀 더….

'좀 더 리키의 생생한 감정을 끄집어내고 싶다!'

바로 그런 충동이었다.

자동 조종으로 전환한 후 키리에는 천천히 몸을 기울였다.

괴로운 듯 눈썹을 찡그리고 입을 굳게 다문 리키의 옆얼굴에 매료된 듯이 입술을 바싹 대고 그 귓가에 노래하듯 속삭였다.

"만약—만약 내가… 가이를 팔아넘겼다면, 그럼 당신은 어떻게 할래?"

순간 리키의 표정이 극적으로 변화했다.

"뭐… 라고?"

"1만 카리오. 그게 가이의 몸값이었어."

"……!"

"굉장하지? 역시 블론디… 통이 크다니까."

"너… 어…"

"그렇게 큰돈을 뿌리면서까지 가이를 손에 넣고 싶어 하다니. 엘리트 님의 사고방식은 도저히 이해를 못 하겠어."

분노를 형상화한다면 리키의 분노는 이글거리는 코로나에 가까울지도 모른다.

타는 듯이 뜨겁고, 농밀하고, 격렬하다.

키리에의 살갗에 오싹 소름이 돋았다.

바로 코앞에서 그 격정의 파동을 뒤집어쓰고 겁에 질려서가 아니다.

그뿐인가. 다리 사이가 욱신거리듯 뜨겁게 떨리고 무의식적으로 소름이 끼쳤다.

두근두근했다. 오싹오싹했다.

'이게 리키의 본성일까?'

그렇게 생각하니 숨이 막히고 가슴이 터질 듯이 심장이 쿵쿵 세차게 뛰었다.

반쯤 전설이 된 '바이슨의 리더'라고 불리던 리키의 진정한 모습?

아니, 아니다.

'이게 다가 아닐 거야.'

키리에는 문득 떠올렸다. 리키가 지크스의 애송이들을 눈 깜짝

할 사이에 때려눕혔던 그날 밤의 기억을. 어둠 속에서 얼핏 보았던, 그거야말로 리키의 진정한 모습이다.

그때 키리에는 말을 걸 수조차 없는 방관자였다.

어둠 속에서 몰래 숨을 죽이고 멀리서 지켜봐야만 하는 외부인이었다.

하지만 지금은 다르다.

'리키다. 이게 바로 진짜 리키야.'

칠흑의 머리카락, 검은 눈동자.

혹시 순혈종 인자가 DNA에 숨겨져 있는 것 아니냐고 몰래 수군대는 사람이 제법 있을 만큼 리키는 슬럼에서 좀처럼 찾아보기 힘든 '어둠의 색'을 두른 자였다.

겉모습이 다르다. 존재감 역시 굉장하다.

그래서 '슬럼의 바쥬라', 그렇게 불렸다고 키리에는 들었다.

'바쥬라'.

등에 날개가 달린 신화 속 칠흑의 짐승. 인간에게 죽음을 예언하고 인간의 영혼을 잡아먹는 죽음의 사자.

평소 리키는 자신의 반신인 가이 외에는 누구에게나 냉랭한 태도를 취한다. 그러나 일단 스위치가 켜지면 흉악한 카리스마로 변모한다.

보는 자를 매료시키고, 선동하며… 미치게 만든다.

그래서 '칠흑의 바쥬라'라고 불렸노라고 했다.

매료당하고… 선동당하고…… 미쳐버리고.

그 편린을 목격한 순간 아랫배가 욱신거렸다.

아직 누구에게도 느껴본 적 없는 음란한 정욕이 소용돌이치며 리키를 향해 쏟아지는 듯한 기분마저 들었다.

뜨겁고, 아프고, 피가 끓어오른다.

불타오르고, 폭발하고, 머릿속이 그대로… 마비되었다.

점차 빨라지는 고동에 숨이 막혔다. 배출구를 찾아 헤매지 않고서는 견딜 수 없을 지경이었다.

"타나그라의 엘리트가 왜 슬럼의 잡종을, 가이를 원하는지…. 그딴 건 아무래도 상관없었어. 난 그저 블론디 님과 이어지는 탄탄한 연줄을 원했던 것뿐이야. 이런 좋은 기회를 그냥 날려버릴 수는 없잖아?"

키리에는 빠른 어조로 말을 이었다.

사타구니의 흥분에 자극을 받아 필요 이상으로 리키를 도발하고 있는 자신을 깨달았다.

아니.

그뿐인가, 더욱더 미움받아도 좋다… 는 생각마저 들었다.

진실을 털어놓아야만 리키의 '눈'도 '마음'도 오직 자신만을 향하게 만들 수 있다.

키리에는 그렇게 자학적인 쾌감에서 벗어날 수 없었다.

"의외로 가이도 기다리고 있었는지도 몰라. 누군가가 등을 떠밀어 주기를."

키리에가 태연하게 말했다.

그 순간이었다.

'퍼억!'

느닷없이 강렬한 철권이 키리에의 얼굴을 가차 없이 갈겼다.

눈앞에서 불꽃이 튀었다. 시야가 어질어질 흔들렸다. 머리에 둔탁한 통증이 느껴졌다.

"상대가… 가이가 아니라면… 당신은 이렇게 뜨거워지지 않았겠지?"

그래도 키리에의 말은 멈추지 않았다.

"그렇지?"

찢어진 입술의 피를 손등으로 천천히 닦으며 키리에는 번들거리는 눈빛으로 리키를 노려보았다.

"그 녀석이… 그렇게 좋아? 페어링 파트너라는 것도 옛날이야기잖아? 지금은 섹스의 '섹'자도 안 하는 사이잖아? 그런데 왜 그 녀석만 관련되면 이렇게 흥분하는 거야!"

리키는 한순간 착각에 사로잡혔다.

도리어 화를 내는 뻔뻔스럽기 짝이 없는 키리에의 태도가 '가디언' 시절의 라비를 연상시켜서….

"나는… 나는 후회 따윈 안 해."

미간에 깊은 격정을 새기며 키리에가 내뱉듯이 말했다.

"몸속부터 썩어들어 갈 것 같은 슬럼에서 기어올라 가기 위해서라면 친구든 뭐든 팔아넘길 수 있어. 순진한 소리만 하고 있다가는 평생 시궁창 속에서 살게 될 거야. 난 절대 그렇게 살 수 없어!"

따끔따끔하게 아프도록 꽂히는 욕망, 절박한 격정.

그 본질을 리키는 알고 있었다.

그래서 키리에가 싫었다.

『지금 상태가 최악이니까 여기서 더 잃어버릴 건 없어.』

리키는 미숙한 과거의 자신을 거울에 비추듯이 떠올리게 만드는 키리에가 소름이 끼칠 정도로 싫었다.

"당신도 지금은 깨끗한 척하지만 옛날에는 어차피 똑같았을걸? '다크 리키'라는 이름으로 불렸을 때 말이야."

리키의 검은 눈동자가 어둡게 빛나며 키리에를 날카롭게 꿰뚫었다.

"에어카 세워."

그러나 리키는 위협하듯 단 한마디만을 내뱉을 뿐이었다.

키리에는 여전히 굳어버린 채로 리키를 노려보고 있었다.

"주문 제작 일련번호를 여기저기 뿌리면 온갖 녀석들이 이걸 훔쳐서 중고상에 팔아넘기려고 덤벼들겠지. 그렇게 되기 싫으면 빨리 해."

리키의 입에서 무시무시한 말이 튀어나왔다.

단순한 협박이 아니었다. 그 목소리에는 약간의 살기마저 담겨 있었다.

키리에는 어색하게 앞을 바라보았다.

"여기 말고 오렌지 로드에."

뻣뻣하게 핸들을 움켜쥔 채 키리에는 단숨에 속도를 높였다. 그리고 오렌지 로드로 돌아온 후 왼쪽으로 천천히 핸들을 꺾으며 저속 기어로 바꿨다.

그대로 부드럽게 경사를 그리며 차체가 땅에 착륙했다.

가벼운 소음과 함께 문이 살짝 열리자 살갗을 에는 듯한 냉기가

단숨에 흘러들어왔다.

차에서 내릴 때, 리키는 시선조차 주지 않고 내뱉듯이 말했다.

"두 번 다시 내 앞에 나타나지 마라, 키리에. 사지가 멀쩡하고 싶다면 말이야."

'차갑게 무시당하는 것보다는 훨씬 나아!'

그렇게 외치고 싶은 마음을 키리에는 억지로 씹어 삼켰다.

키리에와 헤어진 후, 리키는 망설임 없이 드럭 스토어 뒷문으로 향했다. 카체를 만나기 위해서.

'젠장.'

'…젠장.'

'……젠장, 젠장!'

격렬한 분노로 고동이 뜨겁게 끓어올라 가라앉지 않았다.

'키리에 자식.'

'빌어먹을 자식.'

'다음에 또 내 앞에 나타나면 죽여 버리겠어.'

그런데도 머리는 차갑게 마비되어 있었다.

'…어… 째서.'

'대체… 왜.'

'이렇게 된 걸까.'

성큼성큼 걷고 있는 다리의 떨림이… 멈추지 않았다.

'—나?'

'나… 때문에?'

'내 잘못일까?'

잃어버린 ID카드 대신 슬릿 옆 시큐리티 박스를 열고 아무렇게나 왼손을 집어넣었다.

만약 리키의 손금 패턴이 아직 유효하다면 엘리베이터 문이 열릴 것이다.

조합을 확인할 때까지 기다리는 짧은 시간마저 아까워서 리키는 초조함에 사로잡혔다.

곧 신호가 '붉은색'에서 '녹색'으로 바뀌었다.

지금도 자신의 인증이 파기되지 않았다는 사실에 리키는 일단 가슴을 쓸어내렸다.

아니, 어쩌면….

카체는 용의주도한 자다. 이렇게 될 줄 미리 예상하고 재등록을 해두었는지도 모른다.

어쨌든 이 절박한 상황에서 안으로 들어가 보지도 못하고 쫓겨나지 않은 것만으로도 다행이었다.

"젠장."

오래된 전동 엘리베이터의 몸이 살짝 흔들리는 듯한, 특유의 삐걱거림 또한 4년 전과 조금도 변함이 없었다. 변한 것은 리키 자신과 자신이 놓여있는 상황뿐이다.

카체는 리키의 갑작스런 방문에도 놀라지 않았다. 아마 손금 조회 단계에서 리키가 왔다고 이미 확인한 모양이다.

합리적인 기능성을 최우선으로 꾸며진 카체의 사무실은 여전히 살풍경했다.

변한 것은 아무것도 없었다. 손님용 소파의 색도, 결벽증이 의심될 만큼 질서정연하게 정리정돈이 된 책상의 배치조차.

다만 그때와 다른 점은 카체가 하던 일을 마칠 때까지 얌전히 소파에 앉아서 기다릴 마음이 리키에겐 조금도 없다는 것뿐이었다.

"무슨 일이지? …정도는 물어봐도 되잖아?"

재킷 주머니에 손을 넣은 채 리키는 그렇게 말했다.

환대를 받는 것도 아니거니와, 카체가 그렇게 해주길 바라지도 않는다. 다만 여기까지 무사히 통과시켜놓고 노골적으로 무시하는 게 마음에 들지 않았다.

카체는 흘낏 시선을 던졌을 뿐이다.

'기다려라'는 말도, '돌아가라'는 말도 하지 않았다.

"아니면 이미… 다 알고 있나?"

그 침묵을 긍정의 표시라고 멋대로 해석한 리키는 가차 없이 다그쳤다.

"그럼 굳이 군이 설명할 필요 없겠군. …가르쳐 줘. 이아손은 왜 가이를 원하는 거지? 더군다나 번거롭게 키리에를 이용하면서까지."

침묵을 견딜 수 없다기보다는 일단 무슨 말이라도 하지 않으면 마음이 진정되지 않아 입을 열었다.

겨우 일이 일단락된 것일까.

아니면 그저 리키의 고집에 항복한 걸까.

사무용 의자에 깊숙이 몸을 묻은 채 카체는 천천히 고개를 들었다.

"본인에게 직접 물어보는 게 어때?"

서늘한 어조였다.

얼마 전 리키를 찾아왔을 때와는 완전히 달랐다. 어둠의 브로커로서 뛰어난 수완을 발휘하는 카체가 그곳에 있었다.

"접선이라면 시켜 주지."

설마 카체가 이런 말을 할 줄은 생각지도 못했다. 리키의 얼굴이 딱딱하게 굳었다.

그는 카체에게 진실을 캐물으러 왔다. 그런데 갑자기 얘기가 예상치 못한 방향으로 흘러가자 도무지 감정이 상황을 따라잡지 못했다.

"진지한 얼굴로 소름 끼치는 농담하지 마."

그렇게 내뱉는 것이 고작이었다.

"농담?"

카체는 눈썹 하나 까딱 않고 리키를 바라보았다.

"난 아주 진지하게 얘기하고 있다만. 넌 우습지 않은 농담으로 치부해버리고 싶은가 보지?"

두 사람 사이에 일그러진 침묵이 흘렀다.

서로의 생각에 아주 큰 오차가 있다. 리키가 그 사실을 깨달은 순간이었다.

이쪽과 저쪽.

선은 매우 뚜렷하고 명료했다.

멈춰 설 것인가, 넘어갈 것인가.

그걸 결정할 사람은 아마 카체가 아니라 리키일 것이다. 그래서 리키는 카체를 노려볼 수밖에 없었다.

"이아손을 만나서 뭘 어쩌란 말이지?"

그래도 만나자마자 뒤통수에 강렬한 한 방을 맞은 덕분에 조금은 흥분이 가라앉았다.

리키가 원하는 것은 단서다.

정보는 키리에가 흘려줬다.

그러니까 카체에게 바라는 것은 키리에가 모르는⋯ 이아손의 진의뿐이다.

"그 자식한테 가이를 돌려달라고 무릎 꿇고 빌기라도 할까?"

그런다고 가이를 돌려줄 만큼 호락호락한 남자가 아니다.

그 사실은 리키가 제일 잘 알고 있었다.

"그래 봤자 코웃음을 치며 비웃을 게 뻔해."

비웃기만 하면 그나마 다행이다. 이아손과 얼굴을 마주친 이상 절대 그 정도로 끝날 리 없다.

"게다가⋯ 당신이 접선을 해 준다 쳐도 그자가 그렇게 순순히 날 만나 줄까. 이아손은 쓸모없는 펫에게 일부러 시간을 내줄 만큼 호락호락한 인간이 아니야."

리키는 자조 섞인 미소를 지으며 내뱉었다.

'⋯만나줄 거다.'

그 말이 흘러나오기 직전 애써 입술을 깨물며 카체는 애용하는 담배에 불을 붙였다.

리키가 이곳을 찾아오기 전부터 카체는 그가 한참 동안 지상의 드럭 스토어를 응시하고 있었다는 사실을 알고 있었다.

감시 카메라 덕분이었다. 드럭 스토어를 빙 둘러싸고 설치되어 있는 카메라는 다양한 각도로 지상을 비춘다. 그중 하나에 리키가 찍혀 있었다.

'이제야 왔군.'

그렇게 생각한 것도 잠시, 그곳에 어째서인지 키리에가 나타났다. 리키는 키리에와 함께 가 버리고 말았다.

카체의 입장에서는 겨우 왔나 싶었는데 키리에가 리키를 가로챈 셈이다.

그리고 얼마 후 리키가 이곳을 찾아왔을 때. 표정을 보지 않아도 가이가 실종된 경위를 전부 알게 됐음을 상상하기는 어렵지 않았다.

리키는 키리에 따윈 안중에도 없는 눈치였지만 키리에가 온갖 곳을 들쑤시고 다니며 리키의 뒤를 캐고 있다는 사실을 카체도 잘 알고 있었다.

리키에 대한 키리에의 노골적인 집착.

모조품은 무슨 수를 써도 오리지널을 뛰어넘을 수 없다. 그래도 강렬하게 끌릴 수밖에 없으리라.

이아손에게 그렇게 말했을 때, 그는 입가에 미소를 지을 뿐이었다.

아마도 그래서 이아손은 이번 일에 키리에를 이용하기로 결심했을 터다. 카체는 알고 있었다. 이아손은 리키가 스스로 접촉해오기를 기다리고 있다는 것을.

냉혹하기 그지없는 블랙마켓의 제왕이.

『그 녀석이 얼마나 고집불통인지는 너도 알고 있을 텐데? 불러 내서 무조건 찍어 누르기만 해서는 재미가 없지. 옛 페어링 파트너 를 미끼로 삼으면 녀석이 어떤 반응을 보일지… 흥미가 느껴지는 군.』

악취미도 정도가 있지.

카체조차 그렇게 생각했을 정도다. 평소의 냉철한 이아손밖에 모르는 사람이 그 말을 들었더라면 분명 자신의 귀를 의심하며 멍 하니 할 말을 잃었을 것이다.

'슬럼의 잡종을 상대로 대체 무슨 농담이지?'

그렇게 생각했으리라.

단순한 여흥이 아니다.

어떻게 상대를 함락시킬지 궁리하며 즐기기 위한 게임도 아니거 니와 스릴을 맛보는 도박도 아니다.

결말이 뻔한, 고약하고 우스꽝스러운 연극이니만큼 더더욱 질 이 나쁘다. 그렇게 생각하는 것은 카체가 그 연극에 참가하고 있기 때문이리라.

이번 일만이 아니다. 처음부터, 5년 전 리키를 함정에 빠뜨릴 때 부터 카체는 이아손의 공범자였다. 이제 와서 멋대로 막을 내릴 수는 없다.

애초에 이아손도 시작은 단순한 변덕이었을 것이다.

이아손이 대체 어디서, 어떻게 리키를 알게 됐는지는 모른다.

하지만 타나그라의 블론디가 '슬럼의 잡종을 함정에 빠뜨려서 손에 넣기 위한 게임'을 처음부터 진지한 마음으로 시작했으리라 고는 아무래도 생각하기 어렵다.

무언가가 어디선가부터 잘못된 것이다.

'…아니야.'

잘못됐다기보다는 '예상 밖의 해프닝'이었는지도 모른다.

아니면 모두가 경악하는 '생각지도 못한 전개'라고 해야 할까.

즉 이아손을 진심으로 만들 정도로 '리키의 역량이 굉장했다'고 할 수 있다.

'아니야.'

그렇게 말하자면 카체야말로 리키의 본질에 매료당했는지도 모른다.

자신과 같은 '슬럼의 잡종'이라는 동질감이 없다고 한다면 거짓 말일 것이다. 하지만 그 동질감마저 훌쩍 뛰어넘고도 남을 만큼 리키는 뛰어난 인재였다.

제한된 시간에 주어진 과제를 클리어하고 미리 설치해놓은 우 리 속에 제 발로 뛰어들 만큼.

흔들림 없는 긍지도 있고, 좋은 의미로 야심도 있다.

그러기 위한 노력을 아끼지 않는 근성도 있다.

아무리 갈고 닦아도 소용없는 쓰레기를 떠맡는 것만큼 한심한 일은 없지만, 별 기대도 하지 않았던 돌이 갈고 닦았더니 찬란하 게 빛나는 보석의 원석이었다는 사실을 알게 되는 과정은 희열 그 자체였다.

아깝다는 생각이 들었다.

그래서 그만 기대하고 말았다. 이아손의 변덕이 단순한 변덕으로 끝난다 해도 자신의 수하로 키워보고 싶다고. 자신의 밑에 두고 직접 갈고 닦아서 빛나게 해주고 싶었다.

애초에 그것부터가 잘못된 생각이었다.

자신이 아까워할 만한 인재를 이아손이 놓칠 리가 없지 않은가.

그래도 그대로 블랙마켓에서 일하게 내버려 두었다면 카체도 그나마 납득했을 것이다. 하지만 이아손은 하필이면 리키를 펫으로 만들어 자신의 곁에 두고 사육하는 길을 선택했다.

경악했다.

기대했던 만큼 갑작스러운 상실감이 뼈아팠다.

자기 일도 아닌데 그토록 상실감을 느낀 것은 이전에도 이후에도 그때뿐이었다.

그런 경위가 있기에 카체는 스스로 경계하지 않을 수 없었다. 타인에게 필요 이상으로 마음을 주지 않도록.

그런데 이제 와서 그 대가가 이런 형태로 되돌아올 줄은 생각지도 못했다.

"만나줄지 말지, 그걸 결정하는 건 네가 아니야. 쓸데없이 고민할 시간이 있으면 일단 할 수 있는 일을 해보는 게 제일 빠른 방법 아닐까?"

정론을 늘어놓았다.

그렇다…. 길을 가리키는 것이 아니라 리키의 등을 떠미는 것이다. 리키가 손에 쥐고 놓으려 하지 않는 '자유'를 빼앗기 위해.

그걸 괴롭게 생각하면서도 카체에겐 이미 가책을 느낄 만한 양심 따윈 없었다.

가이는 그저 '미끼'에 불과하다. 리키를 낚기 위해 뿌려놓은 미끼. 그렇지 않다면 이아손도 키리에가 요구하는 대로 큰돈을 지불하지는 않았을 것이다.

슬럼의 잡종에게 1만 카리오라니 말도 안 되는 금액이다. 너무 어처구니가 없어서 현기증이 날 정도다. 그런 엄청난 금액을 태연하게 요구하는 키리에의 후안무치함에는 어이가 없어서 말도 안 나올 지경이다. 아마 이아손도 내심 쓴웃음을 지었을 것이다.

게임도 되지 않는 우스꽝스러운 연극이라는 걸 알면서도 요구대로 큰돈을 지불하다니. 그것도 좀 문제가 있지 않을까. 물론 이아손이 자신의 돈을 어떻게 쓰건 카체가 이러쿵저러쿵할 만한 입장은 아니다.

이아손에게 가이의 가치는 리키의 옛 '페어링 파트너'였다는 사실뿐이다. 그러니까 아마 가이는 무사할 것이다.

가이가 지금 어디에 있는지 카체는 알고 있었다. 가이를 외부와 차단하고 연금 상태로 만들기 위해 일부러 카체가 그 우리를 준비했으니까.

그 사실을 섣불리 털어놓았다가는 당장 리키 손에 죽을지도 모른다는 기분이 드는 게 단순한 착각은 아니리라.

카체는 리키에게 가이가 어떤 존재인지 알고 있었다. 이아손에게 리키를 고용하라는 명령을 받았을 때 전부 조사했기 때문이다.

'서로의 반신'.

그렇게 부를 수밖에 없을 정도로 굳게 맺어진 관계였다.

그래서 그때는 이아손에게 아무 보고도 하지 않았다.

아니, 보고할 필요도 없다고 생각했다. 설마 이아손이 이렇게까지 리키에게 집착할 줄은 생각도 못 했으니까.

카체 본인도 그저 예비 조사라는 인식밖에 없었다.

그런 두 사람 사이를 갈기갈기 찢어놓듯이 이아손은 리키를 펫으로 삼았다.

서로 한쪽 날개를 잃어버린 두 사람이 그 후 3년간 어떻게 지냈는지 카체는 모른다. 이아손은 카체에게 펫으로 삼은 리키의 상태를 얘기해주지 않았고 카체는 가이에게 아무런 흥미도 관심도 없었다.

그러나 이아손이 아무 말 하지 않아도 블론디답지 않게 그의 상식을 파괴한 기행은 카체의 귀에도 심심찮게 들려왔다.

타나그라의 '펫 법'은 펫의 인권 따위를 인정하지 않는다. 펫은 어디까지나 엘리트가 소유한 '장난감'이기 때문이다.

이아손이 어째서 펫 법을 무시하고—아니, 아슬아슬하게 법에 걸리지 않도록 편법까지 써가면서 리키를 슬럼으로 돌려보냈는지, 그 이유는 카체도 모른다.

그러나 카체는 그걸로 리키가 완전히 '자유'로워졌다고는 처음부터 믿지 않았다.

이아손에게 리키는 단순한 펫이 아니다. 그런 확신이 있었다.

에오스의 '퍼니처', 그것도 이아손의 전속 가구였던 카체는 펫이 실제로 어떻게 취급당하는지 너무나도 잘 알고 있었다. 특히 이아손이 자신의 소유물을 얼마나 함부로 다루는지도 지긋지긋할 만큼 지켜보았다.

이아손과 리키 사이에 정말로 대체 무슨 일이 있었던 걸까. 카체가 진실을 알 방법은 없다.

리키를 펫으로 삼은 경위부터가 카체에게는 도저히 이해할 수 없는 이례의 연속이었다.

하물며 3년이라는 구속 기간은 10대 후반의 수컷 펫으로서는 유래를 찾아볼 수 없는 이례 중의 이례였다.

그동안 누구와도 교미시키지 않고 이아손이 직접 그를 안았다. 그야말로 경악할 만한 일이라고밖에 달리 표현할 길이 없다.

카체는 아이스맨이라고 불리던 이아손을 그렇게까지 변모시킨 리키에게 순수한 선망과 찬사를 보냈다. 그러면서도 그 이상의 동정을 금할 수 없었다.

그 무엇에도 집착하지 않던 지배자를 유일하게 사로잡은 상대.

자신은 결코 표면에 나서지 않고 그 역량을 시험한 후, 만족스러운 결과에 흥미를 느껴 펫이라는 사슬로 칭칭 옭아매고 발치에서 사육했다.

그러다 결국 옭아맨 상대에게 사로잡힌 아이러니.

게다가 카체의 생각이 틀린 게 아니라면 이아손은 그걸 자각하면서도 또다시 리키를 자신의 곁으로 불러들이려 하고 있다.

어째서? 왜 그렇게까지 리키에게 집착하는 걸까?

이아손이 무엇을 생각하는지 카체는 알 수 없었다.

또한 억지로 이해하고 싶은 생각도 없었다. 흥미 삼아 기웃거렸다가는 엄청난 대가를 치르게 되리라. 지나친 걱정이 아니라는 사실은 카체가 제일 잘 알고 있었다.

될 수 있으면 쓸데없이 엮이고 싶지 않다.

…그것이 카체의 솔직한 심정이었다. 이미 늦은 것 같지만.

그렇다고 리키에게 내막을 모두 털어놓을 용기는 없었다.

카체 역시 자신의 안위가 제일 중요했다. 아무리 어둠속에서 평생 숨을 죽인 채 살아가야 하더라도.

이아손의 손이 얼굴을 어루만지던 감촉은… 지금도 사라지지 않고 기억 속에 남아있다. 무참하게 베인 상처를 깨끗하게 치료하는 일 정도야 의료 기술이 발달한 현재로써는 지극히 간단했지만 카체는 일부러 그렇게 하지 않았다.

얼굴의 상처는 이아손을 향한 충성의 증거였다.

'스카페이스 카체'.

또한 블랙마켓에서 그를 가리키는 이름은 미숙한 자신에게 내리는 벌이기도 했다.

그러나 리키를 보고 있노라면 이미 오래전에 버렸던 감정이 욱신욱신 아팠다.

그리고 원치 않아도 깨닫게 된다.

이미 극복했다고 생각했던 '슬럼의 잡종'이라는 빠지지 않는 가시에 아직도 얽매여 있는 자기 자신을.

"나는 이아손이 진심으로 가이를 원한다고는 생각하지 않는다."

카체는 누가 봐도 뻔한 사실을 일부러 입에 담았다.

"정말 그렇다면 수단과 방법을 가리지 않았을 테니까. 그런데 키리에의 터무니없는 요구대로 돈을 준 걸 보면 뭔가 다른 목적이 있는 거겠지."

결과적으로 그 말이 리키를 궁지에 몰아넣을 것을 뻔히 알면서도.

"단순한 변덕이라 해도 기껏해야 한 달 정도일 거다. 그 후에는 마켓의 쇼에 이용하거나… 그렇겠지. 물론 그럴 경우 사지가 무사하리라는 보장은 없지만."

리키의 안색이 눈에 띄게 나빠졌다.

"협박하는 거야?"

내뱉듯이 묻는 목소리도 묘하게 잠겨 있었다.

"협박? 착각하지 마라, 리키. 너를 협박해봤자 내겐 아무 이득도 되지 않는다. 네가 듣고 싶은 건 내 진심 아닌가?"

"내겐 당신이 날 부추기는 것처럼 들려. 이아손을 만나라고."

"그렇게 생각하는 건 가이를 되찾기 위해서 다른 방법이 없다는 걸 네가 알고 있기 때문 아닐까?"

크윽…, 리키는 아무런 대꾸도 못 하고 입술을 깨물었다.

"이아손은 가이를… 어쩔 셈이지?"

"가이를 어떻게 할지, 그걸 결정하는 건 이아손이 아니라 너다, 리키. 자신이 어땠는지… 잘 생각해봐라."

목소리조차 바꾸지 않은 채 카체는 리키의 눈을 응시하며 말했다.

그러나 끈적끈적하고 역겨운 기분만은 어쩔 수가 없었다. 결국 자신이 하는 짓은 키리에와 다를 바 없다. 그렇게 생각하니 양심은 아프지 않아도 씁쓸함에 이를 악물고 싶은 심정이었다.

리키는 아무 말도 하지 않았다.

참을 수 없이 마음이 혼란스러웠지만 힘껏 깨문 입술을 억지로 벌릴 수가 없었다.

할 수만 있다면 이아손에게서 가이를 낚아채서라도 슬럼으로 데리고 돌아오고 싶었다.

그것은 바람이라기보다는 절박한 절규에 가까웠다.

리키에게 가이는 그런 충동을 느끼게 하는 유일한 존재였다.

그런 한편 이아손과의 과거는 아직도 끈질기게 리키를 옭아매고 있었다.

'펫'—이라는 이름의 굴욕.

'장난감'—이라고 불리는 속박.

'성노예'—로 살아가는 음탕함.

이성은 쾌락에 녹아내리고, 자제심은 산산조각이 나고, 수치심은 곪아버리고, 긍지는… 썩어 문드러졌다.

음욕이라는 사슬로 칭칭 묶여있던 이아손과의 3년.

농밀하고 집요한 육욕의 독기는 시간이 흘러도 애널을 야금야금 범하고 있는 듯한 환각마저 불러일으킨다. 기억은 결코 과거가 될 수 없다고 비웃는 것처럼.

그래서 슬럼으로 돌아온 뒤, 리키는 아직 한 번도 섹스를 하지 않았다.

무서워서였다. 한번 그 봉인을 풀어버리면 자신이 아닌 다른 존재가 되어버릴 것 같아서.

그런데도 몸은 원하고 있다. 마비될 듯한 도취를.

지우려야 지울 수 없는 음탕한 피의 술렁거림. 끊임없이 리키를 갉아먹는 갈증과 허기.

리키는 몸 안에도 밖에도 이성이나 자제심으로는 제어할 수 없는 굶주림이 둥지를 틀고 있음을 자각하지 않을 수 없었다.

그런 정체를 알 수 없는 폭탄을 몸에 품은 채 이아손과 만날 수는 없다.

가이가 걱정돼서 위가 욱신거렸지만 리키에게 그것은 도저히 양보할 수 없는 마지노선이기도 했다.

상반되는 감정의 소용돌이는 끊임없이 리키를 몰아쳤다. 그 딜레마에 입술을 깨물면서도 리키는 도무지 그 접점마저 찾아낼 수 없었다.

8장

흔들리는 마음에 아무런 결론도 내리지 못한 채 흐지부지 시간만이 흘러갔다.

일주일이 지나고 열흘이 지났다.

그런데도 리키는 아직 망설이고 있었다.

'무엇'을?

이제 와서—무엇을?

키리에가 가이를 이아손에게 팔아넘겼다는 사실을 알게 된 순간, 경악과 분노가 심장을 옥죄어 눈앞이 새까매졌다.

그에 쐐기를 박듯 카체는 말없이 최후통첩을 날렸다.

그렇다면 자신이 선택할 수 있는 길은, 남겨진 방법은 단 하나밖에 없다.

…알고 있지만, 알고 있는데도… 마지막 한 걸음을 도저히 내디딜 수가 없었다.

가이가 없다는 현실은 도저히 바뀌지 않건만, 이런 상황에서도 이아손의 진짜 의도를 알게 되는 것이 두려웠다.

『어차피 누구나 자기 자신이 제일 소중한 법이야.』

키리에의 말이 새삼 머릿속에 박혔다.

낮에는 그나마 낫다. 아무리 지루한 단순노동이라도 몸을 움직이면 어떻게든 울적함을 잊어버릴 수 있었다.

하지만 해가 저물면 그 순간부터 질척질척한 고뇌가 리키를 괴롭혔다.

얼굴을 마주치면 자연스레 가이 얘기가 나올 걸 알고 있기 때문에 옛 멤버들과 어울릴 기분도 들지 않았다. 그렇다고 낯선 곳에서 술을 마시면 유난히 많은 시선이 달라붙었다.

지크스를 한 방에 박살 낸 후로 항간에는 '바이슨 부활'이라는 소문이 떠돌고 있다. 그런 소문 따위 리키와 멤버들에게는 농담조차 못 되는 헛소문에 불과했지만 멤버들의 생각을 무시하고, 주위의 흥분과 광란은 멈출 줄을 몰랐다.

그게 귀찮아서 결국 늘 드나들던 단골 바에서 혼자 술잔을 기울이는 밤이 이어졌다.

취하지 않을 줄 알면서 마시는 술은 괴롭다.

술에 잔뜩 취해서 정신을 잃어버리면 위험하다는 무의식적인 제동 장치는 있지만 그래도 머릿속이 둔하게 마비될 때까지 마시고 또 마시지 않을 수 없었다.

아침에 눈을 뜬 순간.

익숙한 자신의 방이 아닌 낯선 침실이… 아니, 이제는 낯설다고는 할 수 없을 만큼 익숙해진 침실이 눈에 들어왔다. 여느 때처럼 가이의 입에서는 뭐라 말할 수 없는 한숨이 흘러나왔다.

악몽이라는 이름의 우리 속.

단순한 꿈이라면 언젠가 깨어나지만 어째서인지 가이가 갇혀버린 악몽은 아직 출구다운 출구를 찾을 수 없었다.

아니…, 악몽임에는 분명하지만 실제로는 지금 이 환경이 연금 상태라는 것만 제외하면 슬럼에 있는 자신의 방보다 훨씬 호화롭고 열악함과는 거리가 멀다는 점이 더욱 큰 문제다.

그래도 먹고, 자고, 시간을 때우기 위해 TV를 보는 것 말고는 정말 아무것도 할 일이 없었다. 도망치고 싶어도 보안 시스템이 너무 완벽해서 곧 그럴 마음도 사라졌다.

단순한 인테리어로 놓아두기에는 아까울 만큼 최신형인 전화기도 있지만 아무 데도 연락이 되지 않았다.

당연히 인터넷도 없었다. TV 방송 이외의 외부 정보는 완벽하게 차단되어 있어서 몹시 숨이 막혔다.

이야기 상대도 없다. 하지만 혼잣말은 피곤하다. 입술에서 흘러나오는 것은 한숨뿐.

덕분에 자신이 이곳에 갇힌 고독한 포로 신세라는 사실만은 지긋지긋할 만큼 자각하고 있었다.

따분하다.

—따분하다.

——따분하다.

시간이 남아돈다는 게 이토록 고통스러운 일인 줄 미처 몰랐다.

오늘로 열흘째다.

첫날 만났던 '이아손 밍크'라는 이름의 블론디는 가이를 이곳에

가둬둔 채 그 후로 한 번도 모습을 보이지 않았다.

어째서? 무엇 때문에? 그는 대체 자신을 어떻게 하고 싶은 걸까?

의문은 나날이 부풀어 올라 가이를 괴롭혔지만 답은 무엇 하나 얻을 수 없었다.

"…이게 뭐야, 진짜."

그 말을 내뱉는 것 말고 가이가 할 수 있는 일은 아무것도 없었다.

―――※―――

싸늘한 추위가 내려앉은 그날 밤.

조금 비틀거리며 집으로 돌아온 리키는 곧바로 침대에 파고들었다.

팽팽하게 당겨진 실이 뚝 끊어져 버린 것처럼 온몸의 마디마디가 나른하게 쑤셔서 옷을 벗기는커녕 돌아누울 기력조차 없었다.

머릿속이 무거웠고, 도무지 눈꺼풀을 들어 올릴 수가 없었다.

싸늘한 밤의 어둠이 점점 더 차갑게 얼어붙었다.

그러나 잠금 해제된 방의 온도는 곧 적정 온도로 자동 설정되었다. 그 때문일까, 곧 리키는 숨소리도 내지 않고 곤한 잠에 빠져들었다.

그리고 얼마간의 시간이 흘렀다.

지금이 몇 시인지는 별 의미가 없었다. 적어도 문득 갈증을 느끼고 어렴풋이 눈을 뜬 리키에게는.

혀가 까끌까끌하고 침도 나오지 않았다. 이제는 갈증을 넘어서 몸속까지 타들어 가는 듯한 기분이 들었다.

"…젠장…, 뭐… 야…, …빌어먹을…."

베개에 반쯤 얼굴을 묻은 채 중얼중얼 낮은 목소리로 욕설을 내뱉으며 리키는 몇 번이나 나른하게 머리카락을 쓸어 올렸다.

그래도 각성을 거부하는 뇌가 여전히 무거웠고, 지칠 대로 지친 사고회로는 반쯤 죽은 상태였다.

리키는 굴러 떨어지듯이 침대를 빠져나왔다.

느릿느릿, 비틀거리듯 다리를 질질 끌며 걸었다. 부엌이 아닌 욕실을 향해.

갈증을 해소하기보다 먼저 끈적끈적한 머릿속을 개운하게 만들고 싶었던 걸까. 아니면 온몸에 찌든 알코올 냄새를 씻어내고 싶었던 걸까. 그조차도 알 수 없었다.

문 너머로 흘러나오는 샤워기의 물소리만이 차츰 커졌다.

잠시 후, 물소리가 멈췄다.

흠뻑 젖은 머리카락을 수건으로 닦으며 리키는 욕실에서 나왔다. 샤워를 마치고 가운 한 장만 걸친 차림이었다.

부엌으로 걸어간 리키는 농축 주스에 생수를 섞어서 단숨에 들이켰다. 그러고 나서야 겨우 정신이 돌아왔는지 손등으로 아무렇게나 입술을 닦으며 깊은 한숨을 쉬었다.

그러나 또다시 침실 겸 거실로 돌아가기 위해 유리잔을 내려놓고 뒤를 돌아본 바로 그 순간.

리키는 흠칫… 놀라며 그 자리에 멈춰 섰다. 자신이 켠 기억이 없는 불빛이 실내를 환하게 채우고 있었기 때문이었다.

아니, 그뿐만이 아니다.

이곳에 있을 리 없는 환상이 불빛 너머에서 리키를 바라보고 있었다.

'…이아… 손…?'

리키는 멍한 표정을 지으며 그대로 굳어버렸다.

'어… 째서?'

말을 잃고 경련하는 입술과는 정반대로 고동은 쿵쿵 세차게 뛰며 관자놀이를 아프게 두들겼다.

커다랗게 뜬 검은 눈동자는 믿을 수 없는 현실을 거부하듯 얼어붙어 있었다.

연일 마신 술이 보여주는 질 나쁜 꿈일까? 아니면 환각?

그러나 숨이 막힐 만큼 빠르게 뛰는 고동이, 척추를 핥듯이 기어 올라오는 차갑고 저릿저릿한 떨림이, 눈앞의 현실로부터의 도피를 허락하지 않았다.

그런 리키의 시선 끝에서 예리한 미모의 이아손이 천천히 입을 열었다.

"오랜만이구나, 리키."

1년 만에 듣는 목소리는 움직일 수 없는 현실감을 선사하는 동시에 우두커니 서 있는 리키의 귓속으로 파고들어 뇌수를 휘저었다.

리키는 저도 모르게 몸을 떨었다.

"나… 가."

본능적으로 몸을 사리며 으르렁거리듯 내뱉었다.

그러나 뾰족한 어조와는 달리 그 목소리는 형편없이 갈라져서 볼썽사납게 떨리고 있었다.

불법 침입을 비난할 생각도, 그 이유를 캐물을 생각도 없었다. 뭐가 어떻게 된 건지 생각할 여유조차 없었다. 하물며 "나가"라고 했다고 순순히 물러설 남자가 아니라는 사실도 잘 알고 있었다.

그래도, 그렇기 때문에 뭔가 말할 수밖에 없었다.

확실하게 말함으로써 자신과 이아손의 거리를―그 선을 명확하게 하고 싶었다.

그럴 수 있다고 믿고 싶었다.

"괜찮겠나? 이대로 돌아가도."

그러나 이아손은 목소리 하나 변하지 않았다.

"가이 문제로 내게 볼일이 있는 것 아닌가?"

그 상태로 태연하게 비장의 카드를 꺼냈다.

그 순간 목이 타들어 가는 듯한 느낌에 리키는 크윽… 말을 삼켰다.

그날 카체가 들이댔던 것이 형태를 바꿔 지금 여기에 있다. 그 자각은 통렬했다. 가슴의 고동이 끓어오를 정도였다.

그래서 리키는 필사적으로 버티고 서서 주먹을 움켜쥔 채 분노를 넘어 살기마저 담긴 눈빛으로 이아손을 노려보지 않을 수 없었다.

…아니.

아무 말 없이 노려보는 것밖에 할 수 없었다.

"무섭군. 그렇게 목을 물어뜯을 것 같은 눈으로 노려보다니. 나도 모르게 소름이 돋을 지경이야."

이아손은 한쪽 뺨에 엷은 미소를 지었다.

고슴도치처럼 격정을 드러내는 집주인과는 대조적으로 초대받지 않은 손님은 여유가 흘러넘쳤다.

"오늘로 2주일이 지났다. 슬슬 네가 뭔가 연락을 해오지 않을까… 실은 내심 기다리고 있었지. 아무래도 내 생각이 틀렸던 모양이군."

의미심장한 어조 이면에서 천천히 꿈틀대는 악의가 리키의 신경을 건드렸다. 찌릿찌릿 찌르는 듯한 아픔과 함께.

손가락 끝이 새하얘질 만큼 힘껏 움켜쥔 주먹이 잘게 떨리기 시작했다.

그것이 참을 수 없는 분노 때문인지, 도망칠 곳을 잃어버린 초조함 때문인지, 아니면―몸에 새겨진 공포 때문인지. 리키는 더 이상 그걸 판단할 수조차 없었다.

격이 다르다. 입장이 다르다.

그리고 그뿐만이 아닌 위압감이 족쇄가 되어 리키를 옭아맸다. 이아손은 꾀죄죄한 간이 소파에 느긋하게 앉아 있었다. 비좁은 슬럼의 지저분한 방과는 너무나도 어울리지 않는, 흔들림 없는 자신감과 빈틈없는 위엄이 엿보이는 부드러운 태도로.

꿈이 아닌 현실.

코앞에 들이닥친 현실은 이토록 무거운데도.

'대체… 왜?'

'어… 째서?'

리키는 왜 이아손이 자신을 직접 찾아왔는지 아직도 이해할 수 없었다.

'카체의 충고를 무시하고 내가 계속 미적대는 바람에 이아손이 직접 찾아오기라도 했나?'

타나그라의 블론디가 단신으로 슬럼에 찾아오다니. 그야말로 블랙 유머다. 속내가 뭔지 생각하기만 해도 차가운 무언가가 등줄기를 훑고 지나갔다.

그래서 머리가 사고를 거부했다.

있을 수 없는 현실과의 격차를 받아들이기 힘겨워서.

머릿속을 욱신욱신 조이는 듯한 침묵이… 아팠다.

그 아픔을 견디지 못하고 리키는 결국 입을 열었다.

"나한테… 무슨 말을 듣고 싶은 거야. 무릎 꿇고 빌기라도 할까?"

바닥난 이성을 필사적으로 그러모았다.

"설마 가이를 도로 사라—는 말을 하러 일부러 자는 사람 집에 쳐들어온 건 아니겠지? 대체 무슨 속셈이야?"

그리고 일부러 담담하게 말을 이었다.

욕설을 퍼부어도, 찢어질 듯 비명을 질러도, 이아손이 눈썹 하나 까딱하지 않으리라는 것을 잘 알고 있기 때문이었다.

하지만 아무리 애써도 태연한 척하기는 힘들었다.

손이… 다리가…… 입술이.

부들부들 떨리며 경련하는 것을 감출 수 없었다.

"카체는 카체대로 빙 돌려서 협박하더군. 문제가 해결되느냐 마느냐는… 내가 하기에 달려 있다고."

치밀어 오르는 씁쓸함을 삼켰다.

"당신의 말투… 마치 나를 잡으려고 가이를 '미끼'로 골랐다는 소리처럼 들려."

지우려야 지울 수 없는, 밤마다 술을 마셔도 억누를 수 없을 만큼 부풀어 오른 유일한 응어리. 리키는 그 응어리를 입에 담았다.

"예전에 페어링 파트너였다지?"

팽팽하게 당겨진 신경을 가차 없이 쥐어뜯는 듯 차가운 목소리였다. 말투는 지극히 온화하건만 음색만이 묘하게 냉랭했다.

"어떻게 해주길 바라지?"

"어떻… 게… 하다니, 뭘…?"

리키는 자신의 목소리가 갈라지는 것을 자각했다. 이아손의 서늘한 시선이 심장을 움켜쥐는 듯한 기분이었다.

"옛날의 너처럼 처음부터 차근차근 길들이기에는 나이가 너무 많으니 손쉽게 약을 사용해서 섹스 없이 못 사는 음란한 몸으로 만들어버릴까? 아니면 뇌를 살짝 손봐서 말 잘 듣는 성노예로 만드는 방법도 있지. 암시장에 넘길까, 남창관에 팔아버릴까. 어느 쪽이냐에 따라 취급도 조금은 달라지겠지."

"농… 담이지?"

입 밖으로 내뱉은 목소리가 경련하며 일그러졌다.

"가이를 어떻게 처리할지, 그건 네가 어찌하느냐에 달렸다."

그러나 이아손은 냉정하게 말했다.

카체에게도 똑같은 협박을 들었다.

…그러나 그 충격과 분노는 카체에게 들었을 때와는 비교조차 되지 않았다.

어조가 다르다. 무게가 다르다. 무엇보다도 리키를 옭아매는 시선의 강렬함이 다르다.

그것은 둘 중 하나를 선택하라는 제안이 아니라, 도망칠 곳 없는 절벽으로 몰아세우듯 불합리한 협박이었다.

요 2주일 동안 망설이고 또 망설였지만 그래도 답을 찾을 수 없었던 난제. 이아손은 그 난제를 지금 이 자리에서 당장 해결하라고 재촉하고 있었다. 그것도 이아손 자신이 납득할 수 있는 형태로.

온몸의 피가 들끓는 듯한 괴로움에 리키는 목소리도 나오지 않았다. 그가 할 수 있는 건 마음속의 두려움을 애써 숨긴 채 타는 듯한 격정을 시선에 담아 이아손을 노려보는 것뿐….

이아손은 위압감을 듬뿍 담아 그 눈을 응시했다.

5년 전, 미다스에서 처음 만났을 때처럼 타인의 생각 따윈 조금도 개의치 않는 차가운 눈빛이었다.

조용하고, 사납고, 교활하다.

절대권력자만이 지닐 수 있는 제왕의 눈이다.

이아손이 뇌만 이식해서 만든 인공체 블론디라는 것은 틀림없는 사실인데도 그의 푸른 눈은 정밀하게 만들어진 의안이라는 사실을 잊어버릴 만큼 강하고 격렬하다.

서로 가까이 다가가지 않는 껄끄러운 침묵만이 천천히 시간을 새겨나갔다. 리키의 초조함을 부추기려는지 끊어질 듯… 끊어지지 않는 고요함.

팽팽하게 당겨질 대로 당겨져 한 치의 느슨함도 없는 가시 같은 침묵.

서로 부딪치고, 날카롭게 곤두서서, 점차 시간이 곪아간다.

그때 문득 이아손이 자리에서 일어섰다.

그 움직임을 따라 리키의 두 눈이 흠칫 떨렸다.

그 모습이 두 사람의 힘 관계를 여실하게 상징하고 있었다.

여유로운 걸음걸이로 이아손이 천천히 다가왔다.

한 걸음, 두 걸음….

그만큼 대기의 밀도가 높아지는 듯 숨이 막혀 리키는 저도 모르게 뒤로 물러섰다.

"오지 마!"

살짝 떨리는 날카로운 저지가 팽팽한 공기를 단숨에 찢어발겼다.

그러나 이아손의 발걸음은 멈추지 않았다.

"왜 그러지? 뭘 그렇게 두려워하는 거냐?"

냉랭한 물음은 빈정거림 섞인 도발이었다.

"보기 흉하군."

이아손은 비웃음을 담아 단 한마디로 리키의 두려움을 베어버렸다.

"고집 세고 콧대 높은 게 너의 유일한 장점 아닌가?"

흔들림 없는 강렬한 눈빛은 리키의 발을 그 자리에 못박아버렸다.

"네가 계속 우물쭈물 망설이고 있는 모양이기에 이렇게 내가 직접 찾아와 줬는데."

결코 언성을 높이지 않는 절대자는 눈을 피하는 것조차 허락하지 않았다.

리키는 소름이 끼치는 것을 느꼈다.

뒷걸음질을 치고 싶은 충동이 밀려와 발끝까지 퍼졌다.

등줄기를 스멀스멀 기어가는 오한과 쿵쿵 세차게 뛰는 고동.

그래도 리키는 필사적으로 버텼다.

이대로 휩쓸려선 안 된다.

지금 여기서 틈을 보이면 또다시 펫으로 돌아가게 될지도 모른다.

그것만은.

'그것만은 절대 싫어.'

"어떻게 할 거지, 리키?"

바로 가까이에서 차갑고 서늘한 시선이 내려앉았다.

'선택하는 건 너다.'

그 눈은 그렇게 말하고 있었다.

마음만 먹으면 리키의 멱살을 쥐고 끌고 가는 것쯤은 아주 쉬운 일일 텐데도 이아손은 그렇게 하지 않았다.

'제물이 자발적으로 나서지 않으면 의미가 없다.'

마치 그렇게 말하는 듯했다.

첫 번째는 강탈이었다.

그러니까 두 번째는 자신의 의지로 바쳐라… 라고 하는 것이다.

그러면 더 이상 어떤 변명도 할 수 없게 된다.

막다른 곳으로 밀어붙이고, 모든 퇴로를 차단해서 결코 거절할 수 없는 상황에 몰아넣은 채 이아손은 기다리고 있는 것이다. 리키가 자신의 의지로 제 손에 떨어지기를.

리키는 꿀꺽 숨을 삼켰다.

"내버려 둘 건가? 아니면 다시 사겠나?"

"…나한테 그만한 돈이… 있을 것 같아?"

1만 카리오, 그것이 가이의 몸값이었다.

장난으로 넘길 수 있는 금액이 아니다. 돈을 빌려주고 폭리를 취하는 냉혈한도 이렇게까지 비상식적이지는 않을 것이다.

『타나그라의 블론디 님은 통이 크다.』

키리에는 그렇게 말했다.

『무언가 다른 목적을 위해 치른 대가.』

또 카체는 그렇게 의미심장하게 지적했다.

어차피 이아손에게는 대수롭지 않은 금액이겠지만 리키에게는 다르다.

"날 거꾸로 잡고 털어봤자 코피조차 안 나올걸."

돈이 없으면 어쩔 수 없이 다른 것으로 대가를 치러야 한다. 아마도 리키가 도저히 양보할 수 없는 무언가로.

"돈이 없으면 너의 자유를 팔아라."

알고 있으면서 굳이 그 말을 끄집어내는 잔인함.

몸으로 갚으라고 하지 않고 리키가 꽉 움켜쥔 채 놓지 않는 '자유'를 바치라고 요구하는 것이야말로 악취미의 극치였다.

"가이를 무사히 돌려받고 싶으면 돌아와라. 너의 의지로."

그것이야말로 유일한 대가.

"그만… 둬. 이상한 농담 하지 마…."

리키는 낮게 신음했다.

자긍심을 짓밟혀도, 양심을 시궁창에 던져버려도, 신념을 굽혀도 그것만은 리키에게 도저히 양보할 수 없는 최후의 보루였다.

"당신이 가이에게 손을 대지 않았다는 보장이 어디 있지?"

에오스라는 우리에 갇힌 첫날, 리키는 발가벗겨져서 속옷 한 장 입는 것조차 허락받지 못했다.

그로부터 한 달간 리키는 발가벗은 채로 지낼 것을 강요당했다. 그리고 그동안 '펫 교육'이라는 명목으로 낮이고 밤이고 관계없이 다리를 벌리고 성기를 드러낸 채 퍼니처 다릴에게 구음을 받아야 했다.

앞도… 뒤도 모두 드러낸 채로.

…희롱당하고, 자존심을 짓밟히고… 억지로 정액을 토해냈다.

그동안 리키가 움켜쥔 채 놓지 않았던 것들을 모두 강제로 버려야 했다.

가이가 자신과 똑같은 꼴을 당하고 있지 않기를 간절히 기도했다. 그러면서도.

"2주일이야. 아무 일도 안 시키면서 공짜 밥을 먹여줄 만큼 너

그렇지 않잖아?"

그렇게 말하지 않을 수 없었다. 가이를 모욕하는 소리나 다름없다는 걸 알면서도.

이아손은 입가에 살짝 미소를 지었다.

"그렇군. 그렇게 알량한 구실을 내세워 억지로 자신을 납득시키고 싶은 거냐."

속이 훤히 들여다보인다 해도 리키는 애써 버틸 수밖에 없었다.

"그렇다면 상관없겠지? 가이가 어떻게 되어도…."

시선은 흔들리지 않은 채 목소리만이 서늘하게 낮아졌다. 리키의 약점을 자극하듯이.

"그쪽이야말로 괜찮겠어? 전부 까발릴 거야."

협박에는 협박으로 맞설 수밖에 없다. 설령 그것이 바닥난 근성을 그러모은 하찮은 것이라 해도.

바싹 마른 입술을 핥으며 리키는 눈에 힘을 담았다.

"연방의 높으신 분들이 콧구멍을 벌름거리면서 기뻐할 만한 얘깃거리를 잔뜩 알고 있거든. 나도 3년 동안 당신 발바닥만 핥았던 건 아니야, 이아손."

그러자 뜻밖에도 이아손의 미소가 깊어졌다.

"겨우 원래 모습으로 돌아왔군. 블론디를 상대로 그런 협박을 할 수 있는 녀석은 그리 많지 않지. 1년 만에 들으니 오히려 쾌감마저 느껴지는군."

눈부신 미모는 그것만으로도 처절할 정도로 냉혹함을 더했다. 협박하기가 무섭게 후회하고 싶어질 정도였다.

"그러고 보니 옛날… 한 명 있었지, 비슷한 녀석이. 그 녀석은 얼굴을 한번 만져줬더니 꽤나 말을 잘 듣게 되었다만. 너는 어떨까?"

리키는 반사적으로 꿀꺽 마른침을 삼켰다. 그게 '누구'를 말하는 건지는 굳이 물어볼 필요도 없었다.

"네가 순순히 무릎을 꿇게 만들려면 어떤 보상이 필요하지?"

새삼 이아손에게 무릎을 꿇고 말고 할 것도 없다. 인간으로서의 존엄도, 남자로서의 자존심도 4년 전 이아손이 전부 빼앗아버렸으니까.

그런데 더 이상 뭘 내놓으란 말인가.

아무것도 없다. 더 이상 아무것도 내놓을 수 없다.

리키가 리키로 살아가기 위한 최후의 보루 외에는.

하지만 그것은 절대 손에서 놓을 수 없는 유일한 것이었다.

"그래, 우선 맛보기로 가이가 섹스하는 모습이라도 보여 주지. 남자와의 섹스가 상식인 슬럼의 잡종에게는 평범한 섹서로이드를 상대하는 것보다 키메라와 하는 수간 플레이가 자극적이고 재미있겠군."

리키는 입술을 깨물었다.

어설픈 협박이 통할 상대가 결코 아님을 새삼 뼈저리게 깨달았다.

"이제 와서… 뭘 어쩌자는 거야. 이아손, 당신 알고 있어? 난 이제 21살이야. 에오스에서 키우기에는 나이가 너무 많아. 그 정도는 펫의 상식이잖아?"

그래도 그 현실을 입에 담지 않을 수 없었다.

어째서 이아손에게 제 입으로 이런 말을 해야 하는 걸까. 그렇게 생각하면 화가 나서 속이 뒤집힐 것 같았다.

에오스에서 키우는 수컷 펫은 대부분 15세 이하의 어린 소년들이다. 그것도 엘리트로서 지위가 높을수록 보다 어린 소년을 선호하는 경향이 있다.

4년 전 리키가 에오스에서 펫으로 '데뷔'했을 때에도 상품 가치를 따지면 아슬아슬하게 안전권이라며 노골적인 품평을 들었을 정도다.

설령 순혈종이라 해도 암컷에 비해 수컷 펫은 황금기가 짧다.

왜냐하면 암컷은 교배 상대를 골라서 아이를 낳게 할 수 있지만 수컷은 다르다. 극히 일부의 시드권을 딸 수 있는 펫을 제외하고 수컷은 17세 이전에 모두 '폐기'되는 것이 에오스의 상식이다.

그런데도 리키는 이아손의 펫으로 19세까지 사육되었다. 이례 중의 이례다.

게다가 '프라이빗'에서도 '파티'에서도 누구와도 교미하지 않고 이아손에게 직접 안겼다. 에오스의 모든 펫들의 미움과 적의를 한 몸에 받으며.

"이제 난 더 이상 쓸모가 없을 텐데?"

리키는 또다시 그 사실을 강조했다.

굴욕의 상징이었던 펫 링은 이제 없다. 리키는 앞으로 그런 것을 낄 생각도 없거니와 끼우게 놔둘 생각도 없었다. 절대로.

"그런데 왜 이제 와서 더러운 수법까지 써 가며 나를 불러들이고 싶어 하는 거야."

단순한 변덕이라도 3년은 너무 길다. 이제 적당히 그만둘 시기라고 생각했기 때문에 그때 이아손은 자신을 놓아준 것 아니었나?

그런데 '왜' '어째서' '이제 와서' 이러는 것일까.

펫으로서 에오스에서 사육당할 때조차 이아손이 무슨 생각을 하는지 리키는 전혀 알 수 없었다.

리키에게 이아손은 쾌락이라는 사슬로 자신을 옭아매고 모든 것을 지배하는 절대자였다. 두 번 다시 그런 생활로 돌아가고 싶지 않았다.

"당신 정도의 엘리트라면 순혈종이든 할렘의 넘버원이든 마음대로 고를 수 있잖아? 3년이야, 이아손. 당신도 이제 질리지 않았어? 슬럼의 잡종 따윈…. 그런데 어째서."

"그래서 1년간 너를 자유롭게 해준 거다."

"뭐?"

"펫 링을 빼고, 감시도 붙이지 않고, 슬럼에서 마음대로 살아가도록 내버려 뒀지. 휴식은 이제 충분하지 않나? 나도 슬슬 인내의 한계에 달했다."

1년간의 자유? 휴식? 인내의 한계?

리키는 이아손의 말을 도저히 이해할 수 없었다.

"무… 슨, 소리… 야…."

"착각하지 말라는 소리다. 나는 링을 풀어준 것뿐이야. 펫 등록까지 말소시킨 게 아니다."

그 순간 리키는 뒤통수를 세게 얻어맞은 듯한 기분을 느꼈다.

머리가 어질어질했다.

"거… 짓말…."

'그럴 리… 없어.'

펫 링을 벗긴다는 건 자동적으로 펫 등록도 말소된다는 뜻이다. 예외는 없다. 그런데.

"거짓말이 아니다."

"그럴 리 없어. 헛소리하지 마!"

"증거가 필요한가?"

그런 게 있다면 어디 보여 봐!

그렇게 말하려던 리키는 결국 목구멍까지 치밀어 오른 말을 삼켰다.

만약… 이아손의 말이 사실이라면, 정말로 그 '증거'가 존재한다면 어떻게 하지?

정말 지금 여기서 그 증거를 눈앞에 들이댄다면, 그러면….

'어떻게… 하지?'

아무것도 할 수 없다. 당장… 다시 펫으로 돌아가야 한다.

리키는 꿀꺽 마른침을 삼켰다.

'거짓말일 거야.'

틀림없다. 그렇지 않으면 이렇게 귀찮은 짓까지 할 이유가 없다.

키리에를 이용해서… 가이를 끌어들이고… 1만 카리오라는 큰돈을 지불하고….

'증거'가 있다면 그렇게 바보 같은 짓은 하지 않았을 것이다.

그러니까 당연히 거짓말이다.

그런데 어째서인지 뭔가… 서늘한 것이 리키의 등줄기를 핥았다.

그런 리키의 코앞에 이아손은 가슴주머니에서 꺼낸 패스케이스를 펼쳐서 내밀었다. 진실의 증거를 가차 없이.

"……!"

경악으로 두 눈을 부릅뜨며 리키는 그 증거를 응시했다.

타나그라의 성스러운 문장이 각인된 펫 증명서를.

"너는 예전에도 지금도 나의 펫이다. 물론 앞으로도 계속…."

예상치 못했던 충격에 리키는 몸도 마음도 얼어붙었다.

갑작스럽게 맞닥뜨린 진실이 너무나도 무거웠다. 아니, 아팠다.

눈에 비치는 모든 것이 뜨겁게 달아올라 일그러지며 무너져 내리는 듯했다.

"3년이다, 리키. 너를 길들이는데 그만큼의 시간과 끈기가 필요했지. 설마 잊은 건 아니겠지?"

잊지 않았다. 잊을 수 있을 리 없다.

온몸 구석구석까지 스며든 펫이라는 이름의 독.

리키에게 이아손과의 3년간은 견딜 수 없는 굴욕과 타락한 쾌락에 뼛속까지 사로잡힌 나날이었다.

지나치게 농밀해서 구역질이 치밀어 오르는 시간들. 기억 속에서 말살하고 싶어도 지워지지 않는 각인이었다.

"겉보기만 그럴듯한 장신구가 아니라 펫이다, 리키. 나는 언제나 너를 그렇게 다루어왔지. 21살이든 뭐든 그런 건 아무래도 상관없어. 너는 유연하고, 음란하고, 하지만 누구에게도 아양을 떨지 않는 슬럼의 잡종이다. 이제 와서 진심으로 놔줄 리 없지 않나?"

온화한 어조로 못을 박으며 이아손은 차갑게 웃었다.

리키는 망연자실한 얼굴로 우두커니 서 있었다. 핏기를 잃은 입술은 부들부들 떨렸고, 무언가 말을 하고 싶어도 혀가 마비된 것처럼 아무 말도 할 수 없었다.

패스케이스를 가슴주머니에 집어넣은 후, 이아손은 당연한 권리라도 되는 양 리키의 허리에 팔을 감고 그대로 끌어당겼다.

리키는 재빨리 몸을 뒤틀어 그 손을 뿌리친 후 주춤주춤 뒤로 물러섰다.

"이리 와라, 리키."

주인의 위엄을 담아 이아손이 명령했다.

리키는 벽에 달라붙은 채 쥐어짜는 듯한 목소리로 그 명령을 거부했다.

"왜… 왜 나야! 당신의 펫이 되고 싶어 하는 녀석이 널리고 깔렸는데, 왜 하필 나야!"

그것은 창백한 절규였다. 도망칠 곳 없는 절박한 비명이었다.

그러나 날카롭게 벼려진 리키의 격정조차 이아손은 너무나 쉽게 꺾어버렸다.

"블론디를 블론디로 생각하지 않는 너의 그 자극적인 성격이 참을 수 없이 마음에 드니까. 뇌수까지 짜릿할 만큼. 나를 바라보는 너의 건방진 눈빛이 사랑스럽고 귀여워서, 펄떡거리는 네 심장을 끄집어내서 뺨에 비비고 싶을 정도다."

사납게 그리고 달콤하게.

이아손은 입술을 움직여 말을 이었다. 단 한 사람을 품 안에 가두기 위해서.

마치 사신에게 홀린 가련한 제물처럼 리키는 눈도 깜빡거리지 않았다. 그저 발끝부터 온몸이 둔탁하게 마비되는 듯한 착각에 꼴사납게 목을 떨 뿐이었다.

우아한 동작으로 장갑을 벗은 후 이아손이 천천히 오른손을 뻗었다. 그 손은 허리도 팔도 어깨도 아닌 리키의 목덜미를 부드럽게 감싸 쥐고 살며시… 쓸어 올렸다.

"읏!"

흠칫, 리키는 반사적으로 목을 움츠리며 도망치려 했다.

"움직이지 마."

그러나 이아손은 더 이상 그것을 용납하지 않았다.

"가만히 있어라."

부드럽고 깊이 있는 목소리가 머리 위에 내려앉았다. 그것만으로도 리키의 고동은 두근두근 세차게 뛰었다.

3년간 이아손의 농밀한 애무에 길들여진 몸이다.

천천히 귓불을 스치고 목덜미를 더듬는 손가락 끝이 1년 만에 어깨로 미끄러져 내려간 순간 온몸의 솜털마저 곤두섰다. 목욕 가운 아래로 파고든 손이 가슴을 더듬는 감촉에 한순간 뭐라 형용할 수 없는 떨림이 일었다.

리키는 그 손길에서 1년간의 갈증과 허기를 느꼈다. 오싹 소름이 끼쳤다.

두근… 두근…… 두근……… 두근.

숨결이 뜨겁게 달아오르고 심장이 터질 듯 세차게 뛰었다.

미열을 머금은 젖꼭지가 빳빳하게 일어섰다. 그 단단하고 뜨거운 젖꼭지를 손가락 끝으로 짓누르듯 튕겨낸 순간, 몸 안 깊은 곳에 음란한 불꽃이 피어올랐다.

뭔가가 주르륵… 흘러나왔다.

몸 안 어딘가가 축축하게… 젖어들었다.

아무리 잊으려 해도 잊을 수 없었던 것이 천천히… 눈을 떴다.

이젠—어쩔 수 없다.

리키는 입술을 깨물며 시선을 떨궜다.

메마르고, 갈라지고, 깨지고도 꺼지지 않고 조용히 타들어 가던 쾌락의 각인이 리키를 옭아맸다. 정성껏 길들이고 개화 당한 성감대가 흐물흐물 녹아서 싹을 틔우듯이.

앞섶이 풀린 목욕 가운이 어깨에서 흘러내려 발밑으로 떨어졌다. 이아손의 손이 탄탄한 리키의 엉덩이를 애무하며 앞으로 끌어당겼을 때, 리키의 성기는 음모를 헤집을 필요도 없이 쾌감의 증거를 과시하듯 꼿꼿하게 서 있었다.

아무것도 감출 수 없다. 어떤 변명도 통용되지 않는다.

그래서 리키는 이를 악물며 고개를 숙일 수밖에 없었다.

이아손은 조금도 주저하지 않았다. 1년 만의 감촉을 확인하듯 세차게, 부드럽게, 정성껏 리키의 몸을 만졌다.

꼿꼿하게 일어선 젖꼭지를, 단단하고 뜨거운 돌기를, 탄탄한 엉덩이를, 휘어질 듯 발기한 성기를, 묵직한 고환을, 성기 끄트머리에 뚫린 요도를.

손가락 끝으로 어루만지고 손바닥으로 감싸 쥐었다.

그리고 주인으로서 당연한 권리를 행사하듯 그 뿌리에 링을 끼웠다.

'Z—107M'.

그것이 리키를 옭아매는 각인이었다.

오랜만에 맛보는, 부드럽게 살갗을 파고드는 독특한 감촉에 리키는 살짝 몸을 떨었다. 짧았던 자유가 소리 없이 무너져 내리는 현실을 자각하며….

그러나 가슴이 타들어 가는 듯한 상실감과 육체의 쾌감은 서로 다른 차원에 존재하는 것일까. 이아손의 능숙한 애무에 자극받아 척추가 휘고 타오르는 정염이 리키의 허리를 핥았다.

이아손이 손가락 끝으로 젖꼭지를 집은 순간이었다.

"…으응…, 아…."

반사적으로 신음이 흘러나왔다.

튕기고… 비틀고…… 짓누르고.

오른쪽과 왼쪽, 한쪽씩.

쾌감이 응어리져 붉게 물들 때까지 천천히 희롱당했다.

애가 탈 만큼 부드러운 자극.

그런데도 그것만으로도 꼿꼿하게 일어선 성기 끝이 축축하게 젖었다.

손가락으로 그곳을 살짝 비비자 온몸에 찌들어있는 펫이라는 이름의 독이 곳곳에서 꿈틀거리기 시작했다. 마치 가쁘게 흘러나오는 숨결에도 그 독이 스며있는 것만 같았다.

이아손이 다른 한 손으로 고환을 조금 거칠게 주무르기 시작했다. 때때로 손가락 끝으로 구슬의 위치와 감촉을 확인하는 것처럼.

쿠퍼액이 배어나오기 시작한 요도까지 타들어가는 것 같아서 리키는 살짝 미간을 일그러뜨렸다.

손가락으로 음란한 액체를 펴 바르듯 귀두를 문지르는 감촉에 가쁜 숨이 흘러나왔다. 그리고 손톱으로 성기 끝의 구멍을 긁은 순간.

"아앗…, 아아아아…."

눈앞이 새빨갛게 물들었다. 허벅지 안쪽이 경련하듯 부들부들 떨렸다.

슬럼으로 돌아온 후 1년 동안 누구와도 섹스하지 않았다. 자위조차 건성으로 해치웠다. 쾌감의 빗장이 벗겨지는 게 두려워서.

사람의 살갗이 그리워도, 체온에 굶주려도, 아무렇지도 않은 척했다.

굶주릴 대로 굶주린 몸에 주어진 자극은 리키가 생각했던 것보다 더욱 강렬했다.

"참을성이 없군, 리키."

싸늘한 조롱에 리키는 저도 모르게 입술을 깨물었다.

"입과는 달리 여긴 아주 솔직하군."

손톱으로 긁어내리는 자극에 리키의 선단은 움찔거리며 끈적끈적하게 이아손의 손가락을 적셨다. 손톱으로 빙그르르 원을 그리듯 문질러, 귀두를 둘러싼 포피를 벗겨내고 뜨겁게 무르익은 선단을 노출시키자 리키의 고개가 덜컥 꺾였다.

"…으… 아아…."

펫 링이 뿌리 부분을 조이고 있지 않았더라면 리키는 그 자극으로 너무나 쉽게 사정했을 것이다.

리키 자신도 깜짝 놀랄 만큼 그의 몸은 굶주려 있었다.

"이 정도면 네가 제일 좋아하는 곳도 욱신거려서 견딜 수 없겠지."

말로 희롱해서 그 사실을 자각하게 만드는—자학.

"다리를 벌려라."

명령대로 머뭇머뭇 다리를 벌렸다.

"좀 더."

그 어조는 거절을 용납하지 않을 정도로 차가운데도, 고막을 자극하는 목소리는 깊고 부드러웠다. 그나마 남아있던 리키의 자제심이 모두 흐물흐물 녹아버릴 만큼.

이아손의 손가락 끝이 다리 사이를 지나 은밀한 입구로 향했다.

순간 리키는 숨을 삼키며 살짝 몸을 떨었다.

건드릴 듯 말 듯한 부드러운 터치조차 관능의 피를 끓어오르게 했다.

과민하게 길들여진 쾌락의 근원을 파헤치는 것이 싫어서 리키는 자신의 손가락으로조차 그곳을 건드린 적이 없었다.

그러나 리키는 지금 그 봉인이 풀리는 두려움과 뚜렷한 정욕을 자각했다.

그런데도 이아손은 손가락으로 부드럽게 어루만지며 리키의 갈증을 부추기기만 할 뿐이었다.

"해… 줘…."

미열을 머금은 그곳을 비비듯 몇 번이나 자극당한 리키는 더 이상 견디지 못하고 중얼거렸다.

몸 안에 욱신욱신 불을 지피기만 하는 어중간한 자극….

이아손의 손가락이 좀 더 깊은 곳까지 몸 안을 꿰뚫어줬으면.

그것은 절실한 욕구였다.

꿰뚫고… 파헤치고…… 휘젓고.

녹아내릴 듯한 쾌감이 필요하다.

"뭘 원하지?"

그 냉랭함에 리키는 알아듣지 못할 만큼 작게 욕설을 중얼거렸다.

그래도 힘껏 악문 입술을 억지로 열지 않을 수 없을 만큼 리키는 굶주려 있었다.

"애… 태우지… 마."

노려보듯 눈을 살짝 치뜨며 리키는 말을 내뱉었다.

검은 눈동자는 음란하고 촉촉하게 젖어 있었고 눈꼬리는 살짝 불그스름하게 물들어 있었다. 그 무의식적인 교태는 자각이 없는 만큼 더욱 선연한 색향을 풍겼다.

"좀 더 깊은 곳까지, 넣어 줘…."

도발이 아니다. 지금 리키에게는 그럴 여유도 기력도 없었다.

살짝 갈라지고 떨리는 목소리로 내뱉은 말은 리키 나름의 애원이었다.

하지만 이아손은 가차 없었다.

"그렇다면 맹세해라. 다시 한 번 확실하게. 네가 누구의 것인지."

크윽…, 리키는 숨을 삼키며 이아손을 응시했다. 절망과 절박한 정욕에 얼룩진 두 눈으로.

말을 하지 않으면 주어지지 않는 것.

그것이 자신을 옭아매는 또 다른 족쇄라 해도 리키는 더 이상 참을 수 없었다.

"나… 는… 당신, 거야. 다… 당신… 거야."

힘껏 악문 입술 사이로 흘러나오는 현실.

말은 그 자리에서 사라져버리는 환상이 아니다.

고작 입으로 한 약속이라도 어떤 조건을 내걸면 그것은 사람을 옭아매는 주박이 될 수 있다는 사실을 이아손은 알고 있었다.

펫 링으로 리키를 구속하는 것만으로는 부족하다.

그래서 리키가 자신의 입으로 맹세하게 만들었다. 그 몸과 마음 깊은 곳까지 속박하기 위해서.

"그래. 그거면 됐다."

이아손은 천천히 비부를 갈랐다. 그 자체가 리키의 자존심을 도려내는 흉기라도 되는 것처럼 손가락 끝을 뒤틀고, 파묻고, 꿈틀거리며 부드러운 내벽을 깊이 유린했다.

"…으응… 아아아…, 응, 응…."

리키의 입술에서 뜨거운 신음 소리가 끊임없이 흘러나왔다.

쾌감에 달아오른 몸을 의지할 곳을 찾아 리키는 반쯤 무의식적으로 허리를 흔들며 이아손의 등을 할퀴듯 손톱을 세웠다.

갈증, 굶주림, 바싹 메말랐던 몸 안 깊은 곳에서 잊을 수 없는, 척추를 핥듯이 야릇한 감각이 기어 올라왔다.

축축하게 배어 나오고, 끈적끈적하게 적셔서 찌릿한 아픔과도 같은 뜨거움에 피가 끓어오른다.

리키는 숨을 죽이고 기다렸다. 팽팽하게 당겨진 쾌감이 폭발하는 그 뜨겁고 짜릿한 순간을.

"크윽…, 아아아아…."

미간을 일그러뜨리고, 등을 활처럼 휘고, 목을 떨며 리키는 교성을 질렀다.

그 순간 뿜어 나온 정액과 함께 토해낸 것은 과연 무엇이었을까.

짧은 자유에 대한 미련일까, 끊어낼 수 없는 인연에 대한 자조일까. 아니면 절대 권력자에게 복종할 수밖에 없는 자학일까.

펫이라는 독에 찌든 몸은 어느 정도 면역을 갖고 있으리라 생각했다. 그러나 1년의 공백 끝에 남겨진 것은 격렬한 자극에 희롱당해 속절없이 무너져 내리는 꼴사나운 몸의 떨림뿐이었다.

그 쓰라린 현실이 리키를 절망으로 몰아넣었다.

주입당하고 길들여진 것을 기억에서 말살시키고 싶어서 발버둥쳤던 나날이 오히려 얼마나 강렬한 갈증과 허기를 불러일으켰는지. 그것을 깨닫게 된 듯한 기분이 들었다.

뿌리까지 밀어 넣은 이아손의 손가락이 잘게 꿈틀거리는 것만으로도 허벅지 안쪽 근육이 팽팽하게 긴장됐다. 뜨거운 흥분이 세

차게 고동치며 성기를 힘껏 조였고, 녹아내릴 듯한 짜릿함의 소용
돌이가 가차 없이 리키의 뇌수를 휘저었다.

기억이 반복해서 재생된다. 미열을 머금은 점막을 비집고, 비부
를 파고들어, 내벽을 긁어내리는 이아손의 손가락에 싱크로된 것
처럼.

기억에 새겨진 쾌락의 샘.

쾌감이 그 흔적을 정확하게 더듬어나간다.

'뜨거워.'

'…아파.'

'……타들어 가는 것 같아.'

소용돌이치는 쾌감에 휘둘려 마음만이 덩그러니 남겨진다.

그래도 쾌락을 탐하는 음란한 본능은 한이 없는 듯 리키의 비
부는 광란하며 이아손의 손가락을 삼키고 조였다.

일단 불붙은 흥분을 가라앉히기에는 아직 뭔가 부족하다.

"손가락만으로는 부족하지 않나?"

그 자학과도 같은 자각을 이아손에게 가차 없이 파헤쳐지는
치욕.

하지만 그마저도 지금의 리키에게는 쾌감을 불러일으키는 자극
제였다.

"…넣… 어… 줘…, 넣… 어줘…."

조르지 않으면 주어지지 않는다.

"부… 족… 해…."

그러니까 말할 수밖에 없다.

몸을 돌려세운 후 압도적인 질량감과 함께 등 뒤에서 이아손이 밀려들어 왔다.

단단하고 사나운 열이 달아오른 점막을 자극했다. 순간 원하던 것이 겨우 충족된 안도감과 음란한 쾌감에 휩쓸려 리키는 목을 젖히며 희열의 신음을 터뜨렸다.

이아손은 서두르지 않았다. 천천히 길들이듯 성기를 밀어 넣었다. 그러고 나서 쾌감에 움찔거리는 리키의 몸을 달래듯 느릿느릿 몸을 흔들었다.

"앗… 앗…, 우… 아아아아."

리키의 쾌감의 샘이 어디에 있는지 알려주는 것처럼 그곳을 비비고, 갈라진 목소리가 터져 나올 때까지 쳐올렸다.

그리고 새로운 서약을 새기듯 몸 안을 휘젓고 리키가 등을 한껏 젖힐 때까지 깊이 꿰뚫었다.

엉덩이를 내밀고, 발끝으로 서서, 벽에 손톱을 세우며 리키는 신음했다.

단단하게 발기한 이아손의 성기가 몸 안 깊숙이 밀려들어 올 때마다 척추가 삐걱거리고 머릿속 어딘가가 일그러지는 듯한 충격이 일었다.

그대로 질식할 것 같은 기분에 교성마저 얼어붙었다.

그런데도 단단하게 부풀어 오른 리키의 성기는 혈관이 붉어진 채 더욱 꼿꼿하게 일어서서 쾌감의 이슬을 뿌리고 있었다.

쾌감의 정점에 올라 정액을 토해내고, 다시 정점에 오르고.

그러나 절정에 오를 만큼 올라 더 이상 토해낼 것이 없게 되자 쾌감은 쓰라린 아픔으로 바뀌었다.

"더는… 안… 나와…. 그… 러니까… 그만… 용서… 해 줘…."

일그러진 채 경련하는 리키의 입에서 울음 섞인 목소리가 흘러 나왔다.

더는 서 있기조차 괴로웠다.

신음 소리는 갈라졌고, 허리가 후들거렸으며 다리는 힘이 빠져서 반쯤 경련하고 있었다.

쾌감도 지나치면 고통에 불과하다. 머릿속은 마비된 것처럼 무겁고 시야는 흐릿하게 일그러진 채 원래대로 돌아오지 않았다.

이윽고 이아손이 천천히 몸을 뗐다. 두 사람을 연결하던 유일한 것이 완전히 빠져나갔다.

순간 리키는 지지대를 잃어버린 인형처럼 무릎을 부들부들 떨며 그 자리에 무너져 내렸다.

방 안의 공기는 끈적끈적하고 탁하게 고여서 움직일 기색마저 보이지 않았다. 벽과 바닥에 흩뿌려진 리키의 정액이 비릿한 이취를 뿌렸다.

몇 번이나 절정에 달했는지, 리키는 기억조차 할 수 없었다.

"토해낼 것이 없을 때까지 쥐어짜 주마."

다만 그렇게 속삭였던 이아손의 말대로 리키의 그곳에는 이제 한 방울의 정액도 남아있지 않을 것이다.

흐트러진 검은 머리가 이마에 축축하게 달라붙어 있었다.

이미 허리 아래로는 아무 감각도 없었다.

리키는 숨을 쉬는 것도 괴로운 듯 웅크린 채로 멍하니 이아손을

바라보았다.

"내일이라도 가이를 돌려보내 주마. 마음껏 이별을 슬퍼하도록 해라."

옷매무새를 정돈한 이아손이 냉랭하게 말했다. 그리고 그대로 뒤도 돌아보지 않고 문 앞까지 걸어가서 문득 걸음을 멈췄다.

"새삼 말할 필요도 없겠지만 에오스에 돌아오기 전에 슬럼의 때를 깨끗하게 씻어내고 와라. 뒤탈이 나지 않게 깨끗이. 알겠지, 리키?"

그렇게 못을 박은 후 이아손은 방에서 나갔다.

얼어붙은 새벽, 고요한 적막에 감싸인 콜로니 블록—24.

인적이 끊기고 가로등 불빛도 거의 찾아볼 수 없는 그곳에서 이방인을 수상히 여기는 자는 아무도 없었다. 다만 규칙적인 부츠 소리만이 서늘하게 울려 퍼지며 스며들듯이 어둠 속에 삼켜져 갈 뿐이다.

복잡하게 뒤얽힌 뒷골목을 조금도 헤매지 않고 빠져나온 이아손은 절도 있는 걸음걸이로 킹스 로드에 들어섰다.

그 순간 어둠 속에서 기다렸다는 듯이 에어카 한 대가 나타나서 이아손 옆에 미끄러지듯 정차했다.

미세한 삐걱거림조차 없이 문이 열렸다. 이아손은 망설임 없이 장신을 굽히고 뒷좌석에 올라탔다.

"파르테아까지 부탁하지."

"알겠습니다."

차 안에서 오간 대화는 그뿐이었다.

카체는 무표정하게 앞을 응시하며 단숨에 속도를 높였다.

이아손은 시트에 깊숙이 기대어 앉아서 미세한 진동에 몸을 맡기며 방금 헤어진 리키를 떠올렸다.

'처음 만났을 때와 똑같이 사나운 눈빛이었다.'

경악과 경계심을 숨기지 않고 드러내던 리키의 얼굴.

그 얼굴을 떠올리자 자연스레 쓴웃음이 흘러나왔다.

그저 환상에 불과하다는 것도 모른 채 손에 쥔 '자유'를 놓지 않으려고 필사적으로 버티던 리키가 참을 수 없이 사랑스러웠다.

단순한 소유욕이라고 하기에는 지나친 집착.

그 감정을 분명하게 확인하고 싶어서 1년이라는 기간 동안 리키와 거리를 뒀던 건 아닐까. 그런 생각마저 들 만큼 리키는 자극적이었다.

숨을 삼킬 정도로 긴장하여 굳은 사지가, 떨리던 몸의 뜨거움이, 아직도 손 안에 남아있다. 여운을 곱씹듯이 이아손은 천천히, 그러나 힘껏 주먹을 움켜쥐었다.

'이제 와서 놓아줄 수는 없어.'

붙잡았다고 생각했지만 도리어 자신이 사로잡히고 말았다.

자각은 있다. 그것은 자조라기보다는 오히려 체념에 가까웠다.

『이아손 밍크씩이나 되는 자가 슬럼의 잡종을 상대로 대체 무슨 미친 짓이야?』

라울이 그렇게 신랄한 빈정거림을 퍼부었지만 그마저 쓴웃음 하나로 흘려 넘길 만큼 이아손은 '제정신'이 아니었다.

타나그라의 창조주인 '유피테르'에 대한 충성심은 조금도 흔들림이 없다.

다만 그 절대적인 충성심의 대척점에 리키에 대한 집착이 있다.

어째서?

누가 그렇게 묻는다 해도 이아손 역시 알지 못한다. 이런 건 이아손 또한 처음 경험하는 일이었으니까.

굳이 말하자면 '잃고 싶지 않은 것이 생겼다'. 그게 가장 가까운 표현일지도 모른다.

소중하니까 잃고 싶지 않다… 가 아니라 잃고 싶지 않으니까 강제로 빼앗아서라도 묶어두고 싶다.

…그런 거다.

그것을 '집착'이라고 부른다면 그럴지도 모른다.

그래서 이아손은 망설이지 않았다.

리키를 되찾는다.

하지만 그걸 위한 연극은 이제 막을 내렸다.

이 정도면 특이한 취향을 넘어 악취미일지도 모르지만 나름대로 수확은 있었다.

가쁜 숨을 몰아쉬며 신음하는 리키를 쾌감으로 울리기는 생각보다 쉬웠다.

'꽤나 굶주려 있었던 모양이지, 그 녀석의 몸은.'

그것도 나름대로 예상 밖의 놀라움이긴 했다, 하지만.

5년 전 작은 변덕으로 리키의 도발에 넘어가 그를 안았다.

아니…, 안는 것 이전의 문제였다.

'섹스라고도 할 수 없는 행위, 그저 자위 대신일 뿐이었다'고 단호하게 말할 수 있을 만큼 리키는 순진하고 서툴렀다. 성도덕이 바닥을 치는 슬럼의 잡종치고는 보기 드물게도.

섹스에 익숙한 것 같으면서도 진정한 의미의 쾌락을 모른다—고 해야 할까.

미숙하지는 않지만 익숙하지도 않다.

자신의 몸 어디에 쾌감의 '싹'이 있는지 알고 있으면서 별다른 관심이 없다.

처음 만났을 때 리키는 유달리 콧대만 높을 뿐, 장난감 삼아 갖고 놀 생각조차 들지 않을 정도로 어린애였다.

그런 리키가 슬럼에서 제법 유명한 불량 그룹의 리더라는 사실을 알았을 때에는, 묘하게 특이하던 그의 순진함에 '자존심이 너무 높아서 함부로 자신을 싸게 팔지 못하는 타입'일 거라고 생각했었다.

그러나 그렇지 않았다.

가이라는 페어링 파트너를 실제로 본 순간 이아손도 겨우 이해할 수 있었다. 드높은 리키의 긍지 아래 숨겨진 '무구함'의 근원이 무엇인지.

그것은 단 한 사람의 남자에게 진심으로 사랑받고 소중하게 다뤄진 몸이다.

추측이 아닌 확신이었다.

'가이… 라.'

키리에의 함정에 빠져 팔려왔다는 사실을 알고 나서도 이성을 잃고 꼴사납게 날뛰지 않았다.

리키의 파트너였던 남자는 나름대로 제법 배짱이 두둑했다. 리키와는 다른 의미로, 얄미울 만큼.

키리에가 요구한 금액을 듣고 그는 "바가지가 너무 심하군, 키리에 자식"이라며, 눈을 크게 뜨고 쓴웃음을 지었다.

키리에가 철석같이 믿고 질투했던 펫 얘기조차 "미안하지만 나는 그렇게까지 주제 파악을 못 하지는 않습니다. 블론디 님의 눈에 들 만큼 잘난 얼굴이 아니라는 것쯤은 알고 있죠"라며 단호하게 부정했다.

게다가 "그렇다면 뭔가… 다른 이유가 있을 텐데요? 나여야만 하는 이유가"라고도 했다.

머리 회전도 제법 빠르다.

하지만 설마 자신이 리키를 낚기 위한 '미끼'로 사용되었다는 것까지는 눈치채지 못한 모양이었다.

그 사실을 알게 되면, 키리에의 함정에 빠지고도 쓴웃음 하나로 깨끗이 단념하던 남자가 어떤 반응을 보일까.

흥미가 없다면 거짓말일 것이다.

'그래서 취향이 특이하다는 말을 듣는 걸지도 모르지.'

그렇게 생각하며 이아손은 입가에 엷은 미소를 지었다.

4년 전, 그런 가이로부터 리키를 빼앗아 펫으로 삼았다.

순진했던 몸에서 쾌감을 이끌어내고 쾌락의 씨앗을 심었다. 결코 순종적이라고는 할 수 없지만 어쨌든 음란한 펫으로 길들인 장본인이 다름 아닌 이아손이다.

리키가 아무리 입으로 부정해도 음란하게 개화한 몸은 쾌락에 약하다.

손가락으로 목덜미를 살며시 더듬은 것만으로도 젖꼭지가 꼿꼿하게 서고, 단단하고 뜨거운 돌기를 지그시 누르자 다리 사이가 순순히 부풀어 올랐다.

리키에게는 그것이 치욕이었겠지만 이아손은 만족했다. 1년의 공백에도 리키의 몸은 이아손의 애무를 잊지 않았다. 아주 훌륭했다.

그래도 리키의 비부는 예상 이상으로 단단하게 굳어서 이아손의 손가락을 거부했다.

요 1년 동안, 아무래도 리키는 마음껏 활개를 치며 자유로운 섹스 라이프를 즐기지 않은 모양이다.

『가이와는 완전히 끝났어.』

키리에의 말을 곧이곧대로 믿은 건 아니었지만 쾌감에 약한 리키의 몸 안이 의외로 단단하게 닫혀있었던 점은 신선한 놀라움이기도 했다.

시간이 있으면 좀 더 정성껏 풀어줬겠지만 그 전에 리키가 먼저 백기를 들었다.

리키가 입술을 떨며 애무를 졸랐을 때 이아손은 생각했다. 1년간의 공백이 결코 헛되지 않았다고.

이아손에게는 '집착'의 정체를 확인하기 위한 1년간이었지만 같은 1년 동안 리키의 몸은 지독히 굶주려 있었던 것처럼 느껴졌다. 그리고 그 느낌은 결코 이아손의 착각이 아니리라.

1년 전, 펫 링이 성기를 조이는 고통을 견디며 "펫 따윈 최악의 쓰레기야"라고 내뱉었던 리키가.

고통과 쾌락의 틈새에서 "나는 그 누구의 것도 아니야!"라며 고집스럽게 외치던 리키가.

『나는 당신 거야.』

그렇게 말했다.

정욕에 젖은 새까만 눈동자로 이아손을 노려보던 리키가 입술을 떨며 그렇게 말했을 때. 완전히 손에 넣었다고 생각했다.

그 확신에 정욕이 정점까지 치달았다.

그것은 분명 '정욕'이었다.

완전무결한 블론디에게 이성과 지성은 있어도 천박한 정욕 따윈 없다—그래야 한다.

그러나 이아손은 정욕을 느꼈다. 리키에게. 완벽하게 컨트롤된 자제와 이성이 너무나도 쉽게 산산이 조각날 만큼.

'리키 앞에서는 블론디조차 일개 섹서로이드로 전락한단 말인가….'

이아손은 그런 자학적인 조소마저 용인할 수 있는 자신이 의아해서 견딜 수 없었다.

이아손 본인조차 그럴진대 이번 일로 신랄하게 쓴소리를 늘어놓았던 라울이 그 심정을 이해할 수 있을 리 없다.

그러나 이아손은 알고 있었다. 아무리 몇 번이고 마음껏 리키를 안아도 녹아내릴 듯한 만족감은 얻을 수 없다는 사실을.

살아 있는 인간과 인공체.

넘을 수 없는 벽이 괴로운 게 아니다. 다만 하나로 깊이 이어져 있을 때조차 느껴지는 것이다. 버석하게 메마른 마음 한구석의 갈증이.

몸은 지배할 수 있지만 마음은 그렇지 않다.

그것이 이토록 괴로운 일일 줄은 생각지도 못했다.

리키의 몸을 강제로 벌리고 꿰뚫는 대신 마음 한 조각이라도 말로 표현한다면 서로의 마음도 맞닿을 수 있을까….

문득 그런 망상에 사로잡혔던 이아손은 곧 자조로 입술을 일그러뜨렸다.

이제 와서 뭔가 달라지는 것은 없다.

리키를 자신의 발밑에 묶어둘 수 있는 것은 '펫 링'뿐. 어찌할 수 없는 현실이 눈앞에 있다.

도중에 길을 잘못 들었다면 다시 원래대로 되돌아올 방법도 있겠지만 처음부터 잘못 끼운 단추를 이제 와서 모조리 풀 수는 없다.

그렇다면 절대적인 주인으로서 리키의 머리 위에 군림할 수밖에 없다.

그래도 때때로 머릿속이 타들어 가는 듯한 초조함이 밀려왔다.

끈적끈적한 정욕에 범벅되어 몸이 썩어들어 가는 듯한 기분 나쁜 꿈을 꾼다.

꿈이 아니라면 앞으로 찾아올 암운의 전조일까.

조금의 망설임도 없이 무서운 수완을 발휘하는 블랙마켓의 제왕, 경외의 대상으로 군림해온 이아손이었지만 어찌할 수 없는 생소한 마음의 혼란만은 태연하게 잘라낼 수 없었다.

리키를 향한 생생한 집착과 블론디로서의 긍지가 교차하고, 반발하고, 다시 뒤얽혀 어느샌가 그 경계선이 흐릿하게 사라지고 말았다.

이아손 자신은 그것을 '타락'이라고 생각하지 않았으나 창조주 '유피테르'의 지침을 생각해보면 이미 '이단'이라 불려도 할 수 없다는 생각이 들었다.

'결국 주인과 펫―그렇게 일그러진 형태로밖에 이어질 수 없는 건가. 나와 리키는….'

그렇게 생각하며 이아손은 무거운 한숨을 쉬었다.

9장

그 날.

케레스의 대기는 차갑고 팽팽하게 긴장되어 있었다.

마치 밤의 냉기가 그대로 얼어붙은 것처럼.

고요한 풍경 속에 움직이는 것은 아무것도 없었다. 손가락으로 살짝 건드리기만 해도 덧없이 바스러질 듯한 투명함마저 느껴졌다.

햇빛은 엷게 그늘져 있었고 콜로니를 물들이며 드리워진 그림자는 더욱 흐렸다. 아직 아무도 눈을 뜨지 않은 정적만이 천천히 시간을 새겼다.

가이가 거의 보름 만에 슬럼으로 돌아온 것은 정오에 가까운 시간이었다. 차가운 대기가 겨우 물기를 머금고 벌거벗은 대지의 표면에 스며들기 시작할 무렵이었다.

그러나 실제로는 대체 뭐가 어떻게 된 건지 가이는 도통 영문을 알 수 없었다.

이제 와선 아무래도 상관없지만….

오늘 아침, 느지막한 아침 식사를 하고 있을 때. 그때까지 한 번도 울린 적 없는 TV 전화가 느닷없이 울렸다.

'…누구지?'

한순간 주저한 후 스위치를 켰다.

그러자 낯이 익다고 하기에는 얼굴을 마주친 시간이 너무 짧지만 위압감만은 진저리가 날 만큼 흘러넘치는 이아손의 얼굴이 스크린에 비쳤다. 이아손은 차가우면서도 담담하게 말했다.

"슬럼으로 돌아가도 좋다."

너무 갑작스러워서 솔직히 당황했다.

그 반응이 예상 밖이었던 걸까. 아니면 얼빠진 가이의 리액션이 우스웠던 걸까.

"왜 그러지? 쾌적한 연금 생활에 미련이라도 있나? 그렇다면 마음대로 머물러도 상관없다만?"

이아손은 입가에 살짝 미소를 지었다.

"아…. 아뇨, 물론 지금 당장 돌아가겠습니다."

물론 가이는 '싫지' 않았다.

연금 생활이 쾌적할 리 없다.

그걸 알면서도 태연하게 그런 말을 하는 이아손의 심술을 굳이 비난할 생각은 없었지만.

이기지 못할 상대에게 질 줄 뻔히 알면서도 싸움을 거는 일은 쓸데없는 짓이다. 가이는 그렇게 쓸데없는 짓에 에너지를 낭비하고 싶지 않았다.

어쨌든 이걸로 도통 이해할 수 없는 우스꽝스러운 연극은 끝이라고 생각하니 깊은 안도의 한숨마저 흘러나왔다.

쾌적하다고는 할 수 없지만 자신이 사는 슬럼의 지저분한 집에
비하면 모든 것이 하늘과 땅 차이인 감금 생활에도 슬슬 질릴 대
로 질린 참이었다.

아무것도 할 일이 없는 하루는 미칠 듯이 길다.

방 밖으로 나갈 수조차 없는 감금 생활에 머리도 몸도 녹스는
기분이었다.

그래도 스트레스를 견디다 못해 자포자기하지 않은 것은 자신
만 소외된 이 우스꽝스러운 연극에 '1만 카리오'라는 어마어마한
금액이 걸려있기 때문이었다.

타나그라의 엘리트가 단순한 변덕으로 그런 큰돈을 시궁창에
던져버릴 리 없다.

가이는 키리에가 잔뜩 가시 돋친 말투로 '엄청난 행운'이라고 빈
정거렸던 펫 얘기 따위, 처음부터 믿지 않았다. 자기 자신을 비하
할 생각은 조금도 없지만 그토록 큰돈을 지불할 만한 가치가 있다
고는 생각할 수 없었기 때문이다.

뭔가 흑막이 있다.

그걸 알기에 가이는 참을성 있게 감금 생활을 견뎠다.

연금 상태였지만 대우는 나쁘지 않았다.

그저 갇혀있을 뿐 아직 아무 일도 일어나지 않았다.

일단 아직까지는 자신에게 위험이 닥친 상황은 아니라는 뜻
이다.

그렇다면 히스테리 부리지 말고 때를 기다리는 것이 최선의 방

법이라고 생각했다.

과연 그 '때'는 정말로 찾아올까.

별로 자신은 없었다. 하지만 격이 다르다기보다는 아예 인종이 다른 '구름 위에 있는 사람' 같은 블론디를 상대로 쓸데없이 고집을 부리며 달려드는 건 너무나 무모한 짓이다. 그런 짓은 그만두는 게 좋다는 사실쯤이야 불을 보듯 뻔했다.

그런데 생각보다 쉽게 해방됐다.

안심하는 한편… 생각지도 못하게 골탕을 먹은 듯한 기분이 들었다.

팽팽하게 곤두서 있던 신경이 별안간 툭 부러져버린 듯한, 뭐라 말할 수 없이 기묘한 기분… 이라고 해야 할까.

'정말 이걸로 끝일까?'

너무나도 허무한 종막에 가이는 새삼 요 보름간의 의미를 되새겨보았다.

뭐가, 어떻게, 어떤 식으로 해결된 걸까.

가이에게 진상을 알 방법은 없다.

어쨌든 이아손이 자신을 풀어준 것은 키리에에게 지불한 '1만 카리오'의 본전을 건졌거나, 또는 그 대가가 될 만한 뭔가를 손에 넣었기 때문이리라.

그렇게 생각하니 오히려 더 수상하다고 느끼지 않을 수 없었다.

뭐….

그건 그렇고, 돌아가도 좋다는 허락이 떨어진 이상 꾸물대지 말고 당장 떠나는 게 상책이다.

키리에에게 속아서 끌려왔을 때와 마찬가지로 짐 하나 없이 덜렁 밖으로 나오자 고층 빌딩 출구 앞에 이아손이 수배한 듯한 에어 리무진이 기다리고 있었다.

조금 전 돌아갈 때 타고 갈 차를 수배해 뒀다는 이아손의 말에 가이는 요 15일 동안의 정신적 위자료라고 생각하고 고맙게 받아들이기로 했다.

그런데….

'하아…. 자동 캡슐 에어 택시가 아니라 운전사가 딸린 리무진일 줄이야.'

얼룩 하나 없이 잘 닦아 놓은 은회색 차체가 눈부셨다.

'블론디 님의 가치관은… 도저히 이해할 수 없군.'

겉모습도 알맹이도 너무 호화찬란해서 평범한 사람은 아예 흉내조차 낼 수 없으리라. 하물며 그 말과 행동은 이미 가이가 이해할 수 있는 범주를 초월한 것이었다.

슬럼의 잡종을 상대로 쓸데없이 극진한 이 대접은 뭘까. 혹시 타나그라의 엘리트식 유머 아닐까.

'슬럼까지 공짜로 태워준다면 나야 아무래도 상관없지만.'

직무에 충실한 운전사는 쓸데없이 친절하게 굴지도 않고, 섣불리 이것저것 캐묻지도 않고, 정중하지만 은근히 무례하게 케레스 근처에서 가이를 내려준 후 초스피드로 달려가 버렸다.

'다녀왔습니다. 무사히 귀환했습니다… 라고 해야 하나?'

눈앞에 펼쳐진 지저분하고 낯익은 풍경에 안도의 숨이 흘러나왔다.

키리에에게 배신당했다는 분노도 충격도 지금은 딱히 느껴지지 않았다.

가이는 돈을 위해서라면 동료조차 주저 없이 팔아넘길 수 있다고 단호하게 선언한 키리에의 앞날을 걱정해 줄 정도로 한없이 착한 인간이 아니었다.

겨우 보름간의 부재.

고작 보름.

익숙한 슬럼 특유의 냄새가 기묘하리만치 그립게 느껴졌다.

가이의 발걸음은 곧장 리키의 집으로 향했다.

돌아가 봤자 아무것도 없이 썰렁한 자신의 집으로 향하기보다 지금은 무척이나 리키의 얼굴이 보고 싶었다.

'그런데… 뭐라고 변명하지?'

딱히 만나기로 한 약속을 펑크낸 것도 아니고 지금은 특별한 관계 또한 아니다.

하지만 리키는 분명 별안간 아무 말 없이 사라져서 소식이 끊긴 자신을 걱정하고 있을 것이다. 가이는 당연히 그러리라고 믿어 의심치 않았다.

리키의 집 앞에 서서 초인종을 눌렀다.

그 직후 인터폰으로 누구냐고 물어보지도 않고 익숙한 리듬으로 문이 열렸다.

리키와 시선이 마주쳤다.

"…여어."

순간 미묘한 쑥스러움과 어색함이 뒤섞인 얼굴로 가이가 먼저 말을 건넸다.

어딘가 애매한 미소를 지으며 리키는 말없이 고개를 끄덕였다.

"들어가도 돼?"

"뭐야, 새삼스럽게 예의 차리지 마."

리키가 묘하게 허스키한 목소리로 대답했다.

'그건… 그렇지….'

입가에 쓴웃음을 지으며 가이는 방 안으로 들어갔다.

그러나 어딘가 나른해 보이는 리키의 상태를 눈치채고 슬쩍 미간을 찡그렸다.

"저어, 리키."

"응?"

"너 혹시 자고 있었냐?"

"응? …왜?"

"그냥. 목소리가 조금 허스키한 것 같아서. 혹시 내가 자는데 깨운 거 아니야?"

리키는 살짝 눈을 크게 떴다.

"기분 탓이겠지."

그리고 슬쩍 시선을 피했다.

그 목덜미에서 재빨리 작은 멍을 발견한 가이는 흠칫 걸음을 멈췄다.

'키스… 마크?'

"왜 그래? 앉아."

"그… 그래…."

저도 모르게 목소리가 떨렸다.

'누구와?'

그렇게 생각한 순간, 단숨에 고동이 빨라졌다.

조건반사처럼 침대로 시선이 향했다.

그러나 그곳에 가이의 불안을 부추길 만한 흔적은 아무것도 남아있지 않았다.

흔적이 없다고 해서 이미 본 것을 깨끗이 잊어버릴 수는 없다. 세차게 뛰는 고동의 괴로움이 흐려지지도 않는다.

'대체 누구지?'

이곳을 찾아올 때까지 공연히 들떴던 기분이 우연히 발견한 키스 마크 하나에 모조리 날아가 버린 듯한 기분이 들었다.

리키가 슬럼으로 돌아온 후 지금까지 두 사람은 한 번도 성관계를 갖지 않았다. 페어링 파트너였을 때에는 그야말로 매일같이 몸을 섞었는데도.

과거에 리키와의 페어링이 워낙 흐지부지 깨져버렸기에 가이는 리키만 원한다면 다시 원래대로 되돌아가고 싶었다.

하지만 리키의 입에서 그런 이야기는 아직 한마디도 나온 적이 없다.

그런데 가이가 먼저 이야기를 꺼내기도 왠지 꺼려졌다.

아니…, 그뿐인가. 가이가 알고 있는 한 리키는 요 1년 동안 누구와도 관계를 갖지 않았다.

좋건 싫건 리키는 지나치게 눈에 띈다.

좌절한 '패배자'라고 불리긴 해도 주위의 관심이 사그라진 것은 아니다.

그뿐인가, 모두가 3년이라는 공백의 이유를 알고 싶어 할 정도로 묘한 색향을 풍겼다.

금욕적이면서도 매혹적이다.

그건 옛날부터 들어온 말이지만 예전에는 '매혹'보다 강렬한 '존재감'이 더욱 두드러졌다.

소년에서 청년으로 이목구비가 좀 더 날카롭게 변모했기 때문일까.

물론 그것도 있지만 리키의 변모는 그저 나이를 먹었기 때문만이 아니라, 독특한 색기가 더해졌다는 점이 컸다.

성숙해졌다는 게 가장 올바른 표현일지도 모른다.

당연히 누가 그를 '성숙'하게 만들었는지, 거기에 사람들의 관심이 집중되었다.

평소 동료들끼리 은밀하게 주고받는 저속한 농담도 리키를 안주 삼으면 술도 이야기도 한층 더 맛깔나게 된다. 대체로 그런 느낌이었다.

그 색향에 저도 모르게 눈이 돌아서 덤벼들었다가 꼴사납게 나가떨어진 놈들도 적지 않다는 사실을 가이는 알고 있었다. 물론 리키는 단 한 번도 그런 얘길 하지 않았지만.

그러나 어째서인지 그런 얘기는 곧 귀에 들어오곤 했다. 딱히 가이가 가르쳐달라고 부탁한 것도 아닌데 말이다.

슬럼의 상식은 약육강식이다.

도덕성이 한없이 바닥에 가까운 섹스도 예외는 아니다. 무조건 먼저 덮치는 쪽이 이기는 거라기보다는 당할 만한 빈틈을 보인 녀석이 잘못이라는 주의다.

그래서 막 가디언을 떠나온 신입은 여러 가지 의미로 자신을 보호하기 위해 강자에게 접근하거나, 아니면 크든 작든 반드시 어느 그룹에 들어가곤 했다.

섹스마저 기브 앤 테이크다.

쾌락은 어디서든 가볍게 손에 넣을 수 있지만 몸의 안전과 신뢰는 그렇지 않다.

얼굴도 모르는 지나가는 야수에게 강간당하느니 그룹 안에서 난교라는 이름의 안전한 섹스를 선택하는 것, 그것이 슬럼의 '상식'이다.

그런 의미에서도 바이슨은 이색적인 존재였다.

무엇보다 리키도 가이도 슬럼의 상식을 걷어차듯 누구에게도 보호를 청하지 않고 직접 바이슨을 만들어버렸으니 말이다.

멤버는 소수 정예, 단물만을 노리고 몰려드는 놈들이 파고들 틈조차 없었다.

다른 그룹처럼 상식 밖의 '규칙'도 없거니와 과도한 억압도 없었다.

밟을 때는 철저하게 짓밟는 방식이라 꽤나 요란했지만 결코 쓸데없는 짓은 하지 않았다.

팀의 리더와 보좌가 페어링 파트너이다 보니 멤버들끼리 난교를 하지도 않았다.

'누구에게도 속박당하지 않고 누구에게도 착취당하지 않을 자유'.

무엇보다도 전부 각자 책임지는 게 기본 원칙이기도 했다.

'누군가가 자기 엉덩이를 닦아주길 바라는 근성 없는 놈은 필요 없다'.

소수 정예라고 하면 듣기에는 그럴듯하지만 한마디로 표현하면 그런 뜻이었다.

그 당시부터 '바이슨의 리키'는 벼랑 위에 핀 꽃이었다. 가이라는 파트너가 있어도 그 카리스마는 조금도 빛바래지 않았다.

그 사실은 3년간의 공백을 거쳐 '패배자'라고 불리게 된 후에도 전혀 변함이 없었다.

아니, 그것은 좌절하고도 여전히 '슬럼의 바쥬라'로 남아있는 남자에 대한 주위의 집착일지도 모른다.

루크는 일부러 리키를 지명해서 섹스를 걸고 '지골로'로 승부했다가 격침당한 케이스다.

물론 루크는 리키의 색향에 이성을 잃었다기보다는 패배자라는 말에 아무런 반응을 보이지 않는 리키에게 화가 나서 한 방 먹여주고 싶었던 것뿐일지도 모르지만….

그 증거로 지크스를 무너뜨린 후 루크는 더 이상 보란 듯이 리키를 도발하지 않게 되었다.

가이는 그런 일들이 있었던 만큼 리키도 가벼운 기분으로 섹스를 즐기긴 힘들 거라고 생각했었다.

무엇보다도 주위의 모든 이들이 리키의 일거수일투족을 흥미진진하게 지켜보고 있기 때문에 만약 리키가 누군가와 어딘가에 틀어박혀서 하룻밤을 보낸다면 당장 3배쯤 부풀려져서 여기저기 소문이 퍼질 게 분명했다.

그러니 리키도 섣불리 누군가와 관계를 가질 수 없겠지. 가이는 그렇게 생각했다.

그러나 그렇지 않았다.

가이가 몰랐던 것뿐 리키에게는 정사를 나누는 상대가 있다. 그 증거를 보게 되자 가이는 자신이 필요 이상으로 당황하고 있다는 사실을 깨달았다.

리키가 없었던 3년 동안, 리키만을 생각하며 정조를 지키지는 않았다. 특정한 상대를 만들지 않았을 뿐 섹스 프렌드는 부족하지 않았다.

그런데도 '리키는 누구와도 섹스하지 않는다'며 단정을 짓고 안심하던 자신이 한심해서 견딜 수 없었다.

가이는 공연히 리키의 집에 찾아온 것을 지금 처음으로 후회하기 시작했다.

키리에에게 속아 넘어간 것을 후회할 때와는 전혀 달랐다. 뱃속이 묵직하게 마비되는 듯한 고통마저 느껴졌다.

'보름 동안이나 대체 누구와 어디 틀어박혀 있었던 거야?'

아마 리키가 그렇게 가벼운 농담이라도 한마디 던졌더라면 가이의 당황도 후회도 괴로움도 좀 더 부드럽게 풀렸을 것이다.

그러나 가이를 볼 때마다 느껴지는 떳떳하지 못한 기분, 그리고 이아손과의 격렬한 정사로 인해 욱신거리는 몸 때문에 리키의 뺨은 그 어느 때보다 딱딱하게 굳어 있었다.

무언가 불투명하고 숨 막히는 것이 두 사람의 어깨를 무겁게 짓누르는 듯했다.

보름 만인데.

서로 하고 싶은 말이 잔뜩 있는데.

어째서인지 아무 말도 나오지 않았다.

그리고 불현듯 두 사람을 이어주던 인연의 끈이 끊어져 버린 듯 어색한 침묵만이 응어리가 되어 남았다.

후기

안녕하세요.

신장판 『아이노쿠사비』 제2탄도 합체 버전으로 선보이게 되었습니다. 구판 3권+4권 반 분량이죠. 제1탄과 마찬가지로 아주 묵직합니다(웃음).

그만큼 읽을 가치가 듬뿍 있달까요?—라는 말은 차마 제 입으로 하면 안 되겠죠. 저로서는 두 달에 한 번 나가토 사이치 씨의 화려한 일러스트를 감상할 수 있어서 행복해♡라는 심정입니다.

곰곰이 생각해보면 2009년은 애니메이션 DVD화와 신장판 등 『아이노쿠사비』 삼매경. 그야말로 『아이노쿠사비』의 해…. 그리고 보니 토쿠마 쇼텐 Chara 본지에서 연재하는 만화 원작까지 포함하면 '월간 요시하라'라는 무시무시한 사태가(웃음). 이렇게 빡빡한 스케줄로 일하는 건 분명 처음이자 마지막일지도… 몰라요.

애니메이션도 열심히 제작 중입니다.

작품 회의를 할 때마다 여러 가지가 형태를 갖춰나가는 즐거움이 느껴집니다. 저도 익숙하지 않은 애니메이션 각본(같은 시나리오라도 만화 원작과는 미묘하게 다르네요)에 애를 먹으며 열심히 노력하고 있습니다.

이러니저러니 해도 평소에는 절대 손댈 수 없는 다른 업계 일은 무척 공부가 됩니다♡ 아마 이런 경험은 두 번 다시 할 수 없겠죠 (웃음). 그러니까 즐기지 않으면 손해잖아요? ←제가 너무 미하(주체성 없이 유행 등에 쉽게 동조하여 열중하는 사람) 기질 폭발인가요?

아… 참참. 여러 가지 사정(…너무 새삼스럽나)으로 중단 상태였던 『아이노쿠사비』 드라마CD도 새로운 전개를 맞이하게 됐습니다.

지금까지 제가 자체 제작했던 작품들(그림자의 관 시리즈&아이노쿠사비 시리즈)은 메이 메이커 쪽에 위탁 판매를 맡기고 있었는데, 앞으로 는 켄 미디어로 전면 이행하게 되었습니다.

물론 『아이노쿠사비』 드라마CD는 마지막 권까지 꼭 제작할 예 정입니다(주먹 불끈). 제4탄은 슬럼으로 돌아온 리키. 키리에와 라비 등 새로운 캐릭터도 잔뜩(?). 하아… 기대된다♡

앞으로 상세한 발행 일정이 정해지면 다음 '후기'에서 알려드리 도록 하겠습니다.

그럼 또 만나요!

2009년 4월 요시하라 리에코

아이노쿠사비 2

초판 1쇄 발행   2016년 11월 30일

글 요시하라 리에코
그림 나가토 사이치

발행인 원종우
발행처 이미지프레임
주소 (13812) 경기도 과천시 용마로 2, 2층
영업부 02 3667 2653 **편집부** 02 3667 2654 **팩스** 02 3667 2655
메일 mm@imageframe.kr **웹** mmnovel.com

ISBN 978-89-6052-036-3 03830
978-89-6052-035-6 (세트)

AI NO KUSABI 2